깊은 강

깊은 강

1판 1쇄 펴낸날 2014년 3월 15일
1판 2쇄 펴낸날 2014년 12월 1일

지은이 | 우애령
펴낸이 | 조현주
펴낸곳 | 도서출판 하늘재

표지 디자인 | 엄유진
본문 디자인 | 김경수

등록 | 1999년 2월 5일 제20-140호
주소 | 서울시 마포구 망원1동 384-15 301호
전화 | (02)324-2864
팩스 | (02)325-2864

이메일 | haneuljae@hanmail.net
ISBN 978-89-90229-41-0 03810

이 도서의 국립중앙도서관 출판시도서목록(CIP)은 서지정보유통지원시스템
홈페이지(http://seoji.nl.go.kr)와 국가자료공동목록시스템(http://www.nl.go.kr/kolisnet)에서
이용하실 수 있습니다.(CIP제어번호: CIP2014008431)

깊은 강

우애령 장편소설

하늘재

작가의 말

젊어서부터 쓰고 싶었던 이야기가 이제야 한 권의 소설로 세상에 나오게 되었다. 많은 인물이 나타나고 사라지는 이 책 속에는 어려서부터 경험해온 이야기들과 가족과 친척들이 되풀이해서 들려준 이야기들이 생생하게 담겨 있다.

강가에 앉아 흘러가는 물소리를 듣듯 오랜 세월에 걸쳐 들어왔던 이야기들을 마무리하면서 등장했던 사람들과 다시 만나 이제야 제대로 작별하는 것 같은 느낌이 든다.

어머니가 딸에게 고백하는 숨겨진 비밀로 시작되는 이야기는 해방, 남북 분단, 6·25와 4·19, 그리고 5·16을 거치는 현대사를 온몸으로 겪어내는 한 집안의 이어지는 삶을 보여주고 있다.

분단과 전쟁의 소용돌이치는 변화와 혼돈 속에서 살아남았던 우리 조부모와 부모들은 그 사무치는 이야기들을 통해 우리에게 무엇을 들려주고 싶었던 것일까.

아마도 그들은 죽음의 공포와 생존의 절박함, 질시와 불화와 적대감으로 가득 찼던 역사의 한 흐름을 따라가면서도 좌절과 낙담을 견디어내며 서로 돕고 사랑하고 희망을 지니려 애쓰면서 살아왔다고 말하고 싶었던 것만 같다.

그렇다면 과연 우리는 무슨 이야기를 다음 세대에 들려줄 수 있는 것일까.

옛날 인도에 어떤 성자가 있어 그를 따르는 제자들에게 물었다.

"너희들은 새날이 온 것을 어떻게 아느냐?"

제자들은 이런저런 대답을 했지만 스승은 고개를 좌우로 젓기만 했다.

그러면 스승님께서는 새날이 온 것을 어떻게 아시냐고 제자들이 묻자, 스승은 오랫동안 눈을 감고 있다가 말했다.

"날이 밝아 너희들이 밖을 내다보았을 때 지나다니는 사람들이 모두 너희 형제들로 보이면, 그때 비로소 새날이 온 것이다."

경제 지표는 계속 상승하고 있다지만 가까운 이웃과의 거리는 타인처럼 더욱 멀어지고 있는 지금 세상에서, 지나다니는 사람들이 모두 형제로 보이는 날이 과연 우리에게 다가올 수 있을까?

사람들이 모두 다 형제로 보이기는 쉽지 않은 일일 것이다. 그렇지만 같은 땅에 몸과 마음을 담고 사는 우리들의 뿌리가 빈부 격차나 종교, 사상의 차이를 뛰어넘는 어느 지점에 깊이 드리우고 있다는 것을 느낄 수 있다면, 우리가 형제처럼 어울려 살아갈 수 있다는 믿음과 용기를 다시 지녀볼 수 있지 않을까?

글을 쓰면서 곁에 함께하는 것처럼 느껴졌던 그리운 어머니와 아버지…….

격동의 시기를 살아내고 지금은 여주의 양지 바른 땅에 평화롭게 잠드신 그분들의 영전에 이 책을 바친다.

책을 만드는 어려운 작업을 하는 동안 변함없이 격려해주며 신뢰하는 마음을 전해준 하늘재 조현주 님께 깊은 감사의 마음을 전한다.

2014년 이른 봄에

우애령

차례

1. 뗏목 위에서

"야야, 글쎄 이리 좀 와 봐라."

통장을 들고 몸을 앞으로 기울인 어머니의 어조는 근심으로 가득 차 있었다.

"이거만 안치구요."

부엌에서 굵은 소금과 밀가루를 넣어 곱창과 양을 북북 씻고 있던 영주는 흘낏 고개만 돌려 소파에 앉아 있는 어머니에게 대꾸했다.

"아, 글쎄, 얼른 좀 와 봐. 밥이 문제가 아니야. 아무것도 먹고 싶지 않아."

몸피가 작아져 소파에 졸아붙을 듯 얹혀 있는 늙은 어머니의 바람개비 같은 몸에서 카랑한 목소리가 되돌아왔다. 영주는 수돗물을 세게 틀어 손을 씻고 물 묻은 손을 행주치마에 닦으며 이마를 찡그렸다.

어제도 어머니가 집에 온 후부터 이어지던 질문을 막고 애들 달래듯 겨우 잠들게 한 터였다. 이제 새벽부터 일어나 앉아 통장을 들여다보고 있는 어머니가 또 무슨 소리를 할지 뻔했다. 마땅치 않아 하는 영주의 기색이 느껴졌는지 어머니는 애원조였다.

"너까지 이러냐? 이거 좀 봐라. 옛날에는 통장이 이렇지 않았어."

귀퉁이가 닳은 통장을 펴 든 채 어머니는 영주가 좀 떨어져 앉는 소파 귀퉁이로 머무적거리며 다가왔다.

"이거 봐라. 너희 오빠가 사만 원밖에 안 남았다고 하는데…….여기 백사십만 원이 있지 않아. 오빠가 나를 속이는 거지?"

영주는 현기증이 이는 듯한 막막한 심정으로 통장을 받아 들었다. 어제 전화하던 둘째 올케의 음성이 귓가에 울렸다.

"어머니가 좀 이상하세요. 치매가 온 건지 며칠 동안 너무 앞뒤가 안 맞는 말씀만 하세요. 모셔다 드릴 테니까 잘 좀 관찰해봐요. 고모 가르치는 전문 분야가 상담이니까 우리보다 나을 거 아니에요? 고모부도 미국 학회 가셨다니 이 기회에 한번 한갓지게 전문적으로 어머니 좀 관찰해봐요."

통장의 마지막 잔액 칸에는 사만 삼천 원이라는 숫자가 늘어서 있었다. 어머니가 여위고 가느다란 손가락으로 가리키고 있는 백사십만 원은 한 달 전 한꺼번에 찾아간 인출 액수였다. 누구에겐가 주려고 돈을 찾았다는 이야기는 그즈음 어머니에게서 들은 적이 있었다.

"어머니, 이거 보세요. 그게 아니구요."

영주는 몸을 어머니 쪽으로 돌리며 깊은 한숨을 내쉬었다.

"야야, 너까지 나를 정신병자 취급하지 말고 사실대로 이야기해 다오. 오빠가 거짓말하는 거지? 남은 돈이 백사십만 원 맞지?"

"글쎄, 백사십만 원은 찾아간 돈의 액수구요. 여기 잔액 칸에 있는 돈은 사만 삼천 원이라구요."

"뭐라구? 잔액 칸이라구? 이런 건 옛날 통장에는 없었다. 제일 숫자가 많은 게 남아 있는 돈이지. 그런 법이 어디 있냐."

어머니의 목소리는 간곡하게 떨려 나왔다. 어제 처음 이 이야기를 들었을 때 영주는 가슴이 철렁 내려앉았다. 젊어서부터 몇십 년을 통장 몇 개를 손에서 떼어놓지 않고 살아온 어머니였다. 자라면서 영주의 기억에 가장 선명하게 남아 있던 어머니의 모습은 통장을 들여다보고 앉아 있는 자세였다. 생활력이 강하고 교육열이 높아 돈을 모으는 데는 작은 일에도 팔을 걷어붙이던 어머니였다. 잔액 칸이라는 건 통장에 없는 거라고 고집을 하는 어머니는 영주의 마음을 새삼 무겁게 했다. 현실을 이해하는 능력이 어디론가 사라져버렸기 때문이었다.

"글쎄, 이 돈은 찾아간 돈이라니까요. 그때 누구 돈 주신다고 하셨잖아요. 잘 기억을 더듬어보세요."

"뭘 더듬어보라는 거냐. 그렇다면 오빠가 몰래 이 돈을 훔쳐 갔단 말이냐? 글쎄 사만 삼천 원이 무슨 소리야. 여기 백사십만 원이 가운데 칸에 찍혀 있는데……."

영주는 답답한 심정을 이기지 못하고 퉁명스럽게 내쏘았다.

"아니라는데 글쎄 왜 이리 고집이세요?"

"너까지 늙었다고 나를 치매 걸린 노인네 취급하는 거냐? 오빠

11

하고 언니가 하도 나를 몰아세우길래 이러다가 큰일이 나겠다 싶어 너만 믿고 이렇게 왔는데 좀 자세히 설명을 해달라니까……."

어머니는 애가 타는 기색이었다.

"너무 허하신가 봐요. 지금 어머니 좋아하시는 내장탕 안치려고 하는데 좀 잡수시고 다시 이야기하자구요. 뭘 안 드시니까 그러세요."

영주가 통장을 테이블에 내려놓고 일어서자 어머니의 짓무른 눈에 금세 눈물이 고였다.

"너, 나한테 원망이 많아서 그러는 거지?"

어머니의 목소리가 잦아들었다.

"다 안다. 그렇지만 나도 어떻게 할 수가 없었어. 그 난리 통에 그럼 어떻게 하란 말이냐?"

"무슨 말씀을 하시는 거예요?"

어머니의 눈이 애원이 섞인 불안으로 흔들렸다.

"글쎄, 그때는 내가 잘못했다. 그렇지만 잊어버려다오. 벌써 오십 년이 넘은 일이 아니냐?"

영주는 어머니 곁의 소파에 다시 앉았다.

"무슨 말씀이세요? 오십 년 전 무슨 일이요?"

어머니의 목소리가 힘없이 떨렸다.

"너 지금 남부러운 것 없이 잘 살고 있지 않니. 공부도 하고 싶은 만큼 다 하고…… 그때 내가 부질없는 마음먹었다고 니가 잘못된 건 없지 않니."

영주는 통장 이야기를 할 때만 해도 그저 어머니가 정신이 깜빡 깜빡 들었다 나갔다 하는구나 하는 정도로만 여겼는데 지금 하는 이야기는 더 이상했다. 두 주 전에 오빠 집에 갔을 때도 아무 문제 없이 멀쩡해 보이던 어머니였다. 그런데 이제 사고 능력이 부스러지는 흙집처럼 곳곳에 균열을 드러내고 있었다.

"어머니, 좀 주무세요. 제가 얼른 국을 안칠 테니. 한잠 주무시고 한 그릇 드세요."

"니가 원망이 많아 나하고 이야기하기도 싫은가 보다."

방에는 답답해서 안 들어가겠다는 어머니를 소파에 간신히 눕혀놓고 이불을 다독거려 덮은 후 영주는 내장을 마저 씻어서 큰 국냄비에 담아 가스레인지 위에 얹어놓고 불을 켰다. 나같이 똑똑한 사람이 더 쉽게 노망이 든다고 어머니가 몇 년 전부터 진담 반 농담 반 말하던 것이 사실로 드러나는가 싶어 당혹스러웠다. 몇 달 전 영주가 집에 일하러 오던 아주머니를 시간제로 오게 해야겠다고 하자 어머니는 펄쩍 뛰었다.

"아니 왜?"

"밖에 일이 밀려 정신을 못 차리겠어요. 이제 여기저기 다른 곳에서 강의하는 일을 줄이고 집에 더 많이 있으려구요."

"그런 소리 하지 마라. 사람들이 너를 찾아 일해달라고 매달릴 때가 제일 좋을 때야. 들어앉긴, 치우고 닦는 일이야 천하 밥통들도 다 하는 일이다. 너 그러려고 박사학위 받아서 교수가 되었냐?"

영주는 쓴웃음을 짓고 더 말하지 않았다. 사람들 앞에 나서서 말을 많이 해야 하는 삶 속에서 어떤 때 느껴지는 공허함에 대해 설명하기 난감해서였다. 밤새 전공 숙제를 한다고 연밥의 모습을 수십 장이나 그리고 있던 딸 혜진이 새벽에 잠깐 눈을 붙였던지 부스스한 모습으로 방에서 나왔다.

"할머니 주무세요?"

"응."

영주는 혜진에게 고개를 돌렸다.

"얼른 아침 먹고 학교 가라. 아홉 시에 수업 있다며?"

딸에는 크게 입 벌려 하품을 하면서 들고 나온 종이에 그린 그림 몇 개를 영주에게 보여주었다.

"이거 뭐 같애요?"

종이 위로 각각 다른 각도에서 그려져 이미지 처리가 된 벌집 모양의 진갈색 연밥 모습이 들어왔다. 연꽃이 진 후 피어나는 노인들 염낭만 한 크기의 연밥을 구해야 한다고 딸아이가 며칠을 꽃집이며 시장을 애를 태우며 돌아다니던 건 알고 있는 터였다. 어제야 겨우 꽃꽂이 소재 집에서 구해 왔다는 마른 연밥의 모습이 추상화 형태로 종이 위에 그려져 있었다.

"연탄 같은데?"

"아유, 너무하다."

딸애는 비명을 질렀다.

"교수님이 연탄같이 되기만 하면 큰일이라고 그러셨단 말이야."

"농담이야, 나도 어제 너한테 연탄같이 되면 큰일이라는 소리 들었지."

영주는 피식 웃었다.

"정말 연탄 같아요? 말해봐."

딸애는 종이 두 장을 영주의 얼굴 앞에 바짝 디밀었다.

"알았어. 연탄 같지 않아. 연밥 같아."

"그냥 단순히 연밥 같아 보여도 안 된다고 했는데……."

딸애의 표정이 낙담스러워졌다.

"그럼 뭐 같아야 된대?"

"뭐라고 할까. 하여튼 연밥의 이미지뿐 아니라 그 뒤로 연꽃, 연꽃잎 그런 이미지가 함께 시처럼 떠올라야 한다고 했어요."

"꿈같은 소리 하지 말고 어서 세수나 해라. 서둘러 학교 가야지. 오늘은 할머니하고 너하고 짜기라도 했니. 눈에 보이는 걸 보지 말고 딴걸 봐야 한다고 우겨대니."

딸애가 혀를 쏙 내밀어 보이고 욕실에 들어간 뒤 영주는 수저를 놓고 식탁 테이블에 상을 따로 차렸다.

"내담자를 잘 바라보세요. 잘 보면 그 뒤로 그 사람의 어머니, 그 어머니의 어머니 모습이 떠오른다니까요."

전생 예언에 심취한 동료의 말이 연밥 뒤로 연꽃이 보여야 한다는 딸애의 말을 뒤따라 떠올랐다. 팔십이 된 어머니, 오십이 넘은 영주, 이제 스무 살이 된 혜진이. 그러니까 딸아이 혜진을 보면 그 뒤로 영주와 어머니가 저절로 떠오를 수 있다는 이야기일까.

아버지가 살아 계실 때나 돌아가신 후에나 어머니가 끌어안고 다니는 가방 속 통장의 숫자는 줄어들지 않았다. 젊은 시절 영주는 통장을 끌어안은 채 오십이 넘은 어머니를 보며 자기가 그 나이가 넘었을 때는 욕심을 버리고 세상과 이별하는 준비를 서서히 하리라고 늘 생각하고는 했다. 이제 그 나이에 이르니 이별의 준비가 쉽지 않았다. 놓고 싶지 않은 것들이 손가락 사이로 빠져나가는 것을 속수무책으로 바라보는 심정이었다. 안경을 쓰지 않으면 구물구물 안개 속으로 빠져드는 글자들, 검은 머리카락을 비집고 돋아나는 흰 머리카락, 흔들리며 부실해지기 시작하는 치아들……. 영주는 염색약과 빗을 들고 마주선 거울 앞에서 사회생활 때문이라는 핑계를 대면서 늙음을 받아들이지 못하는 자신의 초라한 모습을 보고는 했다. 무엇을 다시 시작하기에는 너무 늦은 나이…… 모두 다 단념하기에는 앞으로 남은 시간이 많게 느껴지는 나이였다.

아버지가 돌아가신 후 십여 년 동안 어머니는 두어 번 큰 병환을 겪었지만 강한 의지력으로 고비를 넘기고는 했다. 혼자 독립해서 살겠다는 고집을 꺾고 아버지 모습을 그대로 빼닮은 둘째 오빠하고 함께 살기 시작한 것은 병원에서 두 번째 퇴원한 오 년 전부터였다.

이북에서 함께 피난을 내려와 살면서 번창한 냉면집을 경영하고 있던 아버지 친구는 냉면 먹으러 들른 우리 가족들에게 둘째 오빠를 처음 보았을 때의 충격을 되풀이해서 말하고는 했다.

"글쎄, 그 아이래 척 들어서는데 가슴이 다 떨어지는 줄 알지 않았갔니. 이십 몇 년 전에 보구 만 너희 아버지가 그때 모습 그대로 문 안을 들어서는데 나는 귀신이 아닌가 했디 뭐이가. 그랬더니 그 뒤로 나이 든 아버지가 따라 들어서시디 않간. 내 그때 놀란 생각을 하문……."

어머니에게 둘째 오빠는 애인이었다. 당신은 늘 강도 높게 부인하지만 큰오빠와 서먹한 관계가 된 제일 큰 이유도 지나칠 정도로 둘째를 감싸고도는 어머니의 유별남 때문이었다.

사리원 군민회는 어렸을 적 기억으로도 아주 큰 잔치로 창경궁에서 대대적으로 열리고는 했다. 아버지는 언제나 인기를 독차지하는 노래와 재담의 일인자였다. 둘째 오빠는 아버지처럼 사람들의 마음을 휘어잡는 독특한 입담과 천연덕스러움을 지니고 있어 어머니의 마음을 이따금씩 봄바람에 눈 녹이듯 달래고는 했다.

영주는 할머니 깨신다고 큰 소리 내지 못하게 조심을 시켜 딸아이를 학교에 보냈다. 어머니는 길고 괴로운 꿈에 사로잡힌 듯 간간이 몸을 떨기도 하고 아니야, 아니야 하고 헛소리처럼 잠결에 중얼거리기도 하면서 오전 한두 시간 잠을 잤다. 숨소리가 고르지 않아 영주가 몸을 굽혀 숨 쉬는 기척을 들으려고 하자, 어머니가 눈을 번쩍 뜨더니 어디서 그런 기운이 나는지 영주를 센 힘으로 밀며 일어나 앉았다.

"왜 이러냐, 나를 죽이려고 하는 거냐?"

어머니의 목소리는 공포로 떨려 나왔다.

"살려다오, 날 살려다오."

"어머니, 정신 차리세요."

영주는 당혹스러워 어머니의 검불처럼 쇠약한 몸을 안고 흔들었다. 어머니는 염색약 때문에 바스러져 구릿빛이 된 숱 없는 머리를 두 손으로 싸안고 영주를 먼 산 바라보듯 보았다. 정신이 돌아오는 듯했다.

"너 영주 아니냐."

어머니의 눈이 영주에게 와서 초점을 모았다.

"무슨 꿈을 꾸셨어요?"

"영주야, 나를 용서해다오."

영주의 의아한 시선을 피하며 어머니는 낮은 목소리로 조심스럽게 말문을 열었다.

"너, 자랄 때 왜 그렇게 셋째 오빠가 널 미워했는지 아니?"

영주는 그저 고개를 끄덕였다. 그 이야기는 집안의 전설처럼 되어 있어 식구들이 모일 때마다 셋째 오빠 이야기가 나오면 모두들 한바탕 웃고는 했다. 그럴 때마다 이제 환갑이 다 되어 머리숱이 성글어진 오빠는 멋쩍은 듯 따라 웃었다. 셋째 오빠는 세 살 밑으로 태어난 영주가 귀여움을 독차지하자 사사건건 그렇게 미워하고 못살게 굴었다는 것이다. 그 증상은 월남한 후 할아버지가 사시는 강화도에 여섯 살 난 오빠가 가서 이 년 살고 온 후 도져서 더욱 극심했다고 했다.

"내가 너를 너무 끼고돌았단다. 셋째 오빠는 자기만 강화도에 갖다 버렸다고 나중에도 그 이야기만 나오면 마음 상해하지만 그런 게 아니었어. 난리 통이 아니었냐."

어머니는 결심한 듯 말을 꺼냈다.

"야야, 죽기 전에 내가 너한테 이야기를 꼭 해야만 하겠다."

"알았어요, 아침부터 드시구요."

영주는 내일 둘째 오빠와 만나서 정신이 들고 나는 어머니 문제를 의논해야겠다고 생각했다.

"나, 이상한 거 없어. 제정신이다. 거기 좀 앉아라."

한참 시선을 먼 곳에 주고 있던 어머니가 입을 열었다.

"만주 목단강 꿈을 꾸었구나. 눈이 펄펄 내리는데 갓난아기인 너를 안고 장독대로 올라가는데 네가 나를 소리쳐 부르더구나."

"눈 오는데 애기를 안고 장독대는 왜 올라가우."

영주가 분위기를 누그러뜨리려는 듯 농담조로 받았다.

"아니야, 너를 죽이려고 했다. 너를 내려놓고 커다란 빈 항아리로 덮어놓으려고 했어."

영주는 섬뜩한 느낌이 들어 얼굴이 굳어졌다. 어머니의 말투가 몹시 심각해서였다.

"피난 오다가 여관에서 낳으셨다면서요?"

"그래, 너 그 고원 중앙여관 이야기는 하도 들어서 잘 알 거다. 그렇지만 하지 않은 이야기가 있어."

언젠가 크리스마스 전날 가까운 부부들끼리 모여 저녁을 먹다가 한 사람이 기발한 생각을 해낸 적이 있었다. 모두 다 자기가 태어나던 때 이야기를 해서 가장 기구하게 태어난 사람에게 탄생 상을 주자는 아이디어였다. 그 상을 탄 사람이 영주였다.

만주 목단강가에서 두 살 세 살 터울로 세 아들을 두고 영주를 임신해 만삭이 된 어머니는 해방되기 한 달 전 일본 군속으로 군대를 따라갔던 아버지의 전사 통보를 받았다. 눈앞이 아득해진 어머니는 경황이 없는 중에 아들이건 딸이건 상관없다는 이웃 부자 중국인에게 태내 입양을 했다. 아기가 태어나자마자 그 집에 양자로 주기로 한 것이다. 그러나 해방이 되자 중국인들이 살던 곳을 떠나거나 중국으로 돌아가는 바람에 약속했던 중국 대인의 집에서 아기를 맡을 수 있는 상황이 못 되었다.

해방은 일본 사람들의 철수를 불러왔다. 어머니는 몸을 풀기만 하면 아이들을 데리고 고향인 황해도 사리원으로 내려가리라고 벼르며 해방의 소용돌이 속에서 집을 지키고 있었다.

그러던 어느 날 검게 탄 얼굴의 까칠한 남자가 남루한 옷을 입고 휘적휘적 집 안으로 들어서더라는 것이었다. 아버지였다.

아버지의 시계와 옷을 뺏어 간 탈영병이 폭사하는 바람에 그 유류품만 보고 전사 통지를 냈던 것이다. 반가워하고 이야기를 나누고 할 시간도 제대로 없이 식구들은 보따리를 이고 지고 길을 나섰다. 네 살 난 셋째 오빠까지 작은 배낭을 짊어졌다.

"서둘러야 한다. 삼팔선을 넘어 이남 땅에 가야 한다. 이북 땅에 남으면 떵떵거리고 살았다는 출신 성분 때문에 숙청당한다는 소문이 파다하다."

몸을 풀고 떠나면 안 되겠느냐고 간청하는 어머니를 아버지가 다그쳤다.

"기다릴 시간이 없다. 가는 데까지 가서 낳자. 시간이 없다."

잠깐씩 트럭을 얻어 타기도 했고 다른 차들을 얻어 탄 적도 있었지만 아이들하고 타박타박 걸어서 남쪽으로 내려오던 어머니 일행은 떠난 지 스무 날이 다 된 저녁 무렵 함경도 고원에 도착했다.

고원에 몇 개밖에 없는 작은 여관들은 올망졸망한 아이들 셋과 만삭의 임산부가 딸린 일행에게 방을 주려고 하지 않았다. 두 번 거절당한 아버지는 어머니와 셋째 오빠를 건물 밖에 숨겨두고 큰오빠와 둘째 오빠만 데리고 세 번째 여관으로 들어섰다. 전에 병원이었다는 이층 양옥 건물을 개조한 여관에서 아버지는 창문이 큰 아래층 방을 얻었다. 날이 어두워질 무렵 셋째 오빠를 앞세운 어머니는 무거운 몸을 끌고 창문을 넘어 여관방으로 숨어들었다.

식구들이 걷기에 지쳐 모두 죽은 듯 잠든 새벽 두 시 반쯤 어머니는 산기를 느꼈다. 어머니는 아버지를 깨워 해산 도움을 받으며 수월하게 아기를 낳았다. 걷느라고 고생을 한 끝인 데다가 경산부여서였는지 산기가 있고 삼십 분 만인 새벽 세 시에 아기는 세상에 나왔다. 아버지가 아기를 받아 끓는 물에 소독해두었던 가위로 탯줄을 끊고 헌 이불에 아기를 눕혔다.

"딸이야."

둘째를 낳을 때부터 그렇게 딸을 원했다는 아버지는 그 와중에도 말할 수 없이 기뻐했다.

새벽에 소식을 전해 들은 여관집 할머니는 다행히 후덕한 사람이어서 미역국을 끓여주고 기저귀감을 내주며 사흘을 쉬게 해주었다. 그 집에서 해주는 마지막 새벽 국밥을 얻어먹고 온 식구는 짐을 이고 지고 다시 남쪽을 향해 걸었다. 셋째 오빠는 자기를 업고 가라고 심술을 부리고, 자고 있는 영주를 발로 걷어차기도 했다. 한참 오다 안 보여서 찾아보면 저만치 도로 돌아가 있어 보통 애를 먹인 것이 아니었다고 했다. 아이들 셋에 갓난아이까지 데리고는 차도 얻어 타기 어려웠다.

사리원에 잠시 묵었다가 임진강에 다다라 남하하는 마지막 관문을 건널 때였다. 혼란 속에서 배도 구할 수 없었다. 어머니 일행은 남하하다 만난 사람들 십여 명과 합세해서 돈을 모았다. 그리고 큰 통나무를 얼기설기 얽어놓은 어설픈 뗏목으로 남하하는 사람들을 태워주는 사람에게 돈을 주고 어두운 밤에 강을 건넜다.

이쪽에 갓난아이가 있다고 태우기를 꺼리는 일행도 있었지만 어머니가 절대 울지 않는 아이라고 사정사정하며 애원을 했다는 것이다. 영주는 얼마나 착한 아기였는지 누이면 누인 채로 가만히 있어 우는 법이 없었다고 했다. 그 당시 북한군은 월남하는 이탈자를 막는 본보기를 보인다며 남하하는 사람들이 들키기만 하면 무차별 총격을 가한다는 소문이 파다했다.

뗏목이 강을 건너는 동안 아기는 울지 않았다.

달도 뜨지 않고 별만 총총한 밤, 아기는 눈을 뜨고 골똘히 별을 바라보고 있는 것 같았다고 어머니는 회상하고는 했다.

"사람들이 다 신통해했지. 어린 게 세상 돌아가는 사정을 다 알고 있는 것만 같다고."

영주가 알고 있는 이런 이야기 위에 어머니가 덧붙일 새로운 이야기는 없었다.

"내가 너한테 안 한 이야기가 있다. 만주에서 아버지는 돌아오지 않고 곰곰이 궁리한 끝에 아이들 셋을 살리기 위해서는 네가 죽어주어야만 하겠다고 생각했다."

상담하면서 사람들이 헝클어진 실타래처럼 무섭고 두려운 온갖 생각을 다하는 것을 보아온 영주는 그런 생각이 들었을 수 있었으리라 생각했다. 짐작했던 일이기도 했다.

"아기를 낳게 되면 장독대 위에 놓고 갈까. 무쇠솥 안에 넣고 갈까. 아기를 살리려다가는 세 아이가 다 죽겠구나. 그 생각만 있었단다. 장독대 위에 올라가서 독을 뒤집어보고 부엌에 가서 솥뚜껑도 열어보고 그랬다. 어쨌든 차마 내 손으로 직접 어떻게 할 수는 없어서……."

어머니는 이야기하면서 두 눈을 꼭 감고 있었다. 영주를 마주보기가 두려운 듯했다.

"셋째가 저를 버리고 너만 끼고돈다고 어려서 그렇게 너를 구박한 거 내 다 알고 있다. 그렇지만 지가 어떻게 내 속을 알겠냐. 자기는 할아버지한테 잠깐 맡기기만 했었지만 너는 내가……."

어머니의 말끝은 울음으로 이어지더니 온몸을 떨며 대성통곡을 하기 시작했다. 영주도 대강 짐작해왔던 상황이었다. 그렇지만 그 상황을 직접 전해 듣는 기분은 기이했다.

"……어머니, 사람들은 별별 생각을 다 하고 살아요. 그냥 멀쩡하다는 사람은 그걸 행동에 옮기지 않을 뿐이에요."

"아니야. 너는 공부를 얼마나 많이 했는지 모르지만 에미라는 게 그런 생각을 했다는 것 자체가 죽어 마땅할 죄다."

영주는 울음 섞어 말하는 어머니의 어깨를 다독거렸다.

"그런 건 어머니, 우리가 꾸는 꿈이나 마찬가지예요. 우리, 꿈에서는 별일을 다 하지 않아요."

"그래, 갓난아기를 안고 눈 내리는 장독대로 올라가는 꿈을 얼마나 많이 꾸었는지 몰라."

"잊으세요, 어머니. 전쟁 통에 우리가 안 겪은 일이 있나요. 그건 그저 살아남으려는 공상이었어요."

"아니야, 아니야."

어머니의 울음소리는 더 커졌다.

"그렇지 않아. 우리가 임진강을 건널 때 네가 크게 울기라도 하면 너를 강에 내던져야 우리가 살겠구나 하는 생각까지 했단다. 용서해다오."

영주는 손아귀에 쥐어질 듯 잦아든 어머니의 초췌한 어깨를 감싸 안으며 울고 있는 어머니를 망연한 심정으로 바라보았다.

'어머니, 사람들이 살아가면서 얼마나 많은 마음의 죄를 짓고 사는지 아세요. 전쟁 통에 그런 생각을 해본 건 죄도 아니에요…….'

갑자기 거실의 공기를 가르고 전화벨이 울렸다. 받지 않으려던 영주는 열 번이 가깝도록 끊어지지 않는 전화벨 소리 때문에 급한 전화인가 싶어 일어나 수화기를 들었다. 학회 때문에 미국에 가 있는 남편이었다.

"왜 이렇게 전활 안 받아. 별일 없지? 애들 다 잘 지내구?"

"……석이는 직장 연수한다고 설악산 갔고 혜진이하고 현이는 학교 갔어요."

"목소리가 왜 가라앉았어. 무슨 일 있어?"

"……."

"누가 우는 거야? 무슨 일이야?"

"어머니예요."

"아, 어머니. 언제 오셨어?"

"어제요."

"그런데 왜 우셔? 잘해드려. 왁왁거리지 말고."

눈물이 핑 도는 가운데서도 영주는 웃음이 나왔다. 어머니한테 걸핏하면 정의감을 내세우며 화를 내고 잘 덤비는 영주를 잘 아는 남편의 말투 때문이었다.

"왁왁거리기는, 내가 지금 몇 살인데 그래요. 별일 아니에요. 나중에 전화할게요. 잘 지내지요?"

전화를 끊고 돌아서는 영주에게 어머니가 겁에 질려 갈라진 음성으로 물었다.

"최 서방이냐? 너 혜진 애비에게 이 일을 이르지는 않겠지?"

"이르기는요. 어머니가 뭘 잘못하셨게요."

영주가 담담하게 말하자 어머니는 적이 마음이 놓이는 듯했다.

"정말이냐? 나를 원망하지 않니?"

"어머니, 상담을 해보면요, 사람들은 다 자기 주위에 있는 사람들을 마음속으로 열두 번씩 죽이고 있어요. 그리고 부끄러워하지도 않아요."

어머니는 잘못을 저지르고 매달리는 아이처럼 영주를 의지하는 눈빛으로 보았다.

"어머니는 갓난아기가 울었어도 절대로 내던졌을 리가 없어요."

"그래, 고맙구나. 너를 볼 때마다 늘 너무나 미안했어. 돈도 도와주지 못하고…… 이 통장도 네가 가져라. 도장도 네가 가져라. 백사십만 원이 들었다. 옷도 사 입고……."

다른 때 같으면 돈 몇 푼 가지고 사람 마음 사려 들지 말라고 남편 말처럼 왁왁거렸을 영주였지만, 아무 소리 않고 통장을 받아 들었다.

잔액이 남았다고 우기지만 어머니 인생처럼 잔액이 거의 남지 않은 통장을 영주는 부엌 식탁 위에 놓았다. 마음의 비밀을 털어놓아 한결 마음이 놓이는 듯 순순히 식탁에 앉아 국그릇에 수저를 가져가는 어머니를 보며 영주는 살면서 마음속을 스쳐 지나갔던 모든 영상들을 한꺼번에 보는 듯했다.

임진강을 건너면서 얼기설기 엮은 뗏목 위에서 온갖 생각에 사로잡힌 어머니 품에 안겨 있던 갓난아기가 생생하게 눈앞에 다가왔다. 찰브락거리는 물결 소리 속에서 아기는 무슨 생각을 하며 무한한 어둠과 별을 함께 보고 있었을까.

자유를 찾아 떠난다는 뗏목이 정말 그 지점에 갈 수 있으리라고 아기는 믿고 있었을까. 해방둥이란 별칭을 초등학교, 중학교 내내 달고 다니다가 슬그머니 그 말이 사라지더니 어느새 강을 건넌 지 수십 년도 더 지나버렸다.

서로 마음만 더 피폐해져 으르렁거리는 형제가 되어버린 남과 북을 탄생부터 실감한 해방둥이 영주가 갓난아기였을 때 앞으로 일어날 일을 이미 알고 있었던 것 같은 생각이 들었다.

"삼칠일 전의 갓난아기는 세상의 모든 일을 사실은 다 알고 있느니……"

옛이야기 좋아하던 친척 할머니의 말이 새삼 기억을 비집고 들었다. 분석심리학자 '융'이 이야기하는 태곳적 공룡의 공포, 홍수·지진의 공포까지 포함한 집단 무의식을 그 할머니는 이야기하고 있었는지도 모른다.

"임진강을 건널 때 제가 태어난 지 얼마나 됐어요?"

국 한 그릇을 다 비우고 수저를 놓는 어머니에게 영주가 물었다.

어머니는 의외로 쉽게 대답했다.

"꼭 이십 일째였지. 내일이 삼칠일인데 이렇게 내내 바람을 쐬는구나 하고 뗏목 위에서 생각했어. 그건 기억이 그대로 나는구나."

여주의 양지바른 곳에 자리 잡고 누운 아버지, 그 곁에 가묘를 쓴 곳에 어머니도 언젠가 누울 것이다. 그 속에 누우면 길고 정처 없었던 삶의 여행도 끝나게 될 것이다.

연밥을 그리되 연꽃과 연잎의 이미지를 함께 떠오르게 하라는 딸아이의 숙제처럼 혜진을 보면 그 뒤로 영주가, 영주의 뒤로 어머니가 떠오르게 되는 것일까.

모두들 어디를 건너는 뗏목을 타고 있는 것일까.

뜨거운 국 한 그릇을 비우고 소파에 누워 텔레비전에 눈을 두고 있다가 혼곤히 까부라져 잠든 어머니에게 영주는 이불을 끌어올려 덮어주었다. 잠든 어머니의 눈가에 눈물 흔적이 주름 사이로 얼룩을 만들었다.

젊어서 짧은 한동안 딸이 태어나기를 바라지 않았던 한 노인의 고백이 영주의 마음을 흔들었다. 영주가 마음을 한 곳에 담지 못하고 삶의 주변을 오래 떠돌았던 이유가 거기 있었을까.

자식들과 갈등을 호소하는 여인들에게 정신과 의사들이 항용 잘 던지는 질문이 기억났다.

"그 아이가 원하던 아이였습니까? 아니었습니까?"

빈 그릇들을 설거지통에 모아 물을 받으며 영주는 뗏목 곁으로 찰브락거리며 스쳐 지나가던 물결 소리를 태고의 바람 소리처럼 다시 듣는 듯했다.

2. 회상

"엄마, 할머니 입원하셨대요. 교통사고래."

강의를 마치고 저녁 늦게 돌아온 영주는 퇴근한 큰아들 석이가 황급한 목소리로 전하는 이야기에 대경실색을 했다.

"아니, 집에 가신 지 두 주밖에 안 되었는데 왜?"

"몰라요. 들어오시는 대로 곧 전화 달라고 외숙모가 그러셨어요."

전화번호를 돌리는 영주의 손이 떨렸다. 오빠도 올케도 집에 없는지 올해 대학에 들어간 조카딸이 전화를 받았다.

"어떻게 된 거야? 무슨 일이니? 많이 다치셨니?"

황망하게 묻는 소리에 조카아이도 어떻게 된 일인지는 잘 모르겠다고 하면서 병원 이름과 병실 번호를 가르쳐주었다.

"위독하시대? 차에 치이신 거야?"

"그렇지는 않으신가 봐요. 뭐, 큰 차 뒷문짝에 부딪히셨다는 거 같던데……."

얼른 병원에 가보아야 할 것 같았다. 더 들어봐야 소용없는 일이었다. 여러 가지 이야기로 미루어 보아 치명적인 상처를 입으신 것 같지는 않았다. 영주는 석이에게 대강 저녁밥을 챙겨주고 선길로 집을 나와 택시를 잡았다.

그러고 보니 어젯밤 꿈에 흰 두루마기를 입은 아버지 표림이 언덕길을 넘어 춤추듯이 내려오는 모습을 본 기억이 났다. 아버지가 의식을 잃고 병석에 누워 있는 동안 영주는 많이 울었다. 식구들이 걱정할까 봐 목욕탕 물을 크게 틀어놓고 바닥에 주저앉아 소리 내어 울기도 했다. 이제 아버지 표림이 세상을 떠나 여주의 땅속에 자리 잡은 지도 10년이 넘었다.

아버지가 돌아가시던 날 새벽 영주는 기이한 꿈을 꾸었다. 사람들이 큰 나무가 서 있는 언덕을 메울 듯이 몰려 있었고, 흰 두루마기를 모양 좋게 차려입은 아버지가 웃으며 사람들과 어울려 바람에 밀리듯이 내려오고 있는 꿈이었다.

아들들에게 엄격했던 아버지를 특히 더 어려워하고 곁으로 돌기만 하던 셋째 오빠가 병실에 누워 있는 아버지를 지극정성으로 돌보았다. 올케와 함께 하던 식당에 아예 사람을 두고 병원에서 먹고 자며 간병을 했다. 이리저리 뛰면서 같이 사업을 일으켜보려던 큰오빠와 둘째 오빠는 바쁜 일정 때문에 어쩌다 병실에 들렀다. 부산에서 혼자 사업을 하고 있는 남동생도 많이 들르지 못했다. 여동생 진주만 영주와 함께 병원에 자주 들렀다.

"이렇게 아버지를 내 마음대로 좌지우지해보기는 생전 처음이다."

오빠는 병실에 거의 하루걸러 들르는 영주에게 농담처럼 말하기도 했다. 시간 맞추어 두 시간마다 의식이 없는 환자를 돌려 눕히고 하루에 두 번씩 휠체어에 옮겨 앉혀드렸다가 다시 침대에 옮기는 작업은 힘센 장정이 아니면 할 수 없는 일이었다. 병원에서 그때 영주는 셋째 오빠와 많은 이야기를 나누었다.

"너, 내가 어렸을 때 못살게 굴었다는 이야기 하도 들어서 다 외고 있지?"

영주는 웃음이 터져 나왔다.

"그럼. 그 이야기는 수백 번도 더 들었을 거야."

"넌 모를 거다. 그 어린 나이에 집을 떠나 낯선 곳에서 지냈던 심정을."

"그렇지만 할머니 할아버지한테는 귀염도 받지 않았수?"

"몰라. 갑자기 외딴 곳에서 먹을 것만 잘 먹으면 뭐하냐. 여섯 살밖에 안 된 아이를 그렇게 뚝 떼어 보내다니……."

"정말 그때 오빠는 왜 거기 갔던 거야?"

"애가 다섯이나 있어 어머니가 너무 힘드니까 한두 명은 내가 잠시 맡아주마고 할머니가 그러셨단다. 너도 알겠지만 친할머니도 아니셨잖아. 그랬다고 날 그리로 보낸 거야."

"안 간다고 버티기라도 해보지."

영주가 농담 삼아 하는 말에 오빠는 씩 웃었다. 젊었을 때 배우가 되라는 권유도 많이 받았다는 잘생긴 용모의 오빠도 이제는 흰머리가 듬성듬성했다.

"내가 한 성질 했는데 순순히 갔겠냐? 해방 때 내려올 때도 갓난아기인 너만 안고 간다고 혼자 되돌아가기도 하고 속도 무던히 썩이기는 했지. 사실 그때도 할아버지 집에 안 간다고 집을 나가 옆집 뒤꼍에 숨기도 하고 난리도 아니었지."

"근데 왜 하필 오빠를 보낸 거야?"

"기가 막힌 이야기지. 어머니가 큰형은 장남이라 안 되고, 둘째 형은 마음이 여려서 안 되고, 너는 외동딸이라 안 되고, 네 남동생은 막내라서 안 된다고 생각했다는 거야. 막내 진주는 그다음에 태어나서 그때 있지도 않았지만 너 그게 말이 된다고 생각하니?"

영주는 풋 하고 웃음이 터져 나왔다.

"그래, 아직도 그 생각을 하면 울화가 복받치우?"

"말도 말아. 내가 그 성질 삭이는 데 얼마나 시간이 걸렸는지 너는 잘 모를 거다."

하기야 '미들 차일드 신드롬'이라고 아예 이름이 있는 것처럼 중간에 낀 아이들이 겪는 문제들에 관한 학술적인 보고서는 수도 없이 많았다. 이즈음에야 아이들을 한둘만 낳는 추세여서 중간에 낀 아이가 별로 없지만 전에 주위에서 보면 항상 중간에 낀 아들이나 딸이 말썽을 부리는 경우가 많기는 했다.

"그게 말이야. 어머니가 아버지 사업 도우면서 아이들 뒤치다꺼리하느라고 몸살을 앓는 바람에 한두 달 봐준다고 데려갔던 게 그만 두 해가 넘어버렸다는 거 아니냐. 돌아와 보니 형들은 나를 상대도 하지 않고 너는 외동딸이라고 모두들 다 귀여워하기만 하는데 나는 거들떠보지도 않으니 내가 좀 화가 났겠냐."

오빠는 씩 웃었다. 결혼하고 아이들을 낳은 후에는 다른 오빠들보다 오히려 영주와 더 말이 통하는 심성 깊은 오빠였다.

그 오빠의 구박에 대해 어머니에게 전해 들은 일화가 한두 가지가 아니었다.

어느 날 출타를 해야 하는데 큰애들은 학교에 가고 어린 남매 둘만 남겨놓고 나가는 게 아무래도 마음이 안 놓여서 나간 척하고 대문 밖에서 어머니가 망을 보았다고 했다. 그랬더니 어린 여동생보고 부엌에 가서 물을 떠 오라고 시키고, 물이 적다고 다시 떠 오라고 시키고 그것도 제대로 못 한다고 앉아, 일어서, 앉아, 일어서, 를 군대 기합 주듯 하면서 빨리 안 한다고 쥐어박기까지 하더라는 것이었다. 어린 영주가 어쩔 줄 몰라 하며 그대로 따라 하는 것을 보고 대문을 열고 다시 들어온 어머니에게 오빠가 매타작을 당한 것은 말할 것도 없었다.

그러면서 아직 어렸던 오빠 생각으로는 혼나는 원인이 전부 누이동생 때문이라는 괴상한 논리가 자리 잡아 말하자면 악순환의 고리가 걸린 셈이었다. 영주가 어렴풋이 기억나는 부분도 있었다.

"야, 너네 엄마한테 가서 과자 좀 달라고 그래."

"너, 너네 엄마한테 가서 돈 좀 달라고 해. 내가 그랬다구 하지 말구."

그러면 여덟 살 난 오빠한테 쥐어박힐 게 무서워서 다섯 살밖에 안 된 어린 영주는 시키는 대로 하고는 했다. 그러다가 어린 딸을 못살게 굴까 봐 감시의 눈을 게을리하지 않던 어머니에게 들켜 된통 혼이 나면 영주가 일렀다고 다시 못살게 굴고 그런 일의 반복이었다.

하기야 나중에 생각해보면 오빠가 크게 부당한 대우를 받았다고 느낄 만도 했다. 영주 입장에서는 식구들이 집을 비우고 나가면 오빠하고 둘이만 남는 게 보통 고역이 아니었다. 나이 들어 좋은 아내를 만나 아이들을 낳으면서 오빠의 마음속에 회오리치던 폭풍도 가라앉았다. 오빠가 아이들을 사랑하는 정성은 극진했다.

일가친척들은 병실에 문병 올 때마다 셋째 오빠가 가장 큰 효자라고 칭송했다. 그러면 오빠는 그저 말없이 씩 웃기만 했다.

"이렇게 아무 힘도 없는 아버지를 어려서부터 왜 그렇게 미워했는지 모르겠어."

영주와 함께 아버지를 돌려 누이면서 침대보를 갈다가 오빠는 눈물이 핑 돌기도 했다. 오빠는 몇 달 동안 아버지를 갓난아이 돌보듯 하면서 길고 긴 마음의 불화를 털고 아버지와 마음속 깊이 화해를 한 것 같았다.

아버지는 아무도 병실에 없는 새벽, 셋째 오빠가 혼자 지켜보는 곁에서 유명을 달리했다.

그 이후 무슨 일이 있을 때면 영주는 아버지를 꿈에서 자주 보았다. 그 일들은 좋은 일이기도 하고 궂은일이기도 했다. 어제 꿈에 보였던 아버지의 모습은 혹시 어머니를 데리러 온 모습이었을까.

병실 문을 열자 초조한 기색으로 침대에 누워 있는 어머니 모습이 먼저 눈에 들어왔다. 얼굴에 부은 기가 있고 넘어진 듯 생채기가 몇 군데 보였다. 4인실에 있는 다른 환자들이 들어서는 영주를 흘낏 바라보았다.

"야, 그 할머니 성정이 대단하시데요. 나가시겠다고 난리를 치시

더니. 아까 애먹던 남자분은 지금 오신 분하고 꼭 닮으셨더구만. 그
분은 어딜 가셨나."

옆 침대에 아내를 간병하러 왔는지 혼자 앉아 있던 초로의 사
내가 아는 척하며 말을 건넸다. 그 말소리에 이쪽으로 시선을 돌린
어머니의 얼굴에 반가움의 빛이 흘렀다.

"오, 너 왔구나."

어머니는 침대에서 그대로 일어설 기세였다. 그러나 왼쪽 팔에
통증이 느껴지는지 도로 일으키려던 몸을 눕혔다. 손목에서 팔꿈
치 위까지 왼팔에 받친 각목 위로 몇 겹씩 붕대가 돌아가며 처매어
져 있었다.

"어머니, 많이 다치셨어요?"

일견 의식은 그대로인 것 같아서 적이 안심이 된 영주가 어머니
얼굴에 흩어져 내린 머리카락을 쓸어 올려주며 물었다.

"다치기는. 글쎄, 난 괜찮다니까. 영주야, 너 잘 왔다. 얼른 나가
자꾸나. 날 데리러 왔지?"

영주는 난감했다.

"팔뼈를 다치셨다니 여기 좀 계셔야 할 것 같은데요."

"아, 글쎄, 난 병나지 않았어. 얼른 가자. 기깟 놈들이 뭘 아냐.
이리로 귀 좀 대라."

어머니는 여윈 체구를 옆으로 돌려 누우며 멍든 푸른 기가 가
시지 않은 눈매로 영주를 올려다보았다. 그리고는 성한 오른손으로
영주의 손을 꼭 잡았다. 영주가 고개를 기울이자 어머니는 작게 말
했다.

"야, 니가 지금 몰라서 그러는데 너라도 얼른 몸을 피해라. 여기 색시집이란다. 봐라, 전부 다 손님들을 기다리고 있지 않갔니?"

영주는 아연실색을 했다. 그런대로 괜찮은 것 같던 치매 기미가 되돌아오는 게 느껴졌기 때문이었다. 두 주 전에 통장 때문에 애달파하면서 영주의 집에 와서 난리를 치고 가신 후 한동안은 치매 기운이 없이 잠잠했었다. 좀 전에도 영주를 한눈에 알아보기에 다른 걱정은 하지 않았는데 차에 부딪힌 충격으로 다시 치매 증상이 돌아온 모양이었다.

"어머니, 글쎄, 여긴 병원이라니까요. 팔만 나으시면 나갈 수 있어요."

"아, 얘가 말을 못 알아듣네. 여기가 병원이 아니라니까 그러네."

어머니의 안색은 창백하고 초조해 보였다. 영주의 손을 그러쥔 오른쪽 손이 덜덜 떨렸다.

"잠깐만, 제가 언제 나가실 수 있나 물어보고 올게요."

영주가 밖으로 나가려고 하자 어머니는 원망이 가득한 기색으로 영주를 바라보았다. 밖으로 나서자 저쪽 복도 끝에 둘째 오빠가 서서 담배를 피우고 있는 모습이 눈에 들어왔다.

"어떻게 된 거유?"

다가간 영주가 묻자 오빠는 너도 알지 않느냐는 덤덤한 표정을 했다.

"그 왜 통닭 튀김 신고 다니는 봉고차 말이야. 그 뒷문짝이 열리면서 거기 부딪히신 모양이야. 얼굴도 다치고 넘어지면서 왼쪽 팔이 다치신 거야."

"그 큰 차가 어떻게…… 아니 뒷문이 열리는데 인도에 있던 노인네가 왜 다치우?"

"글쎄, 그게 지금 말썽이야. 그 기사가 얼굴이 다 파래져가지고 사정을 하는데 말이야. 통닭을 배달하고 바로 다음 골목 배달을 가는데 그 문을 잠그지 않고 닫기만 한 채 떠났던 모양이야. 그 차 문이 열리면서 노인네를 친 거야."

"그럼 어머니가 차도에 서 계셨어?"

"글쎄, 운전사 말은 그렇다는 건데 노인네 이야기는 왔다 갔다 하니. 참 걱정이다. 어쨌건 운전사가 과실인 건 사실인데, 어머니가 차도로 걸어가고 계셨다면 이쪽에서도 뭐 그렇게 할 말이 많은 건 아니거든."

"괜찮대? 의사는 뭐라고 그래?"

"말도 마라. 어머니가 의사보고 당신이 뭘 아냐고 어찌나 야단을 쳐댔는지 하도 혼이 나서 그 병실에는 들어오지도 않으려고 할 거다."

오빠는 피식 웃었다.

"그나저나 저러시다가 병실에서도 쫓겨나게 생겼어. 그 옆 침대 간병하는 남자가 보통 까다롭게 생기지 않았던데……."

영주는 저절로 한숨이 나왔다.

큰오빠와 셋째 오빠, 여동생이 시간 차이를 두고 몰려들었다. 부산에 사는 남동생은 그곳 일이 마무리되는 대로 올라오겠다고 병원으로 전화를 했다. 우선 급한 대로 간병할 사람을 소개받아 그 사람에게 병실을 지키게 하고 형제들은 근처 밥집으로 자리를 옮겼다. 간병인 비용이나 다른 비용은 누가 혼자 감당할 수 없는 일이라 그 비용들을 형제들이 나누어 부담하기로 합의가 되었다. 병실도 일단 방이 비는 대로 일인실로 옮기기로 했다. 병실의 다른 사람들 때문에도 그렇고 어머니가 불편하실 것 같아서였다.

"이런 분을 한두 번 맡아 돌본 게 아니에요. 전혀 염려하지 마시고 다들 집에 돌아가셔서 편히들 쉬세요. 이만하면 양반인데요, 뭐."

간병인은 자기 일에 이력이 난 사람이었다. 어머니를 다루는 솜씨가 보통이 아니었다. 어르기도 하고 달래기도 하고 야단도 쳐가면서 자손들보다 어머니를 더 잠잠하게 했다.

그러나 다음 날 낮에 영주가 병실을 찾아가자 간병인이 어머니가 밤이면 자지 않고 침대 레일을 넘어 도망가려고 들고 '황성옛터'며 '열아홉 순정'까지 온갖 흘러간 노래들을 불러대는 통에 다른 환자들이며 보호자들의 불만이 보통이 아니라고 싫은 소리를 했다. 간병인은 토요일 오후에는 집에 돌아가 일요일 오후가 되면 돌아오겠다고 했다.

다행히 토요일에 일인실이 나서 그날 밤은 우선 영주가 간병을 하기로 했다. 겨우 어머니를 달래서 재운 영주는 침대 옆 좁고 기다란 장의자에 담요를 접어서 베고 누웠다. 한참을 누워 있었지만 잠이 오지 않았다. 노인네가 뼈를 다치면 회복하기가 어렵다던데. 저렇게 병실을 싫어하는 노인네가 그 고비를 넘길 수 있을지도 걱정이었다.

저녁에 상태를 살피러 들어왔던 젊은 의사가 영주에게 말했다.

"어디 정신상태가 바로 돌아오셨어요?"

영주가 쓰게 웃으며 고개를 젓자 그 의사가 말했다.

"좀 성가시더라도 자꾸 말을 시키고 끈기 있게 이야기를 들어드리세요. 그러면 치매기가 많이 완화되거든요."

영주가 긴 의자에 누워 이 생각 저 생각에 잠겨 있는데 갑자가 어머니가 작은 음성으로 불렀다.

"영주야, 자냐?"

"아니요, 어머니. 소변보시고 싶으세요?"

"아니다."

잠시 침묵이 흘렀다.

"영주야, 네가 나를 좀 봐다고. 날 좀 우리 집으로 보내줘요. 우리 엄마가 날 기다려."

영주는 저절로 한숨이 나왔다. 이제 자기는 애당초 틀린 노릇이었다.

"무슨 엄마가 어머니를 기다려요?"

"내가 곧 온다고 했단다. 아마 지금도 사리원 집 앞에 그대로 서 계실라. 내가 사리원에서 서울로 떠나면서 곧 다시 온다고 했는데 가만히 생각해보니까 거기 그냥 계실 거 같아. 내가 서울에 와 있다는 얘길 아직 한 번도 못했구나."

"어머니, 지금 어머니 연세가 몇이세요?"

"나?"

어머니는 뭔가 골똘히 계산해보는 모양이었다.

"야, 내가 지금 몇 살이가?"

영주는 걱정스러우면서도 실없이 웃음이 나왔다.

"지금 자그마치 여든이 다 되셨네요."

"뭐라구? 내가? 그럼 스물아홉인 줄 알았던 건 뭐일까."

"좋겠네요. 딸년보다도 더 젊으니."

농담 삼아 넘기려다 갑자기 아까 젊은 의사의 말이 떠올랐다. 현실감이 되돌아오게 틀린 이야기를 해도 참을성 있게 세세하게 바로잡아주라고 하지 않았던가.

"어머니 이름은 기억나세요?"

"내가 바보가? 내 이름은 연이야. 김연이."

"어머니, 내가 어머니 딸인 건 알겠어요?"

의자에 일어나 앉은 영주가 어머니 쪽으로 몸을 굽히자 어머니는 실없다는 듯 픽 웃었다.

"그럼 니가 내 딸 아니면 우리 어머니냐?"

"아니 그렇다면 딸이 이만큼 늙었는데 어머니가 어떻게 스물아홉이유?"

"글쎄 그건 그렇구나. 넌 지금 몇 살이냐?"

"아무튼 징그럽게두 벌써 오십이 한참 넘었네요."

"네가? 원 세상에."

어머니는 정말로 깜짝 놀라는 기색이었다.

"우리나라가 해방이 된 게 언젠지 기억이 나세요?"

"해방이라니? 어디서?"

"일본에서 말이에요."

"아, 그거야 육십 년이 다 되어가지."

"저를 해방되던 해 낳으셨다면서요?"

갑자기 어머니가 조용해졌다. 아마도 눈 내리던 날 영주를 두고 가려던 장독대며 물소리를 찰브락거리며 강을 건너던 뗏목의 기억이 어머니를 밀고 들어오는지도 몰랐다.

이제 그만 주무시라고 달래고는 보조 의자에 누워 있노라니까 한참 조용히 있던 어머니가 침대에서 부스럭거리는 소리가 들렸다. 가만히 눈치를 보니 어머니가 가방을 꺼내놓고 온갖 서류며 통장들을 꺼내 다시 점검을 하는 모양이었다.

"어머니, 잠이 안 오세요?"

"글쎄, 이렇게 잠이 안 오는구나. 옛날에는 베개에 코를 박기만 하면 그대로 곯아떨어지고는 했는데 말이다."

"어머니, 지금 연세가 어떻게 되는지 이제 아시겠어요?"

"왜 몰라. 여든이라면서?"

"아이고, 이제 제정신이 드시나 보네요."

"너 안 자도 되면 내 이야기 좀 들어보잤니?"

"무슨 이야기인데요?"

"내가 너만 할 때 이야기며 너보다 더 아이일 때 이야기며 그 생각들이 이렇게 생각이 나는구나."

"그래도 좀 주무셔야 하지 않아요."

"아니다. 하루 종일 잠만 잤는데 무어. 넌 공부를 많이 했으니까 내 이야기를 잘 듣고 그 이야기를 써두려무나. 기가 막힌 이야기들이지. 세상에는 공부만 가지고는 모를 일투성이란다."

어머니는 골똘히 생각에 잠긴 표정으로 이야기를 꺼냈다. 영주

는 밤을 새워가며 어머니의 이야기를 들었다. 이상할 정도로 또랑
또랑하게 어머니는 어려서부터 만났던 사람들의 이야기와 고향 땅
의 이야기들을 들려주었다.

"너희 할아버지가 대단한 인물이셨느니라. 어렸을 때부터 강화
에서 소문이 자자한 인물이었지. 아들 셋, 딸 셋에다가 풍족히 모
아둔 재산하며. 내가 며느리로 들어갈 때 내 이름 연이가 제비처럼
좋다고 얼마나 귀애해주셨는지 아니? 너희 아버지가 처음에 태어
났을 때 할아버지가 첫아들을 얻고 어찌나 기뻤는지 수풀 속에 표
범처럼 기세 좋게 자라라고 표림이라는 이름을 지어주셨단다. 그
후에 줄줄이 아들딸을 낳았는데 그러면 뭐하냐. 자식들을 반이나
비명에 보내셨단다. 해방되기 전에 일본에서 죽었지, 아이 낳다가
죽었지, 또 전쟁 통에 죽었지. 아마 그게 크나큰 한이 되셨을 게다.
나야 할아버지처럼 여섯 남매를 두었지만 그래도 하나도 잃지 않
았지 않니. 나는 팔자가 좋은 거지. 너 하나 해방 통에 잃을 뻔했지
만 그래도 이렇게 옆에 있지 않니."

어머니는 도저히 믿어지지 않을 만큼 자세한 기억력으로 이야기
를 풀어나가기 시작했다. 팔에 깁스를 하고 병원에 입원하고 있는
동안 어머니는 저녁마다 들르는 영주에게 아라비안나이트에 나오
는 세헤라자데가 임금님에게 들려주듯 이야기의 실타래를 풀어 삼
대의 가족에 얽힌 이야기들을 들려주었다. 이상하게도 그 이야기를
펼쳐놓는 동안 치매 증상은 다시 나타나지 않았다.

3. 꽃상여

               강화 할아버지는 아들 셋, 딸 셋을 두었다. 영주의 아버지인 맏아들 표림을 낳아 건강하게 돌을 맞았을 때 그가 베풀었던 풍성한 잔치는 오래도록 마을의 화젯거리가 되었다. 큰 솥을 집 밖에 둘러가며 여러 군데 걸어놓고 소를 잡고 돼지를 잡아 온 마을 사람들을 먹이던 정경과 불러온 풍악대의 북과 장구 소리에 맞추어 할아버지가 덩실덩실 어깨춤을 추던 장면은 사람들의 뇌리에 깊이 새겨졌다. 사람들은 몇 달이 지난 후에도 그 잔치 이야기를 꺼내고는 했다.

   "손이 큰 집안이여. 그 아이가 크게 될 징조여. 아 대단한 잔치였지. 그럴 만도 하지. 칠 년 동안 태기가 없다가 떡하니 맏아들을 낳았으니 말이야."

   칠 년 동안이나 아기를 기다리느라고 온갖 정성을 다 들이다가 표림을 낳았던 할아버지의 처 개성댁은 돌잔치를 치른 후 삼신할머니가 얼마나 크게 아기 문을 열어놓았던지 한 해 걸러 아이를 낳았다. 강화 할아버지는 둘째 아들이 태어났을 때도 크게 기뻐하기는 했지만 그 이후에 다시 방랑벽이 도져 장사를 빌미로 전국을 떠돌았다. 거상들 대열에 끼어 집에 자주 머물지 않고 개성, 한양, 평양, 여수며 부산 등지로 발 닿는 곳마다 다니며 곳곳에 여자들을 두었다. 이런 일들로 인해 개성댁의 마음속에는 숯검댕이처럼 어두운 근심이 그 밑바닥에 깔려 있었다. 그나마 속을 덜 썩인 점이 있다면 그 여자들 중 어느 곳에서도 아이를 두지 않았다는 것뿐이었다.

할아버지의 아명은 원복이었다. 달처럼 둥두렷한 아이의 인물은 이야기 속의 왕자님처럼 출중했다. 건어물 거래를 크게 하던 증조할아버지를 따라 개성 나들이를 나섰던 소년 원복은 가마로 길을 나서던 개성 유수의 눈에 띈 적이 있었다. 가마에서 내려다보던 개성 유수의 눈은 다른 백성들처럼 고개 숙여 엎드리지 않고 호기심과 두려움이 뒤섞인 당돌한 눈으로 자기를 올려다보던 원복의 눈과 마주쳤다. 개성 유수는 가마를 멈추고 그를 가까이 오게 했다. 원복의 아버지는 아들이 저지른 방자한 실수에 대한 문책인가 하여 두려움에 몸을 떨었다. 일반 백성의 권리 같은 건 없던 시절이었다. 그러나 원복을 가까이 오게 한 유수는 너그러운 미소를 띠었다.

"그놈 참, 보기 드문 인물이구나. 네 이름이 무어냐?"

"강화에 사는 이원복입니다."

원복의 대답은 또렷하고 분명했다. 고개를 끄덕인 유수는 그를 관서로 따라오게 했다. 유수는 그에게 극진한 대접을 베풀고 다음 날 떠날 때 피륙 한 필을 내렸다.

"내, 네게 미동 상을 내리마. 내가 관상을 좀 보거든. 네 인물을 보니 너나 네 자손이 아마도 크게 될 것이다. 세상이 흔들리니 양반의 후손만 복록을 누리던 시대는 지나갈 것이야."

놀라운 발언이었다. 유수는 원복에게 약조를 하였다.

"언제든 네가 섬을 떠나고 싶으면 오너라. 더 큰 세계로 나가고 싶다면 내가 너를 도와주마."

민란이 끊임없이 발발하고 개화의 소용돌이가 온 나라를 뒤덮고 있던 몇 해 사이에 호열자로 부모상을 당한 원복은 강화 섬을 떠나 그를 찾아갔다. 유수는 거상의 집사를 따라다니도록 주선을 해주고 집사는 그에게 무남독녀인 딸을 내주었다. 누구에게나 호감을 주는 달 같은 그의 외모와 언변은 사람들을 휘어잡았다. 상인으로 물리가 트이고 각처에 건어물의 거래처가 트일 때 우리나라는 국치를 경험하고 나라를 일본에게 내어주었다. 원복에게도 앞이 캄캄한 일이었다. 그는 깊은 한숨을 내어 쉬며 한탄을 했다.

"이게 대체 무슨 일인가. 나라 임금님은 어떻게 되는 것인지."

무슨 일인지조차 가늠하지 못했던 백성들의 민심은 흉흉했다. 한일합방 이후 교활한 일본 상인들의 농간에 덧정을 잃은 원복은 장인이 화병 끝에 세상을 떠나자 개성의 재산을 대강 정리하고 강화에 식솔들을 안주시켰다.

이삿짐을 실은 배가 강화의 입구인 갑곶 나루에 다다르자 원복의 눈에는 뜻 모를 눈물이 고였다. 오랜 역사를 알려주는 고인돌 무덤들이 여러 곳에 자리 잡은 강화 땅에서 천방지축으로 뛰어놀던 어린 시절에 대한 회상과 나라를 잃은 처지에 대한 비감이 뒤섞였다. 한강의 관문으로 서해안에 자리 잡고 몽골의 외침이며 강화 조약까지 온갖 풍상을 겪어온 강화 섬은 묵묵히 그의 가족을 받아들였다.

강화에 이주한 후로도 몇 년이 지나도록 아이를 낳지 못하는 아내와 남편 잃고 딸을 따라온 장모를 남겨두고 그는 바람처럼 전국을 떠돌며 가끔 집에 들렀다.

그는 마음에 맞는 사람들을 그러모아 서해안의 어물 상권을 좌우하는 서성 합성회사를 설립하고 그 대표가 되었다. 당시 담배나 인삼을 정부에서 인가받은 단체만 다루도록 하듯이 그의 허가를 거치지 않고는 크고 작은 중소 상인들이 해산물을 분배하고 받을 엄두도 내지 못하였다. 그가 자기 혼자 거느린 배만도 중선이 열 척에 가까웠고 새우를 잡는 마구리 배는 다섯 척이 넘었다. 마포나루나 인천에 그의 배가 뜨면 상인들이 구름처럼 몰려들어 배분을 받기를 원했다. 그는 당대의 대상이 되었고 일제 치하에서도 떵떵거리며 부를 긁어모았다.

그의 사치는 극에 달해서 명주나 항라가 아니면 몸에 걸치지를 않았고, 가장 부드러운 가죽으로 만들기 때문에 소 한 마리에서 한 켤레밖에 안 나온다는 세칭 고들빵 구두가 아니면 신지를 않았다. 가는 곳마다 상인들의 조합에서 대표들이 나와 칙사 대접을 하였다. 그 지방의 명소인 요릿집에는 아리따운 기생들이 나와서 그에게 향응을 베풀었다. 자연히 일 때문에 시작된 그의 팔도 순회는 거의 일상적인 일이 되었고, 능숙한 일본어를 구사하며 친화력이 뛰어난 그의 곁에는 항상 사람들이 들끓었다. 성품이 호방한 그는 자기를 따르는 기생들을 까칠하게 내치거나 거절하지 않았다.

언제나 바다를 바라보며 하염없이 남편을 기다리던 개성댁은 전해 오는 풍문 속에 그의 소식을 들으며 애를 태웠다. 개성댁은 아이를 낳기 위해 할 수 있는 혼신의 노력을 기울였다. 그러나 떠도는 바람처럼 가끔 나타나는 남편과 함께할 기회도 많지 않아 늘 잉태는 수포로 돌아갔다.

"네가 이러고 있을 때가 아니야. 우리도 할 수 있는 일은 다 해보아야지. 절에도 치성을 드리고 필요하면 액막이굿도 하고 그러자."

가녀린 몸매와 무덤덤한 용모 탓에 아이를 두지 못하는가 하여 친정어머니는 딸을 끌고 절에도 치성을 드리고 조상이 적덕을 쌓지 못해 재앙이 들었는지 해서 무당을 불러 사위 몰래 굿도 하며 숱한 비방을 다 쏟아부었다.

온갖 음식을 차려놓은 상 앞에서 붉은색과 노랑, 남색이 눈이 시도록 어우러진 옷을 입고 몰아의 상태에 들어가 춤추는 무당을 보며, 개성댁은 마음 한구석의 답답함이 씻겨 나가는 듯한 신명이 억눌러둔 내부에서 분출하는 것 같은 기이한 감정을 느꼈다. 후에 점치는 사람이 신이 내리려고 한다는 이야기를 했을 때 개성댁이 웃어넘기지 못하고 마음속 깊이 두려움을 감추지 못했던 이유가 거기 있었다.

개성댁은 첫아들 표림을 낳기 전에는 섬 살림을 답답해했지만 점점 바닷바람과 갯내에 익숙해갔다. 몸을 아끼지 않고 일하며 살림을 알토란같이 꾸미던 개성 본집의 내력을 따라 개성댁의 일솜씨는 다부졌다. 끝없이 이어지는 집안 대소사에 치이는 틈새에서도 어느 한구석 살림에 허름한 기색을 보인 적이 없었다. 정지 바닥은 늘 갓 쓴 듯 정갈했고, 검은 무쇠솥은 번쩍거리게 윤이 나고 툇마루 귀퉁이에 굴러다니는 묵은 먼지 하나 없었다.

바닷바람 앞에서 반 소박데기처럼 살아온 개성댁은 새벽이면 장독대에 정화수를 떠놓고 늘 치성을 드렸다. 아들 낳기를 기원하는 것이었지만 아마도 자주 돌아오지 않는 남편에 대한 애끓는 염원도 섞여 있었을 것이었다.

강화는 철종 임금이 나무꾼 총각일 때 살던 곳이었다. 장삿길에 수완을 보여 대상의 이름을 얻어 큰돈을 모은 원복은 철종이 임금이 된 후에 용흥궁으로 이름 지어 개축된 기와집이 있는 내수골 바로 옆에 있는 넓은 땅을 사서 크게 집을 지었다. 사람들은 원복이가 집터가 좋아 나중에라도 큰 인물이 되거나 그의 아들들이 큰 인물이 될지 모른다고 뒤에서 입을 모으기도 했다.

"아, 이 동네에 이렇게 큰 고래등 같은 기와집이 들어설 줄 누가 짐작이나 했겠는가. 이웃에도 씀씀이가 크니 자손들이 다 번성하겠구먼."

강화 할아버지는 강화에 살며 아들 셋과 딸 둘을 얻은 후 개성댁의 애통 속에서 장모가 지병으로 죽자 일가를 솔가해 강화를 떠났다. 그리고 옛날 강화로 유배를 떠나기 전 고조할아버지의 원래 고향이었다는 황해도 사리원으로 터전을 옮겼다.

할아버지는 사업의 물리를 큰아들에게 가르쳐서 맥을 잇게 하려고 하는 마음이 컸다. 그는 맏아들에게 늘 말하고는 했다.

"사람은 큰물에서 놀아야 한다. 섬에 갇혀 있기만 해서는 큰 세상을 만날 기회가 오지 않는다."

그러나 맏아들 표림은 사리원에서 성장하면서 아버지가 하는 장사에는 별로 관심을 보이지 않았다. 그는 개성과 서울을 드나들며 자동차와 기계에 매혹되었다. 처음에는 아버지의 장삿길을 따라다니는 시늉이라도 했지만 그의 꿈은 그 당시 장안의 선망의 대상이었던 자동차 기사가 되는 데 있었다.

버스가 처음으로 나타났을 때 마을 사람들은 경악했다. 도대체 이름도 알 수 없는 쇠로 만든 짐승이 화등잔만 한 두 눈을 부릅뜬 채 사람들을 뱃속에 꾸역꾸역 집어넣고 달려가는 모습을 모두들 넋을 잃고 바라보았다.

"이게 무슨 천지개벽할 일인가. 아니 쇠로 만든 짐승이 사람을 뱃속에 넣고 저렇게 빨리 달리다니. 믿을 수 없는 일일세."

기껏해야 가마나 사인교를 바라보던 사람들이 이 괴상한 짐승을 쇠로 만든 당나귀 보듯 하며 놀랐던 것은 당연한 일이었다. 버스나 자동차가 들어오기 전, 갑오년 이전에 자전거가 처음에 들어왔을 때만 해도 스스로 가는 차라 해서 자행거라 이름을 붙이고 지극히 편리한 가마라며 사람들의 열광은 대단했다. 한다 하는 한량들의 자제들은 마술처럼 달려가는 자행거에 넋을 잃었다.

"끌지도 않는 가마가 다 있구먼그래. 혼자서 달려가는 지붕 없는 가말세그려."

이 자행거는 당시 으뜸가는 사치 품목으로 전성기를 누렸다. 국내에서 자행거를 처음 탄 것으로 알려졌던 윤치호는 당시에 가마 타던 습관에 혼자 다니기가 멋쩍었는지 하인 두 사람을 교군처럼 앞뒤로 거느리고 자전거를 타고 다녔다고 했다.

"그게 축지법이지 다른 게 축지법인가. 금세 눈앞에 있었는데 그냥 사라져버리더라니까. 살다가 살다가 별 해괴한 꼴을 다 본다니까."

사람들은 그가 축지법을 쓴다고 소문을 내고 나중에는 그가 자행거를 타고 그 당시 장안의 명물이던 명동성당을 훌쩍 넘었다는 전설 같은 소문을 퍼트리기도 했다.

처음 자전거가 보급되면서 사람들에게 판매 장려를 하기 위한 경기 대회가 열리기 시작했는데, 이 대회는 차츰 일본인과 조선인 선수 간 경쟁의 무대가 되었다. 사람들은 일본 선수들을 제치고 늘 우승하는 엄복동에게 열광했다. 엄복동은 1920년대 승승장구하며 민족의 스타로 떠올라 "떴다 보아라 안창남, 내려다보니 엄복동"이란 노래 가사에 등장하기도 했다.

보다 자유롭게 하늘을 날고 싶어 했던 조선 최초 비행사 안창남과 자전거 경기 선수로 이름을 날렸던 엄복동을 흠모하면서 자란 표림은 친구들 중 누구보다도 먼저 자전거를 마련해 바람을 가르고 마을을 휩쓸고 다녔다.

"장안의 멋쟁이로구먼, 장안의 멋쟁이야. 저러다가 지 아버지처럼 여자들을 얼마나 후려내려는지……."

마을 사람들은 수군거렸다. 출중한 용모에 여자들에게는 별 무관심인 듯한 그가 자전거를 타고 지나갈 때면 동리 처녀들은 마음을 설레며 뒷모습을 지켜보고는 했다. 그러나 그는 보통학교 다닐 때부터 서로 편지를 주고받으며 마음에 두고 있던 동갑내기 연이 이외에는 누구에게도 관심을 두지 않았다.

원래 기계에 대한 관심과 재능이 남달랐던 표림이라 1914년부터 조선에서 자동차 영업이 시작되어, 그가 태어난 1917년에는 벌써 서민들의 발 노릇을 하기 시작했던 자동차에 정신을 잃은 건 어찌 보면 당연한 일이었다.

"이게 무슨 해괴한 물건이여. 아니 메는 사람도 끄는 사람도 없이 저 혼자 달려가는 이게 무엇인가. 오래 살려니 별일을 다 보는구면."

나이 든 사람들은 네모반듯한 차체에 휘장을 둘러싼 자동차를 보면 감히 가까이 다가가지 못하고 멀찍이서 수군거리기만 했다. 그러고는 아이들이 그 근처에도 가지 못하게 다그쳤다. 올라타기만 하면 그 안에 든 번갯불 때문에 사실은 쥐도 새도 모르게 죽는다는 소문이 도는 판이었다. 이게 무슨 짐승인가 하고 다가와 막대기로 꾹꾹 찔러보는 사람도 있었고, 이 괴상한 쇠 당나귀가 시골 마을의 산모퉁이라도 돌아가는 경우에는 사위스럽게 여기는 구경꾼들에게 돌 세례를 받기도 예사였다.

표림이 성장해 자동차에 관심을 가지게 되었을 때는 인식이 많이 나아졌다. 그가 자동차에 기울였던 관심은 일시적인 것이 아니었다. 그는 생애를 통해 자동차에 관심을 보였고, 해방 후 그 분야에 입문해서 자동차 무역으로 자리를 잡았다.

표림이 열네 살 사춘기의 관심을 걸고 보지도 못한 채 짝사랑의 마음을 품었던 사람은 이등 비행사 자격을 갖고 있다가 자동차 운전사로 직업 전환을 했던 담대한 아가씨 이정희였다. 보수적인 사람들의 온갖 구설수에 오르면서도 그녀는 아랑곳하지 않았다.

그녀에 관한 여러 가지 신기한 이야기를 들을 때면 그의 마음은 한껏 설렜다. 그리고 자기도 그 기계를 다루어보리라는 결심을 혼자서 다지고는 했다. 새로운 시대를 여는 기계에 그토록 대단한 열정을 지니고 있었던 그가 운전기사 자격증을 받아 자동차를 몰게 된 것은 신기한 일이 아니었다.

그는 바닷바람과 덕적에서 말리는 생선 비린내에 애착을 느끼지 못했다. 아버지의 건어물 사업에 손을 대려 들지 않았던 것은 기계에 탐닉하는 기질로 보아 당연한 일이었다. 강화 할아버지는 서운한 마음은 있었지만 자기가 생애를 걸어 펼쳐놓았던 판로를 큰아들이 이어받으려 들지 않자 밑에 아들들에게도 강요하지 않았다. 소년 시절 들었던, 이제 새로운 세상이 올 것이라는 개성 유수의 말이 그에게 영향을 주었을지도 몰랐다.

사리원에 자리 잡고 난 후 강화 할아버지는 조금 마음을 잡은 듯했다. 집에 머무는 기간도 길어지고 바람처럼 떠도는 기질도 모가 깎인 듯했다. 자동차를 가지고 독자적으로 영업을 하겠다며 사줄 것을 조르던 아들 표림이 스무 살이 되자 아버지는 당시로서는 어마어마하게 비쌌던 자동차를 사주는 조건으로 서둘러 혼례를 치렀다.

"아버지, 중신아비를 내지 마십시오. 제가 마음에 두고 있는 처자가 있습니다."

그 딩시로시는 파격적으로 할아버지는 자기주장을 내세우지 않고 큰아들의 소원을 받아들였다. 전에 함께 보통학교를 다녔던 처녀 연이를 배필로 맞고 싶다는 청이었다.

몰락한 가난한 양반집 막내딸인 연이는 영리하고 자태가 고왔다. 연이 오빠는 공부에 탁월한 재능을 보여 학교의 후원을 받아 일본에 유학 중이었다. 일본에서도 이름 있는 명문대학에 들어간 오빠는 개화한 사람이었다. 당시 조선 지식인들을 휩쓸던 공산주의 사상에 심취하였던 그는 조선 가정의 가부장제에 얽매인 수렁 속에 누이동생 연이를 넣고 싶어 하지 않았다.

"네게 큰 기회가 될 거다. 이제 세상이 바뀌었어. 옛날 생각에서 벗어나 큰 세상으로 나아가야 한다. 두 번 다시 없을 기회야. 유학을 떠나도록 해. 내 친구 한 사람이 전적으로 너를 도와서 대성할 때까지 뒤를 보아주겠다고 했다."

독일에서 음악을 공부하던 부유한 친구가 귀국길에 보았던 연이에게 큰 호감을 나타내고, 독일에 함께 가 바이올린을 공부시키겠다는 제안을 해왔을 때 오빠는 연이가 그 길을 따르기 바랐다. 그러나 이미 마음이 표림에게 가 있는 연이 마음을 되돌리기는 어려웠다. 방학이 끝나고 유학길에 다시 오를 때 동경으로 누이를 데려가려고 설득해보기도 했지만, 이번에는 어려서부터 아버지 없이 아들 하나와 딸 하나를 혼자 기른 늙은 어머니가 반대했다. 친척붙이라고는 부잣집에 시집간 언니하고 조카아들밖에 없고 이제 연이하나 곁에 남아 있는데, 생판 아는 사람도 없는 먼 곳에 보낼 수 없다는 것이 그 이유였다. 할 수 없이 연이를 유학시키려는 마음을 접은 오빠는 떠날 때 연이에게 말했다.

"이제 여자라고 구식 가정에서 온갖 핍박을 받으며 살던 시대는 지났단다. 참기 어렵게 괴로우면 언제라도 연락을 하거라. 내가 너를 데리러 오마."

연이는 말없이 고개를 숙이고 막연한 불안과 믿음이 뒤섞인 마음으로 오빠를 떠나보냈다. 조용하고 조촐하게 살던 친정 집안과는 달리 엄청나게 큰 규모로 사람들을 수백 명이나 불러 먹이고 밤낮으로 잔치를 이어 가는 혼례를 치른 새댁 연이는 앳되고 고운 얼굴에 어울리는 노랑저고리와 다홍치마로 갈아입었다. 그리고 허리춤을 동여맨 채 종종걸음으로 시어머니를 도와 살림을 배우고 대소사를 이끌기 시작했다.

"며느리가 손이 맵고 눈썰미가 있어 내가 한결 편하다네."

시어머니는 부지런하고 말귀를 알아듣는 연이를 자랑스러워하고, 그 시절에 흔하던 고부 갈등에 시달리게 하지 않았다. 그러나 익숙하지 않은 대갓집 일이며 손님치레는 쉬운 일이 아니었다.

강화의 친척붙이들은 맡겨놓은 돈 보따리나 있는 것처럼 무시로 사리원의 널따란 집을 드나들었다. 아예 진을 치고 돌아가지 않는 식객들도 있었다.

"아, 부자 친척을 두어서 좋다는 게 무언가. 잘사는 집에서 다 돕고 살아야지, 사람이라는 게 저 혼자 하늘에서 떨어진 건 아니거든. 누가 아는가. 다음에는 우리 자식들에게 자네들이 신세를 지게 될지."

친척들은 집에 돌아갈 여비를 달라는 건 당연했고, 장사 밑천을 대라는 둥 아내가 죽었다는 둥 하면서 도움을 달라고 졸라대었다. 자기 아이들을 데려다가 무작정 맡겨두고 달포 후에나 찾아가기도 했다. 물색없고 염치없는 한 친척은 첩살림하는 비용을 대주지 않는다고 행패를 부리기도 했다. 어떤 때는 한 달에 석 섬 쌀도 모자랐다. 일하는 사람들 두서넛이 행랑에 들러붙어 있어도 연이의 시집살이는 고되었다.

어느 날 행랑어멈과 함께 우물가에서 빨래를 하다 잿물에 삶은 빨래 냄새에 구토를 견디지 못해 입을 막고 몸을 돌리던 연이는 마루에 서서 자기를 내려다보던 시어머니의 당혹스러운 눈빛을 보았다. 맏며느리의 수태 조짐은 분명 기쁜 징조였을 텐데도 개성댁의 얼굴에는 착잡한 수치감이 함께 얽혀 있었다. 연이는 입을 막고 뒤뜰로 달려가면서도 석연치 않은 시어머니의 눈빛이 칼끝처럼 마음에 와 닿았다.

'내가 무언가 마땅치 않은 며느리여서일까. 양반이었다고는 하지만 가진 것 없이 시집 온 가난한 집 딸이기 때문일까. 그렇지만 내게는 누구와도 견줄 수 없는 자랑스러운 오빠가 있지 않은가. 그리고 우리 이모는 부잣집에서 잘난 아들 낳고 잘 살고 계시지 않는가……'

아침에 속이 안 좋아 먹지를 못해 아무것도 나오지 않는 빈 토악질을 하며 연이는 별별 생각을 다 떠올렸다.

몇 달이 지나서야 연이는 그 원인을 알게 되었다. 시어머니의 배가 자기 배와 똑같이 불러 올랐기 때문이었다. 같은 시기에 시어머니와 며느리가 동시에 잉태를 한 것이다. 산아제한의 개념이 없었던 당시로서야 일어날 수도 있는 일이었다. 그러나 폐경이 가까운 나이에 끝으로 딸을 낳은 지 십 년이 다 되었던 터라 시어머니가 우세스럽게 여긴 건 당연한 일이었다.

시어머니는 말복, 해가 끓어오를 듯이 뜨거운 한낮에 딸 혜인을 낳았고, 며느리는 폭염의 기세와 밀고 들어오려는 가을의 선선한 바람이 서로 세력을 다투는 입추에 아들을 낳았다. 두 아기는 강아지처럼 뒤엉키며 자라났다. 고모와 조카라기보다는 남매나 친구와 같았다.

할아버지는 늦게 둔 막내딸을 별로 반기는 기색이 없었고 다시 잉태할 것을 두려워했는지 가라앉았던 방랑벽이 도지기 시작했다. 시어머니는 노산이라 젖이 별로 없었다. 며느리 연이의 젖은 아기를 먹이고도 남아 옷을 적실 정도로 흘렀다. 그러나 며느리의 젖을 물릴 수는 없다는 시어머니의 반대로 연이의 아들과 나이가 같은 시누이는 암죽을 먹거나 시아버지가 사 들고 오는 고급 분유 깡통 우유에 의지해서 자랐다. 개성댁은 막내딸을 낳은 후 억척스럽게 일하던 기력을 일부 잃었는지 시름시름 눕는 일이 늘었다.

기계와 신문명에 관심이 많던 맏아들 표림은 시늉만 하던 아버지 사업을 거드는 일에 완전히 손을 놓고 서울과 평양을 오가며 운전과 자동차 매매에 본격적으로 손을 대었다.

"평양감사도 저 싫다면 할 수 없지. 내가 생애를 걸고 이루어놓은 판로를 그대로 접기는 아까운 일이야. 하지만 우리가 상상하지도 못하던 새 세상이 온다고 하니 그 아이는 그대로 둘 수밖에 없을 것 같으네."

아버지는 아들에게 가업을 이어 대를 물릴 것을 단념하고 자기 밑에 따로 집사와 사람들을 두고 그들에게 한탄 반 기대 반 이렇게 말하고는 했다.

표림과 달리 어려서부터 꿈꾸는 듯한 눈빛을 하고 시적인 몽상으로 가득했던 둘째 아들 기림은 책을 손에서 놓지 않았다. 아버지는 그에게 늘 큰 기대를 거는 눈치였다. 원한다면 어디까지라도 공부를 시켜주마고 아버지는 대견한 눈으로 그를 보며 장담하고는 했다.

활발하고 거칠 것 없어 운동이라면 못하는 것이 없고 걷는 법이 없이 언제나 뛰다시피 하며 기운이 넘치는 말썽꾸러기로 소년기를 지난 셋째 석림은 일본 사람들에게 유난스러운 적개심을 보였다. 일본 동급생을 두드려 패기도 하고 동네 친구들과 작당을 하고 부유한 일본인 집 정원에 오물을 퍼붓기도 해 가끔씩 말썽을 일으켰다. 그 뒷감당을 하느라고 뒤로 많은 돈이 들었다.

"참, 그 집 맏딸이 인물 하나 뛰어나지. 거기다 품성까지 넉넉하니 뉘 집 며느릿감이 될지 그 집에서 보물을 데려가는 거지."

인물이 뛰어나 어려서부터 동리 총각들의 가슴을 뛰게 하던 큰딸 정인은 아버지의 용모를 이어받았는지 달처럼 아름다웠다. 성격도 온순하고 말이 없는 정인은 아이 때부터 이웃 사람들이나 아는 사람들로부터 농담 반 진담 반 며느릿감 청탁이 들어올 정도였다. 둘째 딸 영인은 언니에게만 쏠리는 관심을 못 견디어 했다.

"글쎄, 저 아이는 누구를 닮아 저렇게 고집불통인지 모르겠네."

개성댁은 어떤 때 연이에게 둘째 딸 영인에 대해 한탄을 했다. 언니처럼 대단한 미모를 타고나지는 않았지만 머리 좋고 고집 세었던 둘째 딸 영인은 셋째 아들 석림과 더불어 집안의 말썽꾸러기였다. 영인은 자기들 나름대로 개성이 뚜렷한 오빠들과 미모와 덕성이 출중했던 언니 정인 틈에 끼어 사람들 시선에서 비껴갔고 관심을 끌기 위해 하는 모든 행동들은 질책만 더 끌어내었다.

집안의 귀염둥이로 자라난 막내딸 혜인은 이 와중에도 우유살이 토실하게 올라 자기 조카뻘이 되는 연이의 아들과 마루에서 방에서 마당에서 땅강아지처럼 기어 다니며 놀았다.

"어머니, 아무 다른 염려 마시고 저를 믿고 마음을 놓으세요. 제가 어머니를 꿈도 꾸지 못하셨던 호강을 시켜드릴게요."

표림은 어머니 개성댁에게 늘 극진했다. 떠도는 아버지를 두고 집안일에 몰두하면서 불평의 기색을 내비치지 않고 의연한 어머니가 안쓰러웠을 것이다. 개성댁도 온갖 치성 끝에 얻었던 귀한 첫아들이라 그런지 두 사람의 관계는 다른 모자간보다 더 각별하고 애틋했다.

나이 들어가면서 밥도 잘 못 먹고 몸도 마르고 허약한 기가 더 심해지자 개성댁이 식구들 몰래 이웃 할머니를 따라 점치러 간 적이 있었다.

"어허, 이건 백약이 무효하네. 자네가 신병에 들린 게야. 조상신의 눈에 들었구면."

점을 치는 봉사 점쟁이는 개성댁이 방에 들어서자마자 이것저것 묻기도 전에 대뜸 반말로 자네가 걸린 건 몸의 병이 아닌 신병이니 백약을 써도 소용이 없다고 일갈을 했다. 예전에 무당을 불러 아기를 낳기 위해 굿판을 벌릴 때 이미 조상신의 눈에 들어 점이 찍혔다는 것이었다. 개성댁은 대경실색을 했다. 사실이건 아니건 신병이 들었다는 소문만 나더라도 집안의 대망신이었다. 집으로 돌아올 때 개성댁은 함께 갔던 할머니에게 꼭꼭 입단속을 하며 아무 소리도 내지 못하게 했다.

개성댁은 집안일을 총괄해서 지시하다 말고 가끔 가슴을 움켜쥐고 고통스러워할 때가 있었다. 그러면 잠시 누워서 쉬다가 어느 정도 시간이 지나면 아무 일 없었다는 듯 일어나고는 했다. 한번은 자리에서 일어난 후 표림을 불러 앉히고 정색을 한 채 말했다.

"혹여 내가 잘못되면 구름처럼 일어나는 색색의 꽃이 달린 꽃상여에 태우고 화려한 만장들을 뒤따르게 해서 저세상으로 보내다오."

"어머니, 무슨 그런 사위스러운 소리를 하세요. 다시는 그런 소리 하시지 마세요. 오래오래 사셔서 손주들 시집 장가가는 것까지 다 보셔야지요."

표림은 그런 소리를 왜 하느냐고 성을 내다시피 했다. 온 집안은 여전히 정갈하고 반들거렸지만 시어머니 입가에 언제부터인가 약간의 푸른 기가 섞이기 시작한 것을 느낀 건 며느리 연이였다. 여러 가지 약도 대고 병구완을 하러 애타하는 연이가 딱했던지 어느 날 이웃 할머니가 슬며시 연이를 불러 귀띔을 했다.

"너무 애쓰지 말게. 이건 누구한테도 안 한 이야기지만 자네 시어머니가 걸린 병은 신병이야. 내가 하도 애쓰는 게 보기 딱해서 들려주는 이야기일세."

시어머니가 걸린 건 신병이라는 이야기를 들은 연이는 자기 귀를 믿을 수가 없었다. 남편 표림에게도 혹시 마음 상할까 하여 그 이야기를 전하지 않은 연이는 그 이야기를 마음 한구석에 꼭꼭 묻어놓았다.

연이는 흙강아지처럼 되어 노는 아들과 막내 시누이 틈에 끼어 아들에게 젖을 물릴 때 시누이가 흙 묻은 손으로 가슴을 헤치고 매달리면 아들이 빨지 않는 다른 쪽 젖을 시어머니 몰래 물려주고는 했다. 아기는 눈을 감고 두 주먹을 꼭 쥐어가며 몰두해서 젖을 빨았다. 어떤 때는 센 힘으로 연이 아들을 밀어제치고 이쪽 젖으로 다가오기도 했다.

연이는 자기가 아이 둘을 두었거니 하는 생각이 들 때도 있었다. 그러면서 평생을 과중한 집안일에 밀려 가끔씩 소르르 주저앉고는 하는 시어머니의 옅은 푸른 기 도는 입매를 걱정스러운 마음으로 바라보고는 했다.

"어머니가 점점 기력이 떨어져가세요. 용한 의원한테 보여야 할 것 같아요."

표림은 의원에 가보아야겠다는 아내의 이야기를 듣고 어머니에게 의원에 가자고 강권을 했지만, 자기 병의 이유를 알고 있다고 생각하는 개성댁은 아버지 오실 때까지 기다려보자고 미루었다. 원래 속이 심한 개성댁은 신내림을 받을 지경에 이르기 전에 차라리 죽는 게 낫겠다고 마음 다짐을 하고 있었다.

막내딸 혜인의 돌 바로 전날, 뜨거운 해가 중천에 떠 있던 대낮까지 할아버지는 여행길에서 돌아오지 않았다. 풍문에 의하면 부산에서 이즈음 얻은 기생첩에 빠져 세월이 가는지 오는지 모른다고

들 했다.

더운 날씨에 큰 부엌에서 더위와 일감이 넘쳐나 온 마당에 임시 화덕을 놓고 무쇠솥 뚜껑 여러 개를 뒤집어 그 위에 올려놓은 후 장작불을 지폈다. 빈대떡이며 배추김치에 돼지고기와 대파, 고사리를 끼워 넣은 행적이며 온갖 전유어를 마련해 내는 동리 아낙들의 부침개질과 음식 마련을 감독하던 개성댁은 대문 두드리는 소리에 사람들을 젖히고 대문을 열었다. 그러나 부산까지 내려보냈던 심부름꾼은 할아버지가 막내딸 혜인의 돌에 대어 올라오시지 못한다는 전갈을 전했다.

낙담 끝에 휘청거리는 몸을 가누며 애써 실망의 기색을 감추고 되돌아 마루로 올라오던 개성댁은 지짐 기름 냄새와 아낙네들의 왁자한 웃음소리를 뒤로한 채 그대로 툇돌 위에 쓰러졌다.

"어머니, 어머니. 정신 차리세요, 어머니."

연이는 장정들이 황망히 방으로 옮겨 눕힌 시어머니를 안고 너무 급해 장지를 물어뜯어 시어머니 입에 피를 흘려 넣었지만 소생의 기미는 돌아오지 않았다. 조금 후 어슴푸레하게 정신이 돌아온 시어머니는 며느리에게 간절한 눈빛으로 무슨 이야기인가 하려고 애를 썼다. 입 모양이 애기, 내 애기 하는 모양새 같았다.

"……제가 있잖아요. 어머니, 제가 작은 애기씨를 잘 돌볼게요."

연이는 얼떨결에 목소리를 떨며 말했다. 그 후 나이 들도록 연이의 가슴을 아프게 했던 건 그때 돌아가시면 안 된다고 다그쳤어야 했던 것이 아닌가 하는 점이었다. 신병에 걸린 게 사실이라면 살기 위해 신내림을 받자고 말했어야 하는 것이 아니었을까. 그렇다면 그 한이 살게 하는 힘이 되어 저세상으로 그렇게 쉽게 떠나지는 못했을 것이 아닌가 하는 미신 같은 생각도 들었다. 이제 연이 자신이 팔십 노인이 되자 까무룩하게 정신을 놓으려고 할 때마다 손주 걱정이나 집안 걱정을 하면 내가 있으니 안심하라는 젊은 사람들의 말이 그만 돌아가시라는 소리처럼 서럽게 들렸다. 죽으려고 할 때 안심하지 못하게 해서 살고 싶은 끈을 이어주어야 혼이 이승에 남기 위해 안간힘을 다 쓴다는 것이 아닌가.

개성댁은 애타는 눈을 미처 다 감지도 못한 채 며느리의 품에서 숨을 거두었다. 연이는 울면서 손으로 시어머니의 두 눈을 쓸어 감기었다. 서운하고 야속할 때도 있고 어려울 때도 있었지만 그릇이 크고 심지가 넓었던 개성댁은 연이에게 너그러웠다. 대인의 풍모가 있어 항상 큰 의지가 되었던 시어머니의 시신을 안고 연이는 목을 놓아 울었다. 후에 연이는 가끔 맏딸 영주에게 네 마음 씀이 꼭 본 적도 없는 할머니를 닮아 대범하다고 말하고는 했다.

청천벽력 같은 소식을 듣고 자동차 매장에서 차를 타고 달려온 표림은 정신을 잃고 날뛰며 어머니를 들쳐 업고 병원으로 가겠다고 나서다가 주위 사람들의 만류를 받고는 사람들하고 싸움질을 벌였다. 그러고는 부침개질하던 소댕들을 다 발로 차 뒤집으며 난동을 부리며 어쩔 줄 몰라 창황망조하고 있는 동리 아주머니들에게 어머니를 살려내라고 울부짖었다.

"오빠, 이러지 마세요. 어머니를 얼른 편히 모셔야지요."

큰딸 정인이 울며 오빠 표림을 만류하자 그는 날뛰다 지쳐 떨어진 맹수처럼 정인의 작은 몸집에 안겨 목을 놓고 울었다.

친척과 마을 사람들에게 전갈이 돌고 사람들이 모여들어 장례의 준비를 시작했다. 개성댁은 안방 아랫목으로 고이 옮겨져 깨끗한 새 이부자리에 눕혀졌다. 곧이어 몸이 씻긴 다음 깨끗한 새 옷으로 갈아입혀졌다. 너무도 갑작스러운 죽음이라 죽음이 들이닥친 바로 그 시간에 숨이 넘어가는 정경을 마주했던 사람은 연이 한 사람뿐이었다.

"어머니, 어머니. 우리도 없는데 그냥 가시다니…… 이런 불효를 어떻게……."

임종을 바로 그 시간에 하지 못했던 아들과 딸들은 한을 하고 가슴을 쥐어뜯으며 울었다. 원래 습속에 임종하지 못한 자식을 가장 불효라고 했는데, 정작 피붙이인 자식들은 아무도 어머니와 한자리에 있으면서 떠나보내지 못했던 것이다. 부산 할아버지에게서 전갈을 갖고 올라왔던 심부름꾼은 마루에도 옳게 궁둥이를 붙여 보지 못하고 되돌려 부산으로 급파되었다.

주검을 직접 대면하지 않았던 이웃 사람이 개성댁의 적삼을 들고 마당에 나가서 마루를 향해 죽은 이를 부르며 '복'을 세 번 외치자 장례의 절차가 시작되었다. 이 고복은 죽음을 사람들에게 공식적으로 받아들이게 하면서 이승을 떠나려는 사람을 마지막으로 불러보며 만류하는 의식이었다. 고복이 망자를 살려내지 못하면 곧 저승사자가 망자를 데려간다는 뜻이었다. 영혼은 자의로 육신을 떠나지 않지만 저승사자가 와서 강제로 데려간다고 여기는 습속 때문이었다.

당시 일반 사람들은 염라대왕의 명을 받은 사자들이 죽은 이를 쇠사슬로 묶어서 앞에서 끌고 뒤에서 밀며 쇠몽둥이를 사정없이 휘두르는 것으로 알고 있었다. 이때 저승사자들을 잘 대접하면 죽은 이의 저승길이 편할 수도 있다고 생각하기도 하고 뜻밖에 영혼을 데려가지 않을 수도 있다고 생각하기도 했다. 그래서 상주들은 애틋한 마음으로 저승사자를 위한 상을 차리는 전통적인 관습을 따라 밥과 술, 짚신, 돈 등을 저승사자 셋을 위해 모두 세 벌씩 차리었다. 반찬으로는 간장을 차렸다. 밥과 반찬은 요기하는 데 쓰고 짚신은 먼 길에 갈아 신으라고 준비를 했다. 돈은 망자의 영혼을 부탁하는 일종의 뇌물이었다. 사자 상을 차리며 죽음을 인정하는 의식을 준비하는 동안 아들과 딸들의 곡소리가 온 집안에 울리었다.

"자, 이건 이리 놓고, 이분은 이렇게 모셔야 하네."

동리 사람들 중 큰일에 익숙한 어른이 선두지휘를 해 굄목을 백지에 싸서 시신을 눕힐 양쪽에 괴고 그 위에 칠성판을 올려놓고 머리를 남쪽으로 향하게 하여 주검을 그 위에 눕히었다. 여자의 죽음이라 오른손이 위로 가도록 하였다. 그러고는 홑이불을 얼굴까지 덮고서 그 앞에 병풍을 치고 촛불과 포, 술잔, 향로 등을 놓은 향상을 차려 조문객들을 받았다.

"아이고, 어머니, 아이고 어머니, 이제 가면 언제 오십니까."

밤새 아들딸들의 울음소리가 집안을 뒤덮었고 친척이며 식객들로 들끓던 아랫방과 사랑채에는 조문객들이 자리 잡았다. 돌잔치 준비로 마련했던 음식들은 조문하러 온 손님들을 먹이는 데 쓰였다. 상주들은 머리를 풀어 헤치고 맨발로 흰옷을 입었다. 모두들 경황이 없어 음식을 입에 대지도 않고 탈진을 하도록 울며 곡을 했지만 그중에서도 표림의 애통하는 모습은 극진했다. 그는 물 한 모금 조차도 입으로 넘기려 하지 않았다.

연이 오빠 철진도 연이 이모 아들인 형식도 정중하게 문상을 와서 표림과 연이를 위로했다. 가난한 집안의 맏아들이었던 오빠 철진은 대학에 다닐 때부터 공산주의에 심취해 있었고, 부유한 집안의 외아들이었던 이종사촌 동생 형식은 순하고 착한 성품이라 사상적인 측면에는 별무관심이었다. 자연히 이야기를 나누는 일이 많지 않았던 두 사람이었지만 둘 다 연이를 지극히 생각하고 좋아하는 점에서는 공통점이 있어 한나절을 상가를 지키면서 연이를 위로하고 여러 가지 자질구레한 일들을 도와주었다.

할아버지는 발인하는 날 새벽에야 대문을 들어섰다. 표림은 아버지를 마주 바라보지 않았다. 내리뜬 눈 밑으로 감추어진 불길이 마음을 다 태울 듯 치밀어 올랐다. 큰딸 정인이 아버지에게 달려가 그 품에 얼굴을 묻고 흐느꼈다. 할아버지는 아무 말 없이 침통한 표정으로 망자의 빈소 앞에 향을 꽂았다.

발인하는 날 아침 청명한 여름 날씨를 뒤로하고 이십여 명이 둘러메는 호사스러운 꽃상여가 떴다. 상여 앞소리꾼이 상여 위에 올라타고 요령 장단에 맞추어 앞소리를 메기기 시작했다.

간다 간다 나는 간다. 북망산천 나는 간다.

앞소리꾼의 노래 사설에 따라 상두꾼들은 상여를 메고 "너호 너호 에이넘차 너호." 하고 뒷소리를 받으며 움직이기 시작했다.

한번 아차 죽어지니 저승길이 분명하다.
대궐 같은 집을 두고 나의 갈 길 찾아가네.
이제 가면 언제 오나 한번 오기 어려워라.
우리 인생 한번 가면 다시 오기 어려워라.

구성지게 소리가 하늘 위로 떠오르기 시작했다.

석가여래 공덕으로
아버님 전 뼈를 빌고
어머님 전 살을 빌고
칠성님 전 명을 빌어 이 세상에 태어나서
세상천지 만물 중에 사람밖에 또 있는가

염라대왕 전 굴복하니 추상같은 호령일세
살아생전 이웃들에 선심 공덕 하였더냐
배고픈 자 밥을 주어 기갈 공덕 하였더냐
목마른 자 물을 주어 갈수 공덕 하였더냐
헐벗은 자 옷을 주어 누의 공덕 하였더냐

마을 사람들은 상여의 뒤를 따르며 상여 메기는 소리에 고개를
주억거렸다.

"그러셨지. 정말 공덕 많이 쌓고 가신 분이시지. 치마만 둘렀지 정말 마음이 큰 여장부셨어."

"암, 암. 아까운 분이 가셨구말구."

흰 옷을 입고 상여 뒤를 따르며 연이는 목이 잠겨 더 소리가 나오지 않도록 울었다. 연이는 알고 있었다. 남편의 바람기에 속이 썩는 내색도 하지 못하고 묵묵히 일에 치이며 한세상을 살아간 한 여자. 여인네로서의 애틋한 사랑을 받지 못해 한이 맺힌 시어머니의 심정을 아마 남편 표림도 그녀처럼 세세하게 느끼지는 못했을 것이다. 연이는 시어머니의 병이 신병이라고는 생각하지 않았다. 한 여자의 한이 온몸으로 나타난 것이라고만 보았다.

죽은 이에 대해 자세한 내력을 잘 알고 있는 상여 앞소리꾼은 상엿소리를 메기면서 개성댁의 생전의 삶을 고주알미주알 풀어 섬기었다.

열아홉에 시집오니 앞 뒷산이 첩첩이다.
어린 나이 집을 떠나 강화 섬에 돌아드니
앞에는 바다요, 뒤로는 산세로다.
공들이고 치성 드려 첫아들을 낳았으니
들어보라 만상주야, 내가 너를 키울 적에
진자리에 내가 눕고 마른자리 너를 눕혀
남편 나간 긴긴날에 너 하나를 위로 삼아
이 세상을 의지하며 애망갈망 살았건만
......

뒤따르는 사람들의 흐느낌 소리 위로 표림이의 폐부를 도려내는 곡소리가 상엿소리에 섞여 밀려 나왔다.

죽은 이는 이제 땅속에 묻히었다.

어머니의 죽음을 알 리 없는 막내 시누이인 돌잡이 혜인은 아무것도 모르고 여전히 벙싯거리며 장지에서 돌아온 연이의 가슴을 파고들었다. 방 안에 숨어들어 시누이에게 젖을 물리며 연이의 눈에서 투두둑 눈물이 아기의 뺨 위로 떨어져 내렸다.

꽃상여를 탄 개성댁의 몸은 흙으로 돌아가고 영혼은 이 세상을 떠났다.

영주는 어머니 연이의 회고담을 들으며 살아서 살과 뼈를 지닌 육신으로 만나보지 못했던 할머니가 바로 곁에 있는 사람처럼 느껴졌다. 영주에게 느껴지는 개성댁은 자손에게 몸과 마음을 남기고 꽃상여와 노래에 파묻혀 자유로운 곳으로 떠난 여인네였다.

4. 혜인과 정인

개성댁이 세상을 떠난 후 할아버지는 한동안 부산으로 내려가지 않고 수심이 낀 기색으로 며느리 연이의 양팔에 힘겹게 안긴 막내딸과 맏손자를 바라보았다. 무거움과 수심이 집안을 내리누른 지 넉 달도 채 되지 않아 눈매와 태깔이 고운 여자가 문 안으로 들어섰다. 윤이 나는 자주색 모본단 저고리를 입은 여자는 들어서던 맡으로 연이의 품에 안긴 혜인을 자기 품에 옮겨 안았다.

"애고, 이 가엾은 것 좀 보래이. 이제 내가 니를 거두어줄꾸마."

막내딸은 아련한 분 향기가 싫지 않은 듯 낯가림도 하지 않고 두 손으로 낯선 여자의 저고리 섶을 들치며 품을 파고들었다. 옆집에 마실 갔던 한 식구가 돌아오듯 부산에서 올라온 기생 출신 부산댁은 제 딴으로는 자연스럽게 죽어 나간 개성댁의 자리를 밀고 들어왔다.

표림의 격노는 상상을 넘었다. 아버지의 입장을 보아서 참는 기색을 보이던 그는 보름 후 아버지가 출타한 후에 안방으로 달려들었다. 부산댁은 아기를 안고 어르며 뺨을 부비고 있었다. 정 많고 웃음이 헤픈 부산댁은 자기를 따르는 아기에게 정신이 팔려 물고 빨다시피 했다.

처음에는 남정네 이외에는 다 낯선 사람인 이곳에 눌어붙어보려는 작전으로 이용하려던 아기였지만 달콤한 아기 냄새와 몽글몽글한 감촉, 까르륵거리는 웃음소리가 아기를 낳아보지 못하고 잠자던 모성애에 불을 지른 것이다.

표림은 완자무늬 나뭇살에 반들반들하도록 기름기가 먹여진 창호지 문을 열고 그 앞에 버티어 선 채 낮은 음성으로 말했다.

"얼른 이 집을 나가시오."

부산댁은 어쩔 줄 모르고 아기를 더 세게 끌어안았다. 그녀는 눈을 내리뜨고 겁에 질려 더듬더듬 말했다.

"우짤꼬. 그렇지만 이 아가…… 누가 이 아를……."

부산댁의 눈물이 툼벙 아기의 뺨으로 떨어졌다. 아기는 손을 들어 "암맘마."라는 외마디 소리를 내며 부산댁의 뺨을 만졌다. 표림은 눈살을 찌푸리며 그 정경을 바라보다가 휙 하고 밖으로 나가버렸다.

날이 저물어 돌아온 할아버지에게 부산댁은 울며 그 정황을 일러바쳤다. 할아버지는 끄응 하고 한숨을 내쉬었다. 다음 날 할아버지는 정지 문 앞에 비켜섰다가 며느리 연이에게 차마 시선을 맞추지 못하고 더듬거리는 어조로 말했다.

"그저 달리 생각 말고…… 유모를 두었다 치고…… 네가 좀 아범 한테 잘……."

연이의 말을 전해 들은 표림은 큰 한숨을 내쉬고 아무 대꾸 없이 돌아누웠다.

몇 달 동안 표림은 잠잠했다. 그러나 아버지를 마주 보지 않으려는 태도는 여전했다.

"아버지는 그렇다 치고 왜 그 여자가 우리 집에 들어와서 우리 어머니 자리를 꿰차고 앉아 있는 거야. 생각만 해도 가슴에 불이 붙는 것 같아."

어머니를 죽게 한 장본인이 집에 들어와 있는 것 같아 억장이 무너지는 심정을 아내에게 말한 후 그는 입을 다물었다.

부산댁은 생모인 개성댁도 그리 못 했을 만큼 아기를 예뻐했다. 그러나 오랜 화류계 생활에서 몸에 전 술과 담배를 끊지는 못했다. 참고 참다가 어느 날 아기를 업고 집을 나선 부산댁은 가겟집에 몰래 들러 한 병이나 되게 술을 퍼마셨다.

술에 취한 몸으로 입에는 담배를 문 채 업은 아기의 균형을 잡지 못해 비틀거리며 걷던 부산댁은 오토바이를 몰던 표림과 집으로 들어오는 길목 앞에서 정면으로 맞닥뜨렸다.

"나 좀 봅시다."

급정거를 하고 오토바이를 세운 채 부산댁을 막아선 꼴이 된 표림의 두 눈에서는 불이 활활 타오르듯 했다. 겁에 질린 부산댁은 입에 물었던 담배를 떨어트리고 정신이 번쩍 났는지 업은 아기의 궁둥이를 추슬러 올리며 황황히 오토바이에 미동도 하지 않고 앉아 있는 표림을 피해 옆길로 돌아들었다.

다음 날 한낮 할아버지가 출타한 후 방에서 아기를 어르고 있던 부산댁은 문을 열고 들어오는 표림의 굳은 얼굴을 보고 이제 끝장이 오는구나 하는 예감을 했다.

그는 아기를 번쩍 안아 남편 뒤를 따라왔다가 어쩔 줄 모르고 문밖에 서 있던 아내에게 안겨주고 소리 내어 문을 닫았다.

차마 따라 들어가지 못하고 문밖에 옹송그리고 서 있는 연이에게 안긴 아기가 무언지 모르지만 숨이 막히는 분위기에 짓눌렸는지 갑자기 악을 쓰며 울어대기 시작했다.

"앉으시지요."

일어서서 두 손을 잡았다 놓았다 하면서 어쩔 줄 모르는 부산댁에게 던지는 표림의 말은 정중했다. 엉겁결에 무릎을 꿇고 앉는 그녀에게 그는 예의 바르게 다시 말했다.

"편히 앉으십시오."

한 무릎을 세우며 다시 앉은 부산댁 앞에서 표림은 품 안에 숨겼던 식칼을 꺼내 방바닥에 콱 꽂았다. 누르는 힘을 이기지 못해 식칼은 장판을 뚫고 부르르 떨며 그 자리에 꽂혔다. 부산댁 얼굴에서 핏기가 가시었다.

"우리 신성한 어머니 자리에 당신 같은 여자가 들어와 자리를 잡고 있는 걸 더는 참을 수 없습니다. 이제 이렇게 된 이상 우리 둘 중 한 사람은 없어져야 할 것 같습니다. 누가 없어지는 게 좋겠습니까?"

낮은 목소리로 말하며 또렷이 뜬 표림의 눈을 바라보며 부산댁은 이를 떠느라고 말을 잇지 못했다.

"아이고, 그야 내가…… 나가야제, 하지만……."

"사흘 여유를 드리겠습니다."

큰아들은 방을 나갔다.

"영감, 나를 살려주소. 여기 더 있다가는 내가 칼침을 맞고 비명에 죽겠소."

밤에 거래하는 대처 상인들과 만나 거나하게 술을 걸치고 들어온 영감을 맞은 부산댁은 목을 놓아 울었다. 그렇지만 이번에는 영감의 만류도 부산댁을 잡지 못했다. 온갖 세상 풍파와 여러 남자를 겪어본 그 여자는 알 수 있었다. 큰아들의 말은 단순한 협박이 아니었다. 조용한 살기는 허풍 섞인 큰소리보다 더 무서운 것이었다.

"아기는 내가 기를 테니 내게 주소. 내가 그 아이에게 오만 정이 들어 떼어놓을 수가 없구만요."

부산댁은 아무 조건 없이 떠날 테니 그저 아기만 자기에게 달라고 애원했다. 영감과는 헤어질 수 있지만 아기와는 도저히 헤어져 살 수 없으니 데려다 기르겠다고 했다.

아기가 인연의 끈을 이어주리라고 생각해서였을까. 할아버지는 의외로 선선히 허락했다. 표림은 입을 한일자로 다문 채 가타부타 아무 대꾸가 없었고 며느리만 그렇게 해서는 안 된다는 간청의 눈빛을 시아버지에게 보냈다. 다른 형제들은 아무 영문을 모른 채 혜인을 떠나보냈던 셈이었다.

사흘 후 부산댁은 아기를 업고 큰 가방 둘을 행랑아범에게 챙겨 들게 하고 연이의 배웅을 받으며 역으로 가는 자동차를 탔다.

"어떻게 자기 어린 딸과 동생을 그렇게 내칠 수가 있었겠어."

막내딸 혜인은 나중에 두고두고 그때 자기를 내어놓은 아버지와 큰오빠를 용서하지 못했다. 자기 인생의 신산한 삶은 핏덩이일 때 어머니를 잃은 데다가 아버지와 오빠가 무책임하게 자기를 버린 데서 기인했다고 그녀는 주장했다. 그리고 또 일단 놓아 보냈으면 그대로 자기 팔자를 따라 살게 둘 일이지 무엇 때문에 도중에 번복을 해서 자기 삶에 장애물 설치를 이중 삼중으로 했는가 하고 원망을 했다.

처음 얼마 동안 다시 부산댁과 관계를 이어보려고 애쓰던 할아버지의 노력은 수포로 돌아갔다. 부산댁은 표림이 생각만 해도 소름이 끼쳤다. 그러면서 몇 년의 세월이 흘러갔다.

부산에 도착한 부산댁은 원래 가지고 있던 집과 할아버지가 내어놓았던 목돈으로 고리 돈을 놓아 그런대로 생활을 꾸려나갈 수 있었다. 부산댁은 유모를 두고 지극정성으로 아기를 기르기는 했지만, 아기가 자라는 동안 배운 도둑질이라고 가끔씩 적적할 때면 부르는 손님이 있는 요정에 나가 앉았다. 가끔씩이라고는 했지만 어쨌든 다시 기생질을 하며 살던 부산댁은 우연한 기회에 무역 일을 하는 살갑고 다정한 일본 남자를 알게 되었다. 혜인이 여섯 살 되던 해였다.

상처한 지 몇 년이 지났다는 그 일본 남자는 결혼하자고 조르며 아기는 자기가 입양해 자기 아이처럼 기르겠다고 몇 번씩이나 약조를 했다. 커가면서 독특한 애수가 서린 예쁜 얼굴로 사람들의 시선을 끌던 막내딸 혜인은 자기도 모르는 새 일본으로 떠나 일본인이 될 날을 앞두고 귀염을 독차지하며 살고 있었다.

"그래 우리 정인이는 이즘에 또 무슨 소설을 읽고 있나. 오라비가 돌아왔는데 알아채지도 못하고……."

수다한 대가족들 중에서도 둘째 아들 기림과 큰딸 정인은 각별하게 친했다.

정인은 낭만적인 소설 읽기를 좋아했고 저녁 무렵이면 가끔 기림과 뜰에 앉아 자기가 읽은 소설 이야기를 들려주고는 했다. 기림은 이성적인 성격이면서도 낭만적인 성향이 있어 정인이 들려주는 공상 섞인 이야기들을 관심을 갖고 잘 들어주었다.

정인은 일본과 조선에서 대대적인 인기를 얻고 있던 기쿠치 간의 부드럽고 감각적인 소설들을 좋아했다. 그가 쓴 사랑 이야기는 어떤 의미에서 대중성이 강했지만 정인은 자기도 그런 소설에 나오는 사랑을 해보고 싶었다. 현실감이 없고 약간은 선병질적 기질도 보이는 소설 이야기를 들려주면 기림은 그저 아무 다른 말 없이 정인의 달 같은 얼굴을 미소를 짓고 바라보고는 했다.

어느 날은 정인이 미망인이 된 미모의 여자가 무대 위의 배우에게 느끼는 열정적인 사랑 이야기를 들려주었다.

"그래, 배우를 사랑했는데 그 배우도 그 여자를 좋아했니?"

정인의 두 눈이 타는 빛을 발했다.

"그게 말이야. 정말 그럴 수가 있을까? 이 여자는 사실은 그 배우가 연기한 사람을 사랑한 거지, 그 배우 자신을 사랑하는 건 아니었거든. 그런데 이 배우는 매일 같은 자리에 와서 자기를 바라보는 이 미모의 여자에게 관심을 갖다가 마침내 여자보다 더 뜨거운 열정을 느끼게 돼. 그런데 그녀에게 무대 밖에서 접근하려고 하자 여자가 거절을 하는 거야. 그러고는 무대에서 움직이며 그가 연기하는 연극 속의 사람에게만 미칠 듯한 사랑을 느끼는 거지. 하여튼 말로는 설명하기 어려워. 오빠가 그 책을 좀 보지 않을래?"

기림은 그저 웃으며 고개를 흔들었다.

"거기 이런 이야기가 나와. 그 배우는 웃을 때도 슬픔이 남아 있는 쓸쓸한 모습을 무대에서 기가 막히게 보여주는 거야. 그리고 과장이 많은 다른 배우들하고는 달리 울 때도 웃을 때도 화를 낼 때도 마음속에서 그것이 우러나는 듯이 연기를 하는 거야. 그 점이 이 여자의 마음속 깊이 와서 닿은 거지."

"그래서 그 사람이 나오는 연극마다 찾아가 보는 거야?"

"응. 그 소메노스키라는 배우가 공연을 하기만 하면 자기도 모르게 홀린 듯이 찾아가서 그 자리에 앉는 거야. 그런데 막상 평범한 한 인간인 그의 적나라하고 보잘것없는 모습을 무대 밖에서 우연히 보게 되자 모든 사랑이 다 식어버리는 걸 느끼는 거야. 그렇다면 이 소메노스키의 아름다움은 무대 위의 환상이고 실제의 인간은 이렇게 초라하고 볼품이 없는 것인가 하고 여자는 낙담을 하거든."

"그래서 연극 보러 가기를 그만두는 거니?"

"아니야. 한동안 가지 않다가 다시 가게 되고 말아. 이제 세상에 존재하지 않는 귀족이라든가 몰락한 무사라든가 하는 슬픈 주인공들이 보여주는 품위 있고 아름답고 늠름한 모습을 보면서 이 여자의 가슴은 형언할 수 없는 기쁨과 그리움으로 곧 찢어져버릴 것만 같아. 그리고 다시 온 마음을 기울여 무대에 나오는 그 사람을 사랑하는 거야. 작가는 이렇게 설명하고 있어. 세상에 실재하는 남자들에게 시달림을 받은 경험이 있던 이 여자가 꿈속 세계의 아름다운 남자에게 깊은 사랑을 품고 있었다는 거지."

"너는 그게 사랑이라고 생각하니?"

정인은 고개를 끄덕였다.

"오빠, 누구에게 말하지 마. 나는 한번이라도 좋고 혼자서라도 좋은데 그렇게 가슴이 떨리는 꿈같은 사랑을 꼭 해보고 싶어."

"정인아, 실제로 존재하는 두 사람이 좋아하는 게 사랑이지 그런 건 사랑이 아니야."

정인은 가만히 고개를 흔들었다. 그녀의 눈에 언뜻 눈물이 비쳤다. 기림은 내심 조용하고 착한 누이의 마음에 깃들어 있는 열정적인 사랑의 꿈에 놀라움을 느꼈다. 그리고 다른 형제들과 달리 그런 기질이 있는 누이가 더 아름답고 도탑게 보였다.

자동차와 영화에 매료되어 있는 큰오빠 표림이나 야성적인 동생 석림이보다 이지적이면서도 다정한 기림을 정인은 마음속으로부터 따랐다. 아마 두 사람의 핏속을 흐르는 낭만적인 공통점이 두 사람을 친하게 했던 것 같았다.

후에 두 사람이 경험했던 열정적인 사랑의 예감이 이미 어떤 그림자를 던지고 있었는지도 모를 일이었다. 환상의 사랑을 현실에서 실현하려는 사람들의 정열은 이루어지기 쉬운 일이 아니었다.

어느 해 유난히 눈이 많이 내리던 겨울이었다. 방학 때 서울에서 집으로 돌아왔다가 흰 눈길을 걸어오던 정인을 먼발치로 본 경성제국대학생이 첫눈에 그녀에게 넋을 잃었다. 그는 몇 번 동네 아이들을 통해 편지를 전하기도 하고 길목에서 기다리기도 하며 자기 마음을 전해보려고 온갖 수단을 다 썼지만 정인은 냉담하기만 했다.

예절 바르고 정숙해 보이는 정인이 그 시절에 연애를 받아들이기 어려울 것이라고 판단한 그 대학생은 어렵사리 부모에게 그 마음을 털어놓았다. 그러나 첫마디에 정신 차리라는 호통만 들었을 뿐이었다. 여자네 집안이 부유하게 잘산다고는 하지만 그런 상인의 집안과 혼사는 무슨 혼사냐고 일갈을 들었던 것이다.

그리고 여자 아버지의 여성 편력도 별로 소문이 좋지 않아 아버지가 그러면 아들이 이어받는다고 하지만 딸들에게도 그 방탕한 피가 섞일 수 있어서 안 된다는 게 반대의 이유였다. 여자에게서도 부모에게서도 거절을 당해 사면에 길이 막힌 남자는 그 길로 자리에 누워 식음을 전폐하고 하루하루 병들어가기 시작했다. 맥을 짚어보러 왔던 한의사는 마음의 병이라 약이 잘 듣지 않을 것이라고 하면서도 약을 처방했지만 아무 소용이 없었다. 받아들여지지 않는 정열이 그의 육신을 태우고 들어가기 시작했던 것이다.

"이러다가 멀쩡한 아들을 잡겠구먼. 우선 사람을 살려내야지, 어떻게 할 수가 없네."

부모는 할 수 없이 아들에게 굴복했다. 그리고 통혼을 넣기 전에 궁합을 몰래 알아보았지만 그 궁합은 더할 수 없이 흉했다. 두 사람이 결혼하면 여자가 일찍 죽어 상처하리라는 것이었다.

"이게 웬 날벼락인가! 아니 어떻게 이런 궁합이 나온단 말인가."

이제 부모가 앓아누울 차례였다. 여자도 아들을 좋아하기나 한다면 거금을 들여서라도 결혼을 뒤로 미루는 척하고 두 사람이 만나게 하는 방편이라도 써보련만 정인의 냉담함이란 돌과 같았다. 부모는 아들을 위해 수모를 참고 머리를 숙여 청혼을 넣었다.

강화 할아버지와 표림은 기꺼이 그 청혼을 받아들였다. 어머니도 없는 정인의 처지로 본다면 반대할 이유도 없는 실상 분에 넘치는 혼사였다.

"아버님 뜻이라면 제가 따르겠습니다."

정인은 머리를 숙이고 아랫입술을 문 채 아버지와 큰오빠의 권유를 받아들였다. 결혼하기 얼마 전 황혼 무렵에 뜰에 있는 큰 감나무 밑에서 정인은 기림에게 자기의 속마음을 털어놓았다.

"오빠, 난 그 사람에게 아무런 감정도 느껴지지 않아. 난 정말 이렇게 결혼하고 싶지는 않아."

"그 사람이 싫으냐?"

기림이 물었다.

"그런 건 아닌데 그저 돌이나 나무를 보듯 덤덤하고 아무런 감정도 느껴지지 않아."

"혹시 너 누구 좋아하는 사람이라도 있니?"

정인은 고개를 저었다.

"오빠, 말하자면 내가 오빠를 좋아하는 것만큼이라도 좋은 마음이 있는 사람과 결혼해야 하는 거 아니야?"

기림은 동생을 바라보며 웃었다.

"넌 그렇게 오빠가 좋으냐?"

"사실은 오빠라기보다도 오빠 같은 사람이라면 사랑할 수 있을 것 같아."

기림은 더 말하지 않고 동생의 어깨를 가만히 다독여주었다.

정인은 뚜렷이 반대 의사를 표명할 이유도 없는 결혼을 무덤덤하게 받아들였고 결혼한 후에는 지극정성으로 남편과 시집 식구들을 받들었다. 아마 기림이 말고는 어느 누구도 그녀의 마음속에 타오르지 못하고 그대로 묻혀 있는 그 낭만적 열정을 알지 못했을 것이었다.

이렇게 해서 정인은 상사병에 목을 매었던 남자 덕에 부호의 집에 며느리로 들어갔다. 식음을 전폐하고 당장 명줄을 놓을 것 같은 아들이 죽는 것보다는 상처하는 게 더 나으려니 여긴 그 집안에서 혼인을 서둘렀기 때문이었다. 얼마 후 일제 말기 전쟁이 고비에 치달아 패색이 짙을 때 학도병으로 끌려 나가게 된 남편을 위해 정인은 사람들의 왕래가 제일 많은 다릿목에 서서 다른 일본 여자들이 하듯 하나씩 하나씩 오가는 사람들의 바늘땀을 얻어서 남편의 무사귀환을 비는 센닌바리를 했다. 천 사람의 바늘땀을 얻으면 무사 귀환할 수 있다던 속설을 믿은 것이었다.

아들 때문에 어쩔 수 없이 맞아들인 며느리를 내리 보려 들었던 시집 식구들 눈에도 흠잡힐 것 없는 정인의 음전하면서도 너그럽고 부지런한 태도는 호감을 샀다. 문제가 있다면 몇 년이 지나도 아이가 생기지 않는다는 점이었다.

5. 세 번째 어머니

　　"그저 마음씨 음전하고 아이를 생산하지 못하는
여자여야 하네. 집안이 이복형제들 때문에 복잡해지는 건 싫으니
까. 자네가 잘 알아서 마땅한 사람을 구해보게."

　　그사이 이럭저럭 부산댁을 단념하고 이 여자 저 여자들 사이에
서 마음을 다잡지 못하던 강화 할아버지는 이제 바람기를 어지간
히 잠재웠는지 아니면 다른 자녀들의 혼삿길이 걱정이 되기 시작했
는지 그저 살림만 얌전하게 해주면 된다고 하며 같이 사업을 돕던
집사에게 후처 감을 물색해달라고 부탁했다. 새삼스럽게 여러 자식
들에 대한 의리를 생각했는지 겉으로 내세우는 조건은 단 하나였
다. 절대 아이가 없어야 하며 앞으로도 아이를 생산할 수 없는 여
자여야 한다고 못을 박았던 것이다.

　　그리고 마침 멀지 않은 곳인 은파에서 결혼하고 삼 년이 지난
후 아이를 낳을 수 없다는 의원의 판정을 받아 옛날에 소박을 맞

았다는 원산댁이 후처로 들어오게 되었다. 시집갔던 고장이 원산이라 그 이름으로 그대로 불리는 원산댁은 허우대가 반듯하지만 기다란 인중에 눈이 가늘어 여자다운 싹싹한 맛은 조금도 없었다. 그녀는 이 집안에 들어오자마자 살림을 엄중하게 다잡기 시작했다. 올망졸망 태어나는 아이들 뒤치다꺼리며 대가의 살림에 지친 연이는 다행이다 싶어 많은 일을 원산댁에게 맡겨버렸다.

어느 날 원산댁은 연이를 다잡으며 사라진 막내딸 혜인의 소문에 관해 캐어물었다. 식구들은 아무도 입을 열지 않았지만 집에서 일을 돌봐주는 행랑채 아주머니며 부엌일 돕는 사람들과 동리 사람들의 입소문을 끌어모아 이 집안에 사라진 딸아기가 있었다는 사실을 원산댁이 어렴풋이 알게 된 것이었다.

"이제 내가 왔으니 그 아이를 데리고 와야지요. 핏줄을 그렇게 내버려둘 수는 없습네다."

원산댁은 할아버지를 붙잡고 사생결단을 낼 기세로 아기를 데려올 것을 요청했다. 이제 제대로 번듯하게 어미 자리가 들어섰으니 그렇게 내버려둘 수는 없다는 것이었다.

아마도 원산댁은 온 집안을 둘러봐도 보답을 바라고 정을 살뜰히 줄 곳이 없는 외로운 자기 위치를 발견하기 시작했던 것 같았다. 이제 어린 딸아이라도 데리고 와야 어딘가 뿌리내릴 터전을 찾을 수 있으리라고 생각했는지도 몰랐다. 원산댁이 조르는 데 지치기도 하고 이제 부산댁과 다시 인연이 닿을 것도 아닌데 피붙이 자식을 그렇게 내버려둘 것은 아니었다 싶었는지 할아버지는 사람을 놓아 기생 노릇을 그만둔 부산댁과 막내딸을 찾기 시작했다.

얼마 지나지 않아 부산댁이 곧 일본 남자와 일본으로 떠날 예정이며 아이는 입양되어 함께 떠날 것이라는 이야기를 전해 들은 할아버지는 대노해서 펄펄 뛰었다.

"원, 어디 그런 염치없고 경우 없는 게 다 있는가."

'이게 어디 당신이 노하실 일인가. 딸을 내놓아버리고 찾지 않은 지가 벌써 몇 년 째인데……'

연이는 내심 생각했지만 어쨌든 돌이 되어 어미를 잃은 가엾은 막내 아기씨가 더 자라기 전에 집에 돌아오기를 가만히 바랐다. 부산에 거래가 있는 늙수그레한 상인을 중간에 내세워 타협과 위협과 간청을 거듭한 끝에 부산댁은 할 수 없이 혜인을 내어놓는 데 동의했다.

아마 그녀의 마음속에도 어렴풋하게 자기 소생도 아닌 아이를 일본 남자가 자기 마음처럼 다정히 거두어주기는 어려울 것이라고 판단이 들어선 것 같았다. 이 일본 남자도 그 상인이 찾아오기 전까지는 혜인이 부산댁의 소생이 아니라는 사실을 몰랐던 것이다.

아이가 떠나는 날 부산댁은 혜인에게 벚꽃무늬가 수놓인 새 옷을 갈아입히고 아이 옷의 앞섶이 다 젖도록 부둥켜안고 울었다. 아마 남편이 될 일본 사람이 조금만 더 만류했어도 아기를 내놓지는 않았을 것이다. 그러나 그 일본 사람은 가타부타 말이 없이 상황을 지켜보기만 했다.

"싫어, 안 갈래! 엄마가 같이 안 가면 나 혼자 안 갈래."

좋은 유치원에 보내려고 하는 거니까 먼저 기차를 타고 올라가 있으면 곧 엄마가 따라 올라가겠다는 부산댁의 어색한 태도와 말이 미심쩍은지 아이는 혼자서는 안 가겠다고 울며 발버둥질을 쳤다. 그렇지만 아버지처럼 그동안 지내온 일본 남자가 함께 간다는 바람에 마음을 추스르며 그 뒤를 따랐다. 부산댁은 우느라고 탈진해서 역에 나오지 못했다. 문을 반쯤 열고 자기를 바라보던 눈이 부은 모습이 마지막이었다고 막내딸 혜인은 그 후 늘 회상하고는 했다.

기차는 가며 쉬며 거의 하루 종일 달렸다. 사리원에 도착한 혜인은 자기로서는 기억에도 없는 낯선 집안에 들어서게 되었다.

역에 마중 나왔던 행랑아범은 일본 남자에게서 혜인을 받아 안은 후 집으로 가는 자동차에서 아이가 퍼붓는 질문에 별 대답 없이 가보면 안다는 말만 되풀이할 뿐이었다.

"아이구나, 네가 혜인이로구나. 내가 네 어머니다."

대청마루에서 내려선 원산댁은 대문을 들어서는 혜인의 손을 잡으려고 했지만 아이는 매몰차게 뿌리쳤다. 아버지라는 사람도 오빠며 언니라고 나서는 사람들도 모두 낯설고 무섭기만 했다. 예쁜 옷도 좋은 음식도 다정한 미소도 아이의 마음을 잡지 못했다.

아이는 바다가 바라보이던 넓은 집과 바닷바람, 그리고 부산 사투리에 살짝 보이던 금니가 정겹고 노래 부르던 장단이 흥겹던 부산댁만 마음에 있었다. 울고 몸부림치며 집에 가겠다고 식음을 전폐한 아이에게 사람들은 이십 일만 있으면 엄마가 온다고 달랬다. 달력을 보거나 날짜를 헤아리기 어려운 아이는 기다란 싸리나무 가지를 꺾어 스무 개로 잘랐다. 그리고 나서야 밥을 먹었다.

어린 혜인은 매일 아침 일어날 때마다 자른 가지 하나씩을 변소에 내다 버렸다. 마지막 한 가지를 버리던 날 새벽 아이는 혼자 세수를 한 후 옷을 갈아입고 아버지 방 앞에 가서 단정히 무릎 꿇고 앉았다. 어머니에게 가는 날이라고 믿었기 때문이었다. 새벽에 방문을 나서던 원산댁은 그 깜찍한 모습에 고개를 돌렸다. 아마 그 이후 원산댁이 극진한 애정을 내세우며 혜인을 묶어놓던 악연의 그물은 그때부터 이미 형성되었던 것인지도 몰랐다.

예술적이고 다감한 혜인의 모든 기질을 부산댁에게서 배운 기생의 행태가 들러붙은 것이라고 질책을 하며 엄격하게 기른다는 이유로 다글다글 볶아대던 원산댁과 혜인의 관계는 그 후 몇십 년이 지나도록 애증의 양면이 피부껍질처럼 맞닿아 있었다.

"얘, 이러면 안 된다. 여기가 바로 네 집이야. 네 집은 바로 여기뿐이야."

그날 저물도록 어머니가 오지 않자 한밤중에 몰래 집을 나섰던 혜인은 곧 오빠들에게 잡혀 들어왔다.

"아이고, 혜인아. 이 일을 어떻게 하면 좋으냐. 부산 어머니가 돌아가셨구나."

며칠 후 아이는 청천벽력 같은 소식을 들었다. 혜인을 따라 올라오던 부산 엄마가 사고로 죽었다는 거짓말을 식구들이 혜인에게 들려주었던 것이다. 마침 일어났던 기차 전복 사고 신문 기사를 보여주며 사람들은 아이를 달랬다.

아이는 울지 않았다.

그러나 절대로 입을 열지 않고 고집스럽게 한동안 색깔 있는 어떤 옷도 입지 않았다. 다음 해, 혜인이는 읍에서 제일간다는 유치원에 들어갔다.

원산댁의 정성은 지극했다. 아침마다 가닥머리를 꼼꼼히 땋아 반짝거리는 꽃핀을 꽂아주고 주름치마에 날이 서도록 다림질을 해서 입혔다. 생선도 가운데 토막의 소복한 살이 아니면 먹이지 않았다.

혜인은 입꼬리가 선명한 입을 새초롬하게 다물고 원산댁의 시중을 하녀의 시중을 받는 공주처럼 오만하게 받았다. 무언가 아이의 마음속에 있는 직감이 그녀가 어머니와 자기를 떼어놓은 장본인이라는 생각이 들게 한 것 같았다.

원산댁은 이를 악물고 그 당시에는 아이를 다그치는 내색을 전혀 하지 않았다. 혜인의 바로 위 언니인 영인은 거의 십 년이나 아래인 동생이 받는 모든 대우 때문에 질투로 몸이 타버릴 지경이었다. 영인은 점점 더 겉돌고 집에 붙어 있기를 싫어했다.

"내가 뭘 잘못했다고 다들 나를 거들떠보지도 않으면서 야단만 치려고 드는 거야. 내가 왜 숨도 못 쉬고 억눌려 살아야 하느냐고."

영인은 동네를 돌며 온갖 말썽을 일으키고 보수적인 동네 사람들 입초시에 오르내리며 역마살이 끼었다는 둥 온전히 여자답게 살기 어려울 것이라는 둥 온갖 흉한 소문들을 다 불러일으켰다. 큰오빠 표림에게 여러 번 매타작을 당하기도 했지만 친구들을 따라 밖으로 나도는 영인의 버릇은 나아지지 않았다.

원산댁을 영인이 못지않게 싫어하고 집에 붙어 있기를 싫어하던 석림은 영인을 다른 식구들보다 더 잘 이해했다. 원산댁이 표림이나 기림은 어려워하고 눈치를 보았지만 영인이나 석림을 대하는 태도는 상당히 무관심하고 냉랭해서 혜인을 대하는 태도와는 하늘과 땅의 차이가 있었다.

여름방학에 동경에서 귀국했던 연이의 오빠 철진은 기림과 많은 대화를 나누고 그의 준수한 용모와 깊은 생각에 큰 관심을 보였다. 그리고 원한다면 함께 일본으로 가 공부하자고 권했다. 기림은 뛸 듯이 기뻐하며 그 권유를 받아들였다. 영인은 이 소식을 듣고 울며 불며 자기도 공부하러 가겠다고 했지만 식구들은 심술이 나면 한차례 해대는 행악으로만 받아들였다.

"나는 이제 더 살고 싶지도 않아. 왜 나는 유학을 가면 안 되냐구. 여자라고 이런 대접을 받고 생전 억눌려 살믄 뭐 해."

둘째 오빠 기림이 일본으로 떠나던 날 새벽 영인은 대청마루에서 목을 매 자결하려는 시늉을 해 온 집안이 한바탕 난리를 쳤다. 기림은 영인의 자살 소동 때문에 하루를 지체하고는 바로 일본으로 떠났다. 연이는 점잖고 헤아림이 많던 큰 시동생과 마음 아프게 작별을 하며 오직 자기 오빠를 따라 학업의 성취를 이루기만을 기원했다.

"아가씨, 그래도 무얼 좀 요기를 하고 정신을 차려야지요. 기운을 내야 하고 싶은 공부도 나중에 할 수 있어요."

연이는 영인이 골칫거리이기는 했지만 늘 가엾이 여기는 마음도 들었다. 기림이 떠난 후 머리를 싸매고 누운 영인에게 미음을 권하자 수저를 드는 영인의 눈에서 주르륵 눈물이 흘러내렸다.

막내 혜인은 유치원이 끝나면 상냥한 일본인 여선생이 바래다주는 자리에서 집으로 가는 척하다가 혼자 되돌아서서 미루나무가 서 있는 방죽 길을 이쪽 끝에서 저쪽 끝으로 몇 번이나 오갔다. 혜인은 집에 돌아오고 싶지 않았다.

집에서는 칼날처럼 정확하게 일 분 일 초의 시간을 다 재고 있는 원산댁이 온갖 공을 들인 점심상을 정갈하게 보아놓고 대문 앞에 나와서 자기를 기다릴 것이었다.

아이는 녹색 벼가 자라나는 넓디넓은 논을 내려다보며 그 논이 바다라면 좋겠다고 생각했다. 그렇다면 그대로 텀벙 뛰어들어 죽어버려 세상만사를 다 잊고 싶었다.

아직 어린 나이였지만 어머니라고 믿었던 사람과 충격적인 이별의 과정을 거친 혜인은 갑자기 조숙해지고 말수를 잃었다.

혜인은 원산댁의 병적인 집착과 간섭, 아버지와 큰오빠의 데면데면한 무관심, 위 언니 영인의 행악과 미움 속에서 마음 둘 곳을 찾지 못했다. 혜인은 마음속으로 정이 깊은 연이에게만 의지를 두었다.

그러나 원산댁은 두 사람이 이야기를 나누거나 다정히 지내는 것을 참지 못하고 방해를 놓았다. 흙 범벅이 된 손으로 자기 저고리 앞섶을 들치며 골똘히 젖을 빨던 막내 시누이 생각을 할 때면 연이의 가슴은 가엾음으로 미어졌다.

이제 강화 할아버지의 여섯 자녀들 중 맏딸 정인은 출가했고 둘째 아들 기림은 일본으로 떠나버렸다. 2차 대전은 막바지로 접어들었고 일제의 행악과 수탈은 갈수록 더 심해졌다. 대동아 공영권을 외치며 전쟁에 돌입했던 일본은 패색이 짙은 전쟁의 마지막 고비를 힘겹게 넘어가고 있었다. 공출과 징병, 징용의 그림자는 조선인의 목을 죄어왔고 정신대에 끌려 나간 처녀들의 흉악한 소문이 두려움과 억눌린 분노 속에서 사방으로 퍼져 나갔다.

"내가 무슨 노예야. 나는 자유롭게 살 거야. 절대로 절대로 시집은 가지 않을 거야. 나는 그 따위 시집살이나 하면서 죽은 사람처럼 살지는 않을 거야."

영인이 정신대에 끌려 나가게 될 것을 두려워한 강화 할아버지는 더 공부하고 싶을 뿐이지 시집은 가지 않을 거라고 울며불며 저항하는 딸을 이웃마을의 무던한 총각에게 강제로 시집보냈다.

영인은 거센 성미와 살림에 마음을 붙이지 못하고 떠도는 행적 때문에 걸핏하면 남편에게 두드려 맞고 집으로 돌아오는 일이 잦았다. 할아버지와 원산댁은 문을 걸어 잠그고 영인을 받아들이지 않았다. 문 앞에 이를 갈며 서 있던 영인은 학교에서 돌아오는 동생 혜인이 머리채를 휘어잡고 두드려 팼다. 혜인의 비명에 달려 나온 식구들은 광란하는 영인에게서 동생을 떼어놓았다.

"모두들 다 원수들이야. 절대로 절대로 아무도 용서하지 않을 거야. 두고 봐."

눈에서 파란 불이 뿜어 나올 듯하던 영인은 악담을 퍼붓고 시집으로 되돌아갔다. 그런 사건이 일어나면 한동안은 잠잠했다. 그렇지만 식구들은 모두 영인이가 시집가 사는 서쪽 마을에 폭약 하나를 심어놓고 사는 기분이었다.

원산댁은 점점 더 집안 살림을 장악하기 시작했고 표림과 연이네 식구들을 노골적으로 귀찮아하기 시작했다. 그리고 나이 들어가는 강화 할아버지를 뒤에서 움직여 표림과 연이에게 음으로 양으로 영향력을 행사하기 시작했다. 자유를 추구하는 기질이 강한 표림은 집안의 숨 막히는 분위기를 더 이상 견디기 힘들어했다.

마침 그럴 때 북간도 땅에서 자동차 기술이 있는 군속이 절실하게 필요하기 때문에 관사와 좋은 대우를 다 보장해준다는 제안을 받게 되었다. 표림은 맏아들의 도리를 역설하는 동리 어른들의 만류를 뒤로하고 가솔들을 이끈 채 표표히 낯선 땅 만주로 떠났다.

6. 기림과 표림

연이 오빠 철진을 따라 동경에 도착한 기림은 대학에 들어가 침식을 잊고 공부에 몰두했다. 일본 문학이나 한국 문학의 좁은 틀을 벗어나고 싶다고 생각했던 그는 영문학을 택했다. 외국어는 따라가기 힘들었지만 기림은 섬세한 감성 때문에 시인이었던 영국인 지도 교수의 각별한 아낌을 받았다. 그러나 기림의 마음 한구석에는 늘 허전하고 채워지지 않는 부분이 있었다.

어느 날 새벽 학기말 시험을 보느라고 며칠씩 밤을 새우다 지친 기림은 몸살 기운으로 열이 오른 몸을 식히러 해열제를 사러 나섰다. 새벽 기운은 차가웠고 기림은 외투 속에서 몸을 더 작게 웅크렸다. 약국 문을 열고 들어서던 기림은 흰 가운을 입고 서 있던 여 약사의 수려한 얼굴을 보는 순간 열에 들뜨듯 뜨거운 감정을 느꼈다. 도모꼬라는 여 약사와 기림은 첫눈에 사랑에 빠졌다.

"저는 한 번도 이런 느낌을 가져본 적이 없었어요."

기림을 처음 본 순간부터 경험해본 적 없는 강렬한 느낌이 들어왔다고 도모꼬는 눈 내리는 겨울 거리를 걸으며 기림에게 고백했다.

두 사람의 사랑은 완고한 여자 집안의 반대로 벽에 부딪혔다. 더러운 조센징 집안의 별 볼 일 없는 유학생이 좋은 집안의 일본 여자를 넘본다는 것 자체를 크나큰 수치로 여긴 여자 집안의 식구들은 펄펄 뛰었다. 그러고는 그전부터 혼담을 넣어 오던 부유한 상인의 아들과 맺어지도록 결혼을 서둘러 추진시켰다. 두 사람은 결혼식을 일주일 앞둔 날 함께 도망치기로 했다. 그러나 그 낌새를 알아챈 여자의 오빠들은 집 앞에 숨어서 기다리다 나타난 기림에게 린치를 가했고 여자는 집안에 감금되었다.

몇 번이나 도모꼬를 만나려고 시도하다가 다시 여자 집안의 사람들로부터 집단 구타를 당한 기림은 모든 것이 다 무위로 돌아가는 것을 느꼈다. 산다는 일에 그는 의미를 잃었다. 그 집안에서 여자를 강제로 결혼시키던 날 아침, 그는 다량의 수면제를 먹었다.

이제 그의 삶을 비추던 모든 빛이 꺼졌다. 빛이 사라져가는 속에서 그는 도모꼬의 얼굴 위로 겹치는 정인의 얼굴을 보았다. 그리고 모든 것은 어둠 속으로 파묻혀 들어갔다. 그는 머리맡에 그가 애송하던 엘리어트의 '황무지'에 나오는 시를 적은 종이를 유서 대신 도모꼬에게 놓았다.

일 년 전 처음 당신이 내게 히아신스를 주었기에
사람들이 날 히아신스 소녀라 불렀어요.
…… 그러나 네가 팔에 꽃을 한 아름 안고, 늦게

머리칼이 젖은 채, 같이 히아신스 정원에 돌아왔을 때,
나는 산 것도 죽은 것도 아니고, 아무것도 모르고
다만 삶의 핵심, 정적을 들여다보았다.
바다는 황량하고 쓸쓸하구나.

결혼식이 끝나고 친한 친구에게서 기림의 소식과 시를 전해 받은 도모꼬는 혼례복을 벗어 신랑 앞에 개어놓고 식구들 모두에게 큰절을 한 후 집을 떠났다. 표정 없이 움직이는 그녀를 아무도 막지 못했다. 가진 돈을 다 털어 기림의 시신을 수습하고 법도 있는 장례 절차를 눈물 없는 얼굴로 침착하게 보살핀 도모꼬는 사흘 후 두 사람이 사랑을 언약하던 바다 위 절벽에서 몸을 던졌다. 도모꼬의 품속에는 죽은 기림의 머리맡에 놓였던 엘리어트의 시가 간직되어 있었다. 도모꼬를 삼킨 바다는 시처럼 황량하고 쓸쓸했다.

강화 할아버지는 뛰어난 학자가 되리라는 대단한 기대를 품고 있던 둘째 아들 기림을 이렇게 청천벽력처럼 허수하게 잃었다.
"일본 년 하나 때문에 그 귀한 목숨을 던진단 말이냐. 못난 자식 같으니라구……."
기림의 가슴속에 박혀 있던 일제강점기 조선 인텔리의 창백한 허무주의를 설명하기 어려웠던 연이 오빠 철진은 강화 할아버지 앞에 무릎을 꿇고 기림을 미처 잘 보살피지 못한 데 대해 용서를 빌었다. 그러나 가슴에 대못이 박힌 할아버지는 기림을 솔선해서 일본으로 데려간 철진과 다시는 대면하려 하지 않았다. 나중에 연

이가 오빠 이야기를 집안에서 함구하게 된 이유에는 사상적인 점도 있었지만 기림의 사연도 컸다.

정인은 오빠 기림의 소식을 듣고 그 자리에서 쓰러졌다. 머리맡에서 간병하는 행랑어멈 앞에서 깨어나며 비로소 눈물이 정인의 뺨으로 흘러내렸다. 정인은 점점 더 조용해지고 말없이 자기가 할 집안일만을 그림자처럼 움직이며 보살폈다.

석림은 속 좁은 쪽발이 새끼들 때문에 형을 잃었다고 이를 악물었고, 친정에 들렀던 영인은 차라리 자기를 일본으로 보냈으면 이런 일은 없지 않느냐고 비죽거리다가 아버지에게 대빗자루로 얻어맞았다. 원산댁의 만류가 아니었으면 아마 어딘가 몸 한 군데를 못 쓸 만큼 얻어맞았을 영인은 몸을 빼 달아나며 친정 쪽을 향해 모진 욕설을 퍼부었다.

"이제 두고 봐. 모두들 내 앞에 무릎 꿇고 사정하게 만들 테니까."

표림이가 군속으로 들어간 목단강 근처에서 만주 생활을 시작했던 연이는 시동생 기림의 믿기지 않는 소식을 전해 듣고 하염없이 울었다. 일을 끝내고 돌아와 아내에게서 동생의 소식을 들은 표림은 입을 꾹 다물며 눈을 내리깔았다. 한참 후 그는 내뱉었다.

"못난 자식. 어디 계집이 없어서…… 울 것도 없어."

밤에 자리가 허전해 일어난 연이는 앞에 펼쳐진 벌판을 바라보며 문밖에 앉아 있는 남편의 등이 무섭게 떨리는 것을 보며 가만히 문을 도로 닫았다. 표림은 밤새 꺽꺽 목을 조이는 울음을 우는 기색이었다.

목단강변에서의 생활은 대가족 생활에 치여났던 연이에게 처음으로 아기자기한 가정의 즐거움을 맛보게 해주었다. 연이어 지어놓은 관사에 사는 일본 여자들은 싹싹하고 친절했다. 그들은 연이의 고운 피부를 손으로 쓸어보며 정말 예쁘고 부드러운 피부라고 부러워하며 탄성을 지르고는 했다.

"아라, 마, 조선 옥상들은 어쩌면 이렇게 피부가 부드러워요."

개중에는 내선일체의 정책을 굳게 믿고 한국 남편과 결혼한 일본 여자들도 있었다. 두 집 건너 사는 이에꼬는 남편이 한국 사람이라 그런지 각별히 더 연이에게 살갑게 굴고 자그마한 과자 봉투며 음식 그릇들을 들고 놀러 오고는 했다.

일 년 후 셋째 아들 민석이 만주에서 태어났다. 딸을 간절히 기다리던 표림은 셋째가 아들이자 내어놓고 실망하는 기색이었다.

"아니, 그래 딸 하나 낳는 재주도 없어?"

그는 퉁명스레 몸조리하러 누운 연이에게 말을 던졌다.

이에꼬가 문턱이 닳도록 드나들며 미역국을 끓여대고 흰밥을 지으며 산 구완을 했다. 삼칠일을 넘기고 일어난 연이는 말썽꾸러기 세 아들을 기르느라고 밤이면 정신을 놓고 혼곤한 잠 속에 파묻히고는 했다.

큰아들 준석은 장난이 심해서 연이가 하루 종일 허리를 펴지 못하고 물을 길어놓으면 식구들 신발짝을 하나씩 들고 가 물독에 처넣기가 예사였다. 궁둥이를 막대기로 아무리 두들겨 맞아도 끄떡도 하지 않았다.

대장 기질이 있는 준석은 둘째 영석이를 몰고 다니며 온갖 저지레를 다 벌여놓았다. 멸치를 볶으려고 대가리를 따라고 시켜놓으면 준석이 몸통은 다 집어 먹어버리고는 대가리만 소복이 남겨놓고는 영석이가 다 먹었다고 우기고는 했다.

두 아이를 아버지 막걸리 술심부름하러 주전자를 들려 보내면 한 주전자 값을 주었는데도 늘 반 주전자 정도만 받아 와서 하루는 연이가 가겟집에 따지러 갔다. 주인아주머니는 실색을 하며 노상 한 주전자 가득히 담아 보냈다고 발뺌을 하였다.

그다음에 몰래 뒤를 따라가 보자니까, 두 아이 녀석이 집으로 오면서 연상 주둥이에 입을 대고 막걸리를 마셔대는 것이었다. 둘이래야 준석이가 거의 다 마시고 영석에게는 강제로 맛을 보게 하는 꼴이었다. 집에 오는 길로 매타작을 당했지만 준석은 끄떡없었다.

아이가 없는 이에꼬는 유달리 연이 아이들을 예뻐하고 틈만 나면 와서 어린 셋째를 돌보다가 장난치느라고 정신이 없는 큰 아이들을 한 번씩 꼭 껴안아보고는 했다. 연이가 매라도 손에 들면 온몸으로 연이에게 매달려서 말렸다.

"옥상, 어쩌면 이렇게 아이들이 귀여워요. 하나만 나 주면 안 돼요?"

연이는 고개를 절레절레 흔들며 대꾸하고는 했다.

"하나 아니라 다라도 데려가세요. 이즘엔 잠 한번 편히 허리 펴고 자보는 것만 소원이라니까요."

살림과 아이 치다꺼리에 넋이 나간 것 같은 연이를 보던 표림은 무슨 생각이 들어서였는지 며칠 차를 빌려 여행을 다녀오자고 제

의를 했다. 연이는 너무도 의외였지만 오롱조롱한 아이들을 데리고
도, 두고도 여행을 떠날 엄두를 내지 못했다. 이 이야기를 들은 이
에꼬가 성큼 나섰다.

"아이들 다 내가 보아줄게. 전혀 걱정하지 말고 다녀오세요."

미심쩍기는 했지만 워낙 맵고 단정한 이에꼬의 성미를 아는 연
이는 못 이기는 체 남편과 함께 백두산으로 여행을 다녀왔다.

이도백하를 지나 백두산 초입에 들어서자 차가 올라가는 높이
에 따라 달라지는 나무의 종류들이며 장대한 암석들이 숨이 막히
도록 웅장한 느낌을 주었다. 두 사람은 정상까지 차가 올라가지를
못해 차를 아래쪽에 세워두고 세찬 바람을 맞으며 걸어 올라갔다.
산꼭대기에 부는 10월 바람은 두툼한 솜옷을 입은 틈새로도 파고
들 만큼 매섭게 차가웠다.

백두산 정상에서 그 깊이를 알 수 없이 푸른 천지를 내려다보며
두 사람 다 압도당해 아무 말도 하지 못했다. 연이는 더 큰 세상을
만나는 듯한 경이로움을 느꼈다.

"우리 민족혼이 있다면 정말 여기 백두산 천지에 담겨 있는 것
같아."

표림이 한참 만에 입을 열었다. 장백폭포를 지나 하산 길에 두
사람은 손을 꼭 잡았다. 백두산을 다녀온 후 연이의 뱃속에 새 아
기가 들어섰다. 연이는 어림짐작으로 백두산의 정기를 받아 태어날
아이라 으레 또 아들이겠거니만 생각했다.

"이웃에 참한 부인들이 많으니까 이럭저럭 견디면서 기다리구
있어. 내가 몇 달 후면 꼭 돌아올 테니까. 그때쯤이믄 이 전쟁도 결

판이 나지 않갔어?"

정월에 표림은 일본군에 차출되어 부대를 따라 막판 전투가 벌어지는 곳으로 떠났다. 표림은 떠나기 전에 이제 몇 달이면 결판이 날 테니까 아이들 잘 기르고 몸조심하라고 신신당부했다. 연이는 어린 아들 형제들을 억척스럽게 기르고 생활비를 쪼개 쓰면서 군대 이동을 따라 떠난 남편을 기다렸다. 그러나 예정된 날짜가 지나고 초여름이 시작되어도 남편은 돌아오지 않았다.

"정말 이 여름은 참 유달리 덥네요. 내 살면서 이런 더위는 처음 보네."

왕래가 있던 이웃 일본 부인들에게 연이는 하소연을 하고는 했다. 임산부라 몸에 열이 넘쳐서 그랬는지 이른 여름부터 연이는 더위를 견디기 힘들어했다.

여기저기서 쉬쉬하는 가운데 흘러드는 연이은 일본 패전 소식들을 들으며 연이는 남편의 안위에 대한 근심으로 입술이 탔다. 자기 남편도 표림과 함께 떠난 이에꼬는 그 당시로서는 구경하기 힘든 과일 한 개나 설탕가루 한 국자만 생겨도 몰래 연이네 집으로 나르고는 했다.

유달리 부른 배를 안고 하루하루를 추스르며 애타게 남편을 기다리던 연이는 눈앞이 캄캄해지는 청천벽력 같은 연락을 받았다. 남편의 전사 소식이었다.

연이는 말을 잃었다. 울지도 않았다. 유골도 수습하지 못했다는 소식을 이어서 전해 듣고야 오히려 연이는 정신을 차렸다. 아무것도 먹지 않으려 드는 연이에게 미음을 만들어 온 이에꼬는 하염없이 울었다.

"누군가 한 사람이 가야만 했다면 아이도 없는 우리 남편이 갔어야 하는데 어쩌면 좋아. 이 아이들을 데리고……."

이제 연이는 기운을 차려 일곱 살, 여섯 살, 네 살 난 아들 셋을 데리고 혼자 고향 사리원으로 돌아가야 했다. 그러나 이 난리 통에 만삭의 몸으로 나대다가는 네 식구가 다 길거리에서 죽기에 꼭 알맞았다. 이에꼬가 아기를 낳아서 자기를 주면 기르겠다고 했지만 어찌 될지 모르는 떠돌이 삶에 아기는 큰 부담이 될 거라고 연이는 거절했다.

"급히 의논드릴 일이 있습니다. 집에 한번 찾아와주시기 바랍니다."

연이는 아이가 없는 이웃 중국 부자 대인의 집에 연락을 놓았다. 연락을 받고 달려온 대인에게 연이는 태내 입양을 제의했다. 아들이건 딸이건 가리지 않고 낳는 대로 아기를 넘겨주고 세 아이들을 이끌고 고향으로 돌아가려는 심산이었다. 평소 연이 아이들을 탐내던 대인은 기꺼이 그 안을 받아들였다.

그러나 8월 6일 아침, 히로시마에 '리틀 보이'라는 암호명을 가졌던 원자폭탄이 투하되었고, 일찍이 상상할 수도 없었던 그 참상은 세계를 경악하게 했다. 폭발 1초 이내 섭씨 6,000도로 올라간 화염 열에너지는 1킬로미터 이내 인간의 오장육부를 증발시켜버렸고, 14만여 명이 순식간에 목숨을 잃었다. 8월 9일에는 '팻 맨'이라는 원자폭탄이 나가사키에 투하되었다. 그곳의 사망자는 7만 명을 넘었다.

그리고 한여름의 태양이 이글이글 타오르는 8월 15일 대낮에 천황은 라디오 방송으로 자신의 입장을 알렸다.

온몸이 다 귀가 되다시피 하고 기다리는 사람들에게 천황의 침울하고 가라앉은 음성이 울려 나왔다. 36년 동안 일제 치하에 억눌려왔던 조선 사람들에게 믿을 수 없는 내용이었다.

짐은 깊이 세계의 대세와 제국의 현상에 감안하여 비상조치로서 시국을 수습코자 여기 충량한 그대 신민에게 고하노라. 짐은 제국정부로 하여금 미, 영, 중, 소 4국에 대하여 그 공동선언을 수락할 뜻을 통고케 하였다.

그의 말은 비통하게 이어졌다.

천황이 직접적으로 항복한다는 말을 하지는 않았지만 4개국의 공동선언을 받아들인다는 말은 실질적인 항복 선언이었다. 처음에는 정확히 그 말의 의미를 이해하기 힘들어 어리둥절하던 조선에서는 곧 종전과 해방을 축하하는 환호성이 지축을 뒤흔들 듯 울려 퍼졌다.

대동아 공영권을 내세우는 강한 나라 일본의 그늘에서 힘을 펴왔던 일본인들이 이제 타향에서 패전국의 국민으로 겪게 된 수모와 능욕은 참담했다.

만주 땅에서 해방 소식을 전해 듣게 된 연이는 이제 앞으로 어떻게 될 것인지 갈피가 잡히지 않았다. 일단은 있는 힘을 다해 조선으로 돌아가야 한다는 판단은 섰지만 산달이 거의 다가온 만삭의 몸으로 세 아이를 데리고 움직일 수는 없었다.

겨우 차편을 얻어 조선을 통해 일본에 돌아갈 수 있게 된 이에꼬는 남편과 함께 떠나려고 했지만, 한국인 남편은 일본으로 갈 수 없다는 통고를 받았다.

"내 일생은 내선일체 때문에 희생되고 말았어. 우리 부부는 일본인에게도 버림받고 조선인에게도 버림받고 믿고 기댈 부처님도 하느님도 없어."

이에꼬는 하소연도 하고 발악도 해보았지만 현실은 냉혹했다. 함께 떠날 수 없다면 자기도 가지 않겠노라고 버티어도 보았지만 누구에게도 소용이 없는 짓이었다. 여기서 남겨진 일본 여인이 갈 길이란 죽창에 찔려 죽거나 개처럼 여러 사람들에게 겁탈당한 후 길거리에 버려지는 일뿐이라는 소문이 흉흉했다. 언어 때문에 조선여자 행세를 할 수도 없었다.

"이제 옥상은 어떻게 하면 좋아요. 아이들 셋이나 데리고. 이제 곧 아기가 태어날 텐데."

그 마당에서도 이에꼬는 연이를 붙들고 연이 걱정을 했다. 자기 몸이나 잘 돌보고 있으면 언젠가 다시 만나게 될 거라고 연이가 오히려 위로했다.

이에꼬는 혼자서 조선을 통해 일본 본토로 돌아간다는 특별 기차를 타러 트럭을 타고 떠났다. 평소 단정하던 모습은 간 곳 없이 헝클어진 머리로 멍하게 트럭에 오르는 이에꼬를 보며 연이는 눈물을 삼켰다. 기약 없는 이별이었다. 일본인 아내를 떠나보낸 이에꼬의 남편은 연이에게 인사를 남기고 짐을 꾸려 원래 고향이라던 전라도 순창을 향해 혼자 떠났다.

이제 만주 땅에는 치안 능력의 공백 상태가 과도기적으로 일어나고 로서아 군은 집집을 뒤지며 여자와 재물을 찾아 겁탈과 약탈을 한다는 흉흉한 소문이 퍼졌다.

연이는 모진 결심을 했다. 아기를 낳는 대로 탯줄을 끊어버리고 아들들과 목숨을 보전하러 조선으로 내려갈 생각이었다. 마음은 급하고 생각할 기력도 없어 안타까운 마음에 배를 쥐어박으며 조산이라도 하기를 바랐지만 뱃속의 아기는 연이의 번민을 모르는 듯 약하게나마 태동을 하며 자라났다.

이제 아기를 낳으면 이 아기와 세 아이를 데리고 고향에 돌아가는 것은 불가능했다.

"이 아이는 태어나서는 안 되는 아이야."

연이는 혼자 신음하며 되뇌었다.

"태어나더라도 생명을 유지하기는 힘들단다. 아가, 내가 너를 돌볼 힘이 없구나."

그러나 아기를 없앨 수는 없는 노릇이었다.

연이는 차마 자기 손으로 아기를 어떻게 할 수는 없어, 장독대 위에 아기를 올려놓고 큰 독을 덮어씌우리라는 작정을 했다. 살아 있는 동안이거나 죽은 후라도 떠돌아다니는 개나 고양이들에게 훼손당하지 않도록 하기 위해서였다.

관사에 살던 다른 이웃들은 거의 다 떠나버렸다. 여인네들은 겁탈당할 것이 두려워 세수도 하지 않고 얼굴에 숯검댕이 칠까지 하고 다녔다. 연이는 옷을 팔아 양식거리를 구하러 저자에 나섰다가

눈을 번들거리며 싱글싱글 웃는 로서아 군 두 사람에게 장난감 몰
이 당하듯 추적을 당했다. 몹시 당황해서 뒤뚱거리며 집 안으로 달
려들어 문을 걸어 잠근 후부터는 밖에 나가기도 두려웠다. 이웃 사
람들은 연이에게 밖으로 나서지 말라고 신신당부했다.

"옥상, 밖에 나가지 마세요. 그 로서아 놈들은 사람이 아니래요.
그저 치마 두른 여자기만 하면 아무데서나 덤벼들어 욕을 보인데
요."

들리는 소문으로는 만삭의 임산부건, 할머니건, 어린 소녀건 가
리지 않고 겁탈을 하고 기차간 같은 곳에서도 다른 승객들이 있는
것도 무시하고 겁탈을 자행한다는 소문이 파다했다. 특히 일본 여
자들은 이들이 대의명분처럼 내세우는 겁탈 대상이었다. 전쟁에 진
적국의 나라라는 게 그 이유였다. 나라가 힘을 잃으면 여자들부터
몸을 지키기 어려웠다. 그런 소문이 들릴 때마다 연이는 이에꼬가
무사히 돌아갔기만을 기원했다.

아침저녁으로는 선선한 바람도 불지만 아직은 날씨가 쨍쨍한 9
월 초 한낮이었다. 연이가 부른 배를 추스르며 마루에 앉아 흙강아
지처럼 놀고 있는 아이들을 망연히 바라보고 있을 때였다.

얼굴이 진갈색으로 그을고 몸이 여윈 남자가 지친 발걸음으로
문 안으로 들어섰다. 연이는 일어서지도 못하고 말도 하지 못한 채
귀신을 보듯 입을 벌리고 그를 바라보기만 했다.

남편 표림이었다. 그는 아침에 나갔다 일터에서 돌아오는 남정네
처럼 씩 웃었다.

"내 얼굴 잊어버렸어? 빨리 짐을 싸자구. 어서 이곳을 떠나야만

해."

그는 아무 설명도 없이 서둘러 떠나자는 이야기부터 했다. 연이는 눈물을 줄줄 흘리면서 남편에게 안겨 웃다가 울다가 했다. 만삭의 몸인데도 로서아 군인들의 눈에 뜨일까 봐 숯검댕이를 칠해놓았던 얼굴에서 검은 얼룩이 도랑을 지며 흘러내렸다.

표립은 간단히 저간의 사정을 설명했다. 아수라장 같은 전투에서 미군의 무차별 포격이 있은 후 자기 옷과 시계를 훔쳐 갔던 다른 사람이 폭사하는 바람에 그 유류품을 기억하는 사람들의 보고로 전사자로 처리되었다는 것이다. 종전 후 그는 우여곡절 끝에 미군에 잡히고 조선인이라는 것이 밝혀져 귀향선을 타고 조선에 도착해 되돌아 만주로 올라온 길이었다.

연이는 아이를 낳고 떠나자고 했지만 전쟁의 포화 속을 헤매며 온몸이 다 신경줄로 변한 것처럼 긴장해 있는 남편은 그럴 시간이 없다고 아내를 재촉했다.

"가다가 낳자구. 가다가…… 삼팔선이 그어졌어. 당신은 다 이해하기 힘들 거야. 얼른 고향 땅으로 가야지."

준석과 영석을 모질게 채근해서 걸리고 셋째 민석은 업은 채 보따리 몇 개만 꾸려 들고 만주에서부터 걸어서 남하가 시작되었다. 운이 좋으면 조금씩 트럭을 얻어 타기도 하고 토막토막 차를 얻어 타기도 했지만 온 식구는 끝도 없이 걸었다.

"하느님, 감사합니다. 남편을 돌려보내주셔서 감사합니다. 우리 아이들을 살려주셔서 감사합니다."

연이는 남편이 돌아온 것이 하느님의 은혜라고 생각했다. 하루에도 몇 번이고 하느님, 감사합니다라는 소리가 저절로 나왔다. 교회를 다니거나 종교심을 지녀본 일이 없었던 연이로서는 자기도 이해하기 힘든 일이었다.

남편이 돌아온 것도 감사했지만 아기를 낳아 버리고 오지 않게 된 것이 정말 감사했다. 막상 혼자 낳았더라도 버리지 않았을지 몰랐지만 자기 나름대로 결심이 굳었기 때문에 이미 아기를 버린 것만 같은 죄책감에 시달렸던 것이다.

연이는 남하하는 과정의 모진 고생들이 고생으로 느껴지지 않았다. 연이는 때 없이 배를 어루만지며 중얼거렸다.

"미안하다, 아가. 그렇지만 하느님이 널 살려주셨단다."

연이는 남편이 큰아이 둘만 데리고 방을 얻은 후 창문으로 숨어들었던 함경도 고원의 한 여관에서 몸을 풀었다. 새벽에 진통을 호소하는 아내를 돌보며 표림은 힘을 내라고 격려했다. 잘 먹지도 못하고 고생한 끝이라 그런지 새벽에 태어난 아기는 아주 몸피가 작았다. 가을을 알리는 추분에 태어난 아기는 딸이었다.

표림은 빨아놓았던 헌 옷으로 자기가 받은 아이를 감싸며 처음 낳은 딸이 신기해 어쩔 줄 몰라 했다.

"여보, 딸이야. 이거 정말 신기하네."

연이는 진통으로 땀에 뒤범벅이 된 머리카락을 걷어 올리며 아기를 꼭 껴안아보고는 깊이를 알 수 없는 혼곤한 잠 속으로 떨어졌다. 표림은 그 자리에서 구슬처럼 영롱하라고 아기의 이름을 영주라고 지었다. 전부터 딸을 낳으면 지어주려고 늘 마음에 두었던 이름이라고 했다.

"거 참, 새 생명이 태어났으니 우리 여관에도 경사지비."

후덕했던 여관집 주인은 창문으로 숨어들었던 연이에게 아무런 타박도 하지 않고 미역국을 끓여주고 기저귀감으로 소창을 여러 장 접어주었다.

연이는 몸조리도 제대로 하지 못한 채 며칠 후 식구들을 따라 이고 지고 길을 나섰다. 그리고 다시 이어지는 대장정이 시작되었다. 그때로서는 생명과 자유를 찾아가는 길이었다.

표림은 다행히 트럭을 얻어 탈 수 있어서 우선 방향을 사리원으로 잡았다. 한동안 소식이 두절되었던 식구들의 안위가 궁금해서였다. 연이의 어머니와 오빠, 이모의 소식도 전해 들을 길이 없었다.

이틀 만에 사리원에 도착해보니 표림의 식구들은 해방 훨씬 전에 서울로 떠났고, 팔고 갔던 큰 집은 인민위원회에 접수되어 있었다. 표림은 가족을 이끌고 어렵사리 찾아낸 연이의 이모 집에 일단 몸을 의지했다. 연이의 늙은 어머니만 언니네 집에 몸을 기탁하고 있었고, 오빠 철진은 무슨 일을 하는지 동분서주하며 얼굴을 보기 어렵다고 했다. 연이네 식구가 살아 돌아온 것을 본 연이 어머니의 기쁨은 말로 할 수 없었다. 어려서부터 연이를 귀여워하던 이모와 외아들 형식이도 연이를 보고 뛸 듯이 기뻐했다. 형식은 그동안 결혼을 해서 벌써 아이를 두고 있었다.

그러나 천신만고로 도착한 사리원의 민심은 예전에 기억하던 인심 좋고 넉넉한 곳이 아니었다. 낯선 얼굴들이 관청의 윗자리에 잡고 있었고, 세칭 높은 자리에 있었던 친일파나 부유하게 지냈던 사람들에 대한 조사와 핍박이 알게 모르게 시작되고 있었다.

저녁마다 열리는 공산당 사상 공부에 강제로 참석했던 표림은 덧정을 잃었다. 사람의 마음을 옥죄는 듯한 선언과 타도와 증오의 외침, 종교에 가까운 김일성 숭배의 반복은 자유로운 삶을 젊어서부터 추구하던 그에게 혐오감과 두려움을 불러일으켰다.

"나는 도저히 이곳에서 못살겠어. 숨이 막혀 죽을 것만 같아. 그놈의 삼팔선이라는 게 아주 굳어지기 전에 서둘러 아버지가 계신 서울로 가자구. 어서."

그는 이곳에서 이렇게 살다가는 질식해 죽을 것 같다고 연이에게 아버지가 계신 서울로 남하하자고 종용했다. 연이는 모처럼 만난 친정 가족들과 더 지내고 싶고, 아직 아기를 낳은 지 얼마 되지 않아 망설였지만 표림의 의지는 강했다.

도착한 지 얼마 되지도 않아 한밤중에 짐을 이고 지고 다시 떠나는 식구들을 보고 연이 어머니와 이모는 눈물바람을 했다.

"이제 가믄 언제 보갔니."

형식도 지주 계급으로 잘살았다는 것 자체가 하루하루 목을 죄어 들어오는 상황에서 불안한 삶을 살고 있었지만 자기 어머니와 아내, 어린 아기가 딸린 가솔들 때문에 떠날 엄두를 내지 못했다.

"너희 남편 성정이 강해서 여기서는 못 살 사람이다. 자기 마음대로 살아야 직성이 풀리는 사람인데 오죽하갔니. 우리가 다 한 핏줄인데 그깟 삼팔선이 얼마나 가갔니. 어여 남편 따라 떠나거라. 우리는 후댐에 다시 보자."

일찍 남편을 잃고 혼자서 아들, 딸을 키웠던 연이 어머니는 표림의 성격을 잘 알아서 떠나는 딸의 가족을 더 이상 만류하지 못하고 눈물바람으로 떠나보냈다.

　다행히 아직 날씨가 춥지 않았고 시골 길에는 감시망도 느슨할 때라 시골집에 가는 길이라고 핑계를 대며 밤에는 여관에 묵고 새벽이면 일어나 걸었다. 영주가 어머니 연이에게서 들었던 뗏목 위의 이야기는 그때 마지막 관문인 임진강을 건널 때의 이야기였다.

7. 해후

        서울에 남하한 표림은 아버지 소식부터 수소문했다. 해방되기 전 말린 새우와 건어물들을 집채만 한 창고에 쌓아두고 중국과 거래를 하던 강화 할아버지는 공산당이 중국 전역에 자리 잡으면서 거래처들을 잃었고, 거래가 끊긴 새우며 건어물들은 창고에서 그대로 썩어 나갔다. 적자를 감당하지 못하고 전쟁의 혼란 속에서 여러 곳이 판로가 끊기면서 그의 사업은 자연히 쇠퇴 일로를 걷게 되었다.

    할아버지는 해방이 되기 전 상권을 다 내어놓고 남은 재산들을 정리한 다음 가족들을 솔가해 서울로 내려왔다. 상당한 재산을 지니고 내려왔던 그는 다시 예전의 거래처들과 연결이 되어 큰 규모로 상권을 형성하며 자리 잡고 있었다.

    삼팔선이 칼처럼 그어졌다고 했지만 그러다가 풀리려니 하고 머뭇거리는 사이에 삼팔선은 점점 더 굳어져가기만 했다. 월남하다가 죽거나 감옥에 들어가는 사람들의 숫자가 부지기수라는 소문에 가슴을 조이던 강화 할아버지는 만주에 있던 표림의 가족이 사람 하나 잃지 않고 월남한 것을 보고 뛸 듯이 기뻐했다.

"그래, 이제 너는 돌아왔지만 다른 식구들은 소식이 묘연하구나."

할아버지가 다행스러워하는 중에도 한탄을 하는 부분은 원산댁과 딸 혜인이 아직 이북에 있는 점이었다. 서울에 살던 원산댁이 사리원에서 조금 떨어진 은파에 있는 친정집에 혜인을 데리고 다니러 간 사이에 해방이 되고 삼팔선이 그어졌던 것이다.

표림의 식구들은 우선 넓은 아버지 집에 거처를 잡았다. 세상은 뒤숭숭하기는 했지만 활기에 차 있었다. 혼란 통에 새로운 기계며 자동차들을 감당할 능력이 있는 일본 사람들은 철수하고 기술자들의 숫자는 적었다.

"네가 내 일을 물려받아 대상이 되기를 바랐지만 어차피 네게 맞는 일은 아닌 것 같다. 하기야 이제 기계가 힘을 쓰는 듣도 보도 못한 새로운 세상이 온다는 이야기도 있으니까 오히려 새로운 길을 개척하는 게 더 나을 성도 싶다."

강화 할아버지는 표림에게 건어물을 가득 실은 배 한 척을 내주었다. 마음대로 팔아 거기서 생긴 돈을 그대로 다 갖고 차를 사든 기계를 사든 알아서 하고 싶은 일을 하라는 것이었다. 표림은 배를 그득 채웠던 건어물을 다 팔아 얻은 돈으로 어렵사리 트럭 한 대를 장만했다. 당시로서는 대단한 재산이었다.

표림은 함께 월남할 때 사귀게 되었던 동향인 친구 교진과 함께 트럭을 몰며 이런저런 사업에 손을 대기 시작했다. 사업에 관해 눈이 밝고 적극적인 표림은 그 당시에는 이남 땅이었던 개성과 장단에 눈을 돌렸다. 물밀듯 내려오는 이북 피난민들은 평안도, 함경도, 황해도를 가리지 않고 쏟아져 내려오듯 남하를 계속했다.

"이제는 살았수다. 여기가 바로 이남 땅 장단이우다."

큰돈을 받고 위험을 감내하며 이들을 안내해주는 안내원이 장단에 내려와 이제 이남 땅이라고 이야기해주기만 하면 그대로 그 자리에 쓰러져 다시 한 걸음도 더 못 걷는 사람들이 부지기수였다. 맞지 않는 신발에 발들은 부르텄고 로서아 군의 총격을 피하며 삼팔선을 넘을 때의 공포와 두려움이 잊게 해주었던 피곤이 한달음에 몰려들었던 것이다.

"자, 지금 돈 생각을 할 때가 아닙니다. 앞으로 한 치 앞도 보이지 않는 시국입니다. 지금 이 차를 타고 가지 않으면 어찌 될지 앞날을 장담하기 어렵습니다."

트럭을 타고 서울까지 가는 값은 부르는 것이 가격이었다. 사람들은 트럭 뒤 짐칸에 감지덕지 올라타서 이제 새로이 삶의 터전을 잡아야 할 낯선 땅을 두려움과 기대에 찬 눈으로 바라보았다.

"이제 한 몇 달만 견디믄 다시 왕래가 되갔지."

이렇게 옆 사람에게 말을 건네는 사람도 있었다.

"이 사람아, 몇 달이 뭐이가. 내 생각에는 일 년은 가지 싶네."

이렇게 대꾸하는 사람들도 있었다. 대부분의 사람들은 피곤에 지쳐 옆 사람에게 기대어 말할 기력도 없어했다. 그 사람들 중 어느 누구도 자기가 눈물과 땀에 젖은 채 피 묻은 발걸음으로 걸어 내려온 그 땅을 살아생전에 다시 밟지 못하게 되리라고는 상상도 못했을 것이었다.

"아, 내가 은파에 살았시오. 아직 그쪽은 허술해서 돈만 있으면 사람들을 빼돌리기가 어렵지는 않을 거외다."

남하한 사람들에게서 들은 정보를 토대로 표림은 염려 놓으라고 장담하는 안내원을 사서 비싼 돈을 내고 원산댁과 혜인이 있는 은파로 떠나보냈다. 원산댁과 혜인을 성공적으로 데리고 오면 막대한 사례를 더 하리라는 조건이 따라붙었다. 아버지가 혜인과 원산댁을 데려와야 한다고 생각하면서도 위험 부담 때문에 이리저리 머뭇거리고 있는 사이에 표림은 큰 결단을 내린 것이었다. 정인과 영인이 생각도 했지만 우선 그쪽에는 어떻게 손대 볼 도리가 없었다. 누이들이 몸담고 있는 시집 식구들 때문에 엄두를 낼 수가 없어서였다.

표림의 마음속에는 부산댁을 자기가 내몰았기 때문에 어리고 애잔한 혜인이 더욱 불행해진 것이 아닌가 하는 자책감이 깊이 남아 있었다. 전쟁 통의 참화 속에서 온갖 고생을 겪어보면서 표림의 마음속에 부산댁에게 너무 모질게 굴었던 것에 대한 회한이 찾아들었다. 바탕은 선량하고 정 많은 여자였다는 생각도 들었다. 원리 원칙은 칼 같지만 따뜻한 인간성이 느껴지지 않는 원산댁을 보면서 더욱 그런 생각을 많이 하게 되었다. 고생만 하다 외롭게 세상을 떠난 어머니 개성댁을 향한 맺힌 한과 여자관계가 복잡했던 아버지에 대한 미움이 부산댁에게로 쏟아져 내렸던 셈이었다.

"염려 놓으시라요. 내가 안내원 중에서두 진짜루다가 날고 기는 사람입네다. 내 손에 맡겨놓으믄 그저 맥 탁 놓구 기다리기만 하면

되우다.”

풍족한 착수금을 받아 든 30대 중반의 황해도 태생 안내인은 민첩하게 자기 임무에 착수했다. 은파를 찾아드는 것까지는 어렵지 않았다. 그러나 의외로 원산댁의 반대가 완강했다. 자기는 떠나고 싶지 않다는 것이었다.

“이제 내가 여기를 떠나서 어데 가서 정을 붙이구 살갔나. 이 많은 것들을 다 두고 생판 남의 땅에 가서 친척 하나 없이 어드렇게 산다구.”

혜인이하고 여기서 잘 살고 있다고 하면서 원산댁은 이런 난리통에는 방향이 잡힐 때까지 그저 지금 있는 곳에 가만히 있는 것이 상책이라고 주장했다. 친정 집안이 워낙 많은 땅을 소유하고 있는 부자였기 때문이었다. 친정이 부자였던 점이 해방 전 원산댁이 집안에서 어깨를 펴고 큰소리를 내며 살게 한 힘이 되어주기도 했다. 그렇지만 해방 된 후에도 시골 인정에 파묻혀 있던 원산댁에게 부유한 친정은 세상 물정을 헤아리지 못하게 한 원인도 되었다.

그러나 해방 전에 늘 대추며 감이며 밤, 쌀섬들을 지고 원산댁을 찾아들던 친정집 머슴이 인민위원장이 되면서 친정집도 인민위원회에 접수가 되고 차차 목을 조이는 일들이 일어나기 시작하였다. 그러나 원산댁은 태연했다.

“이런 시절이 얼마나 가갔나. 나는 여기서 살다가 세월이 풀리는 대로 야 아바이는 만나문 되네.”

이북과 이남을 오가며 숱한 사람들이 월남하다 죽는 장면과 직접 부딪치기도 하고 온갖 험한 풍설을 늘 전해 듣는 안내원은 하루도 더 기다릴 수 없어 애가 달았다. 하루 이틀 설득에 지친 안내원은 마침내 마지막 카드를 뽑아 들었다.

"정 그러시다면 혜인 아기씨만 데리고 내려가갔습네다."

원산댁의 두 눈에 불이 켜졌다.

"무슨 소린가. 그 아이는 내 자식일세."

"아기씨에게 물어봅세다."

혜인은 다투는 두 사람 곁에서 아무 말도 하지 않았다. 새침하게 앉아 있던 혜인은 안내원이 아버지 이야기를 해도 오빠 이야기를 해도 미동도 하지 않았다. 그러나 안내원이 연이 이야기를 하며 그 가엾은 아기씨를 고생스럽지 않게 꼭 모셔 오라고 당부 당부했다는 이야기를 듣자 눈에 눈물이 핑 돌았다. 그리고 한마디 내뱉었다.

"가지요. 어머니."

원산댁은 기가 막힌 표정이었지만 인민위원회 사람들이 들이닥쳐 지주 계급이었던 자기 부모에 대해 온갖 욕설을 퍼부었던 적이 몇 번 있어 위험을 감지하고는 있어서 망설였다. 안내원이 이번에 자기가 떠나면 다시는 못 돌아온다는 이야기를 덧붙였다.

"이거이 짐을 꾸리자면 수레로도 모자라겠구만. 가만있어 보라. 이것두 필요하구 또 저 의복두 보통 귀한 거이 아닌데."

결심이 서자 이것저것 손때 묻고 애착이 가는 물건들을 모아 보따리를 꾸리려는 원산댁을 안내원이 막았다.

"다 필요 없시오. 짐은 없을수록 좋수다. 갈아입을 옷가지 몇 벌만 챙기자요. 우리는 삼팔선이 없어지믄 나시 올기니끼니…… 가족들 땜에 떠나는 게지 원래 다 한나라, 한민족 아닙네까."

원산댁은 이불 두 채만 단단히 뭉쳐 어깨 끈을 만드는 안내원을 어이없는 표정으로 바라보았다. 그 밤으로 패물과 돈, 옷가지 몇 개만 싸들고 원산댁과 혜인이는 집을 떠났다. 그리고 정처 없는 남하가 시작되었다. 일단 목표는 표림이 기다리고 있는 장단까지 가는 것이었다. 사정은 표림이네가 남하할 때보다 더 심각했다. 초겨울 날씨는 살이 아리도록 추웠다. 간간이 마주치는 사람들의 표정은 어두웠고, 새로 들이닥친 인민의 시대를 실감하지 못해 어리둥절한 표정이었다.

일본을 내몰아준 은인으로 해방자인 로서아 군인들을 바라보며 환호하던 사람들은 따발총을 메고 떼를 지어 밤이면 여자를 찾아나서는 그들에게도 증오와 공포심을 갖기에 이르렀다.

이제 여덟 살을 넘긴 혜인과 원산댁은 안내원의 뒤를 따라 낮이면 산속이나 마을 집 헛간에 숨어 이불을 덮어 쓰고 추위를 달랬다. 밤이면 길로 나서 숲길과 도랑을 따라 걸었다. 간혹 마주치는 마을 사람들은 무섭지 않았지만 언제 어디서 부딪칠지 모르는 인민위원회 사람들과 로서아 군들은 무서웠다.

"기운 내시라요. 이자 하루만 더 고생하믄 이남 땅에 닿을 수 있수다."

한 주일이 지나 날이 저물어가려는 오후, 이제 하루만 더 걸으면 장단에 닿을 수 있다고 이야기하는 안내원의 말을 들으며 산꼭대기 큰 나무 아래 이불을 쓰고 바람을 피해 앉아 있던 혜인과 원산댁은 마을 쪽을 내려다보다가 하얗게 안색이 질렸다.

대여섯 명이 넘어 보이는 마을 장정들이 각목이며 농기구들을

114

들고 웅성거리며 몰려오는 것이 보였다. 안내원도 얼굴에 핏기가 가셨다. 세 사람은 엉거주춤 일어났지만 도망가려 해도 겁에 질린 몸이 말을 듣지 않았고 이미 때는 늦었다.

살기등등하게 다가온 장정들은 대뜸 체크무늬 모직 외투를 차려입고 예쁜 용모를 지닌 혜인에게 일본어로 물었다.

"니홍고 와까리마쓰까?"

일본말을 아느냐는 질문에 혜인은 두려운 중에도 유치원에서 배운 일본말로 안다고 대답했다.

"하이, 와까리마쓰."

청년은 뒤를 돌아보았다.

"맞아. 일본 연놈들이야. 때려 죽여버려."

그제야 사태를 알아차린 안내원이 외마디 소리를 질렀다.

"아니야요, 아니야요, 일본 놈 아니야요."

각목을 치켜들었던 청년이 미심쩍은 모습으로 원산댁에게 물었다.

"뭐야, 이거. 조선말로 해봐. 왜년이 아니라면……."

"아니, 이거 어디다 대고 반말이가."

원산댁에게서 겁에 질렸지만 대쪽 같은 대꾸가 나왔다. 각목을 들었던 청년은 맥이 풀렸는지 실쭉 웃고 팔을 내리면서 중얼거렸다.

"야, 넌 정말 일본 계집애인 줄 알았다, 야."

혜인은 새침하게 눈을 내리깔고 대답도 하지 않았다. 아직 월북, 월남의 개념이 일반인들에게는 없었던 때였나. 청년들은 일본 연놈들인 줄 알고 때려잡으려고 했다고 사과하며 가족이 이남에 있기 때문에 할 수 없이 찾아가는 중이라는 세 사람을 동네 내무서장의 집에 안내해주었다.

서울 태생이라는 내무서장의 젊은 부인은 말수가 적고 인정 많은 사람이었다. 혜인이가 나중에도 잊지 못하고 기억했던 것은 내무서장 부인의 고운 입매와 원산댁과 혜인이 앞에 놓아주었던 따뜻하고 정성들인 밥상과 새로 시친 진솔 이불이었다.

그 이후 여러 가지 어려운 일을 겪으면서도 좌익이건 우익이건 사람들에게 편견을 지니지 않으려고 애썼던 혜인의 마음속에는 단 하룻밤을 조우했던 그 내무서장의 젊은 부인 기억도 컸다. 새벽 네 시에 일행의 잠을 깨운 부인은 그 당시 구하기 힘들었던 흰 쌀밥에 된장국과 나물 몇 가지를 놓은 정갈한 상을 차려주었다.

"조심해서들 가세요. 아기씨는 꼭 가족들 만나서 잘 살구요."

조심해서 가라고 말하며 꼭 아버지와 오빠, 언니들을 만나 행복하게 살라는 내무서장의 부인에게 혜인은 달려가서 안기었다. 살갑던 부산댁의 기억과 향취가 그녀에게서 나는 것만 같았다. 내무서장의 부인도 혜인을 꼭 안아주며 조심하라고 당부, 당부하였다.

그날 밤 안내원은 단단히 주의를 내렸다.

"이제 마지막 관문이야요. 여기만 지나가면 이남 땅입네다. 기렇지만 여기가 제일 고비야요. 여기야말루 로스께 놈들이 눈을 휘번덕거리고 지키는 곳이우다."

한밤중까지 기다리던 두 사람은 앞뒤를 분간하지 못할 만큼 날이 어두워지자 안내원을 따라 논두렁 사이를 기어서 움직이기 시작했다. 산등성이 요소요소마다 북한 군인들이 모닥불을 피워놓고 군데군데 모여 지키는 모습들이 보였다. 가끔씩 알아들을 수 없는 말로 고함치는 소리며 총소리가 들리고 비명 소리도 들렸다. 혜인이는 가슴을 저미는 듯한 무서움에 추위도 잊은 채 원산댁 뒤를 따라 죽을힘을 다해 움직였다. 아무 감각도 느낌도 없이 땅을 파는 벌레 세 마리처럼 세 사람은 흙 범벅이 되어서 기었다. 어디선가 고함 소리가 들리면 죽은 듯이 멈추어 섰다. 자기들을 향한 고함 소리일까 봐 곧 공포로 숨이 끊어질 것만 같았다. 한 오 리는 기었을까, 십 리쯤이었을까. 아니면 이십 리는 되었을까. 기고 또 기다가 이제 더 이상은 도저히 움직일 수 없이 탈진한 혜인에게 안내원의 흥분한 목소리가 들렸다.

"다 왔시오. 여기가 이남 땅 장단이야요."

그 말을 듣는 순간 원산댁도 혜인도 그 자리에 쓰러져 더 움직이지 못했다.

안내원이 아무리 재촉을 해도 두 사람은 꼼짝도 하지 않고 죽은 달팽이 두 마리처럼 미동도 하지 못했다. 혀를 차던 안내원은 어둠 속을 헤치고 어디론가 달려갔다. 한참 만에 누군가 달려오는 발자국 소리가 들렸다.

"혜인아!"

더듬으며 끌어안는 억센 팔은 표림의 팔이었다. 혜인은 표림의 품을 파고들며 참고 참았던 울음을 내놓고 목을 놓아 울었다. 표림이도 울며 혜인이의 등을 다독거렸다.

"아마 내가 나를 내다 버렸다고 그렇게 미워하던 큰오빠를 마음속으로부터 용서하게 된 건 그때였을 거야……."

혜인은 간간이 조카 영주를 붙들고 그 당시의 이야기를 들려주고는 했다. 혜인을 안도시킨 표림이는 혜인을 업고 원산댁을 달래고 위로하며 차가 다닐 수 있는 길까지 데리고 갔다. 그 길에 트럭이 서 있었다.

표림은 조수로 일하는 교진과 함께 두 사람을 태우고 그대로 백천 온천으로 달렸다. 가장 좋은 방에 정중히 모시라고 종업원에게 이르는 표림의 호통 소리를 들으면서 혜인이와 원산댁은 몸을 씻을 기운도 없이 나락 같은 깊은 잠으로 빠져들었다.

두 사람은 그대로 백천 온천에서 두 주일을 휴양하며 묵었다. 온몸의 피부가 까지고 할퀴고 발에는 동상까지 걸려 만신창이였다. 오히려 내려오는 동안 몰랐던 상처들이 이제 안도감을 느끼자 다 되살아 올랐다. 마을의 한의가 와서 침을 놓고 쑥뜸을 뜨고 값비싼 한약을 달여 먹이며 치료했다.

강화 할아버지는 며칠 만에 표림의 트럭을 타고 온천으로 찾아왔다. 좀체 울지 않던 원산댁도 남편을 대하자 설움에 북받친 눈물을 쏟아놓았다. 그렇지만 무뚝뚝한 기질답게 그녀의 입에서 쏟아져 나온 첫마디는 멋없는 투정이었다.

"멀 할라구 가만히 잘 지내는 사람을 내려오라구 해 이 고생을 시킵네까."

할아버지는 아무 말 없이 곁에 앉은 혜인의 머리를 쓰다듬기만 하다가 한마디 했다.

"이제 정인이하구 영인이가 걱정이구만."

원산댁이 실쭉한 어조로 말했다.

"출가외인 일에꺼정 머하러 걱정합네까."

"……영인이네야 그저 그만한 농가지만, 정인이네가 마음에 걸리는구만. 워낙 부자 아니었는가."

원산댁도 더 무어라 대꾸하지 않았다.

원래 인정이 많은 표림은 돈을 내지 못하는 사정이 딱한 사람들도 곧잘 함께 태워주었다. 어느 날 밀려드는 피난민들을 지휘해서 태우고 있던 표림을 뒤에서 누가 불렀다.

"이거 성님 아니십네까?"

깜짝 놀라 고개를 돌리는 표림의 시야에 정인과 그 남편의 초췌한 모습이 들어왔다.

"오빠……."

정인의 큰 눈에서 눈물이 쏟아져 내렸다. 세 사람은 한데 엉켜서 울었다. 정인의 남편이 학도병에서 풀려 돌아온 설명은 들을 필요도 없었다. 정인의 시부모가 다 인민재판에서 죽었다는 설명을 듣기 전에도 두 사람의 행장은 그들이 겪었을 모든 고초를 설명해주고 있었다.

표림은 지쳐 보이는 정인을 운전석 옆 자리에 태웠다. 정인의 남편과 교진은 뒤칸에 탔다. 백천 온천에 들러서 좀 쉬자는 표림의 이야기에 정인은 고개를 저었다. 아버지가 그렇게 걱정이 많으셨다니 서울부터 가겠다고 했다. 어딘가 살 수 있는 곳에 자리 잡은 후에야 쉴 수도 있겠다는 것이었다.

"이거 살아 있었구나. 조상님의 음덕이로구나."

정인네를 맞은 강화 할아버지의 기쁨은 컸다. 두 사람을 서울 집에 일단 내려놓은 표림은 함께 대책을 숙의했다. 대학을 다녔고 영어도 이해할 수 있는 정인의 남편은 전형적으로 곱게 자란 지주의 아들답게 심약하고 마음씨 여린 인텔리였다. 이 난세 속에서 그가 맡을 역할은 당장에는 없었다. 해방된 지 얼마 안 되었을 때부터 밀려 내려오는 피난민들은 지식층부터, 상업에 종사하던 사람들, 지주층까지 다양했지만 모두들 당장 할 일을 찾지 못하고 우왕좌왕하던 시절이었다.

이런 상황에서 표림의 기계를 다루는 재능과 자동차에 관한 기술은 갑작스레 큰 빛을 보게 되었다. 장단과 서울을 몇 달 넘게 왕복하며 표림이는 나름대로 큰 사업을 시작할 만한 돈을 모았다. 여기저기서 서로 표림을 데려가려고 했지만 표림은 교진과 영어를 할 줄 아는 정인의 남편과 손을 잡고 자동차 부속품 수입과 판매업에 뛰어들었다. 자동차와 부품의 무역을 홍콩과 마카오를 통해 시작하면서 사업 규모는 눈에 띄게 불어나기 시작했다.

강화 할아버지는 해방 후 혼란이 조금 고개를 숙이는 기미를 보이자 강화도로 돌아가 살고 싶다고 희망해 원산댁과 어린 혜인을 데리고 강화로 돌아갔다. 석림은 서울에서 학교에 다니며 형의 집에 있겠다고 해서 남겨두었다. 할아버지는 큰 기와집을 강화의 옛 집터 자리에 짓고 유유자적한 생활을 시작했다.

표림의 사업은 한동안 갈퀴로 돈을 긁어모으다시피 번창했다. 정인의 남편과 교진이 두 사람의 도움만으로는 모자라 몇 사람을 더 고용했고, 뜻이 같은 동향인인 이길호와 손을 잡고 무역 회사를 설립하기에 이르렀다.

작은 집을 얻은 정인네 살림도 안돈되고 평화로웠다. 두 사람에게 너무 오래 아이가 없는 것이 근심이라면 근심이었지만 이북에서 못 당할 일들을 보고 겪은 두 사람 다 불만의 빛은 없었다.

표림은 서울 한복판 낙원동에 뜰이 넓은 큰 기와집을 장만하고 정원에 운치 있게 살구며 복숭아, 벚꽃 나무들을 심고 기기묘묘한 정원석들을 그 사이사이에 배치했다.

정원 한가운데는 연못을 파고 우산처럼 옆으로 굽은 멋스러운 소나무 가지들이 연못을 뒤덮게 했다. 초여름이 닥치자 금붕어 장수를 불러 색색가지의 금붕어들을 연못에 풀었다. 붕어들은 넓은 연못에서 헤엄치며 놀았다. 이제 표림의 집안에 남은 것은 불어나는 부귀와 평화밖에 없을 듯이 보였다.

그러나 허리를 잘린 땅의 상처는 그대로 아물지 못했다.

금붕어를 연못에 풀어 넣은 바로 그다음 날 육이오가 터졌다. 온 나라를 역병처럼 휩쓸었던 처참한 살육과 불신과 증오가 강화 할아버지의 집안에도 덮쳐들었다.

8. 여명도(黎明圖)

　　1950년 6월 25일, 태평무사한 일요일 아침이었다. 표림은 늦게 일어나 전날 사다 넣은 금붕어를 보느라고 정원에 나와 있었다. 11시쯤, 전에 못 보던 비행기 두 대가 서울 상공 북쪽으로 날아가는 것이 보였다. 표림은 갑작스럽게 불길한 느낌이 들었다. 이차 대전 종전 직전에 느끼던 폭격기에 대한 공포와 불안이 되살아나는 듯했다. 오후에 황급히 집에 달려든 교진은 놀라운 소식을 전했다.

　　"전쟁이 시작되었다네, 전쟁이……."

　　표림의 얼굴에 핏기가 가셨다.

　　황급히 그를 따라 시내로 나선 표림이 얻어들은 소식은 단편적인 것이었지만 사태는 심상치 않았다. 바로 그날 새벽 4시 북한의 10만 대군이 삼팔선 전역에서 소련제 T-34 전차를 앞세우고 밀려 내려온 것이다.

"아니, 이게 무슨 일인가. 어떻게 이런 일이."

표림은 대경실색했다. 기습을 당한 한국 군인들은 일요일이라 농촌 일손을 도우러 갔거나 주말 휴가로 외박을 받아 많은 숫자의 군인들이 부대에 없었다. 방송에서는 군인들이 자기 부대로 즉시 돌아가도록 촉구하는 방송을 연이어 내보냈다.

'남조선 해방과 조국 통일'을 그 기치로 내세운 김일성 휘하의 북한 인민군들은 군대의 절반을 서부 전선 65킬로에 펼쳐놓고 그 주력 부대는 중간 목표인 개성과 의정부로 진격하고 있었다. 처음 옹진반도에서 공격을 개시한 인민군은 한국군 제17연대의 결사적 저항에 부딪혔지만 다음 날인 26일에 옹진반도 전역을 제압했다. 개성도 무너졌다.

그 당시 서울로 내려오는 현관인 셈이었던 의정부에 투입된 인민군 제3사단은 26일 오후 1시에 의정부로 입성했다. 원주, 춘천도 밀고 내려오는 인민군을 감당하지 못하고 맥없이 무너졌다. 인민군이 서울로 들어오는 미아리 방어선을 공격하기 시작한 것은 27일 오후 5시경이었다.

'이대로 있다가는 그대로 죽는다. 어떻게라도 남쪽으로 피난을 가야 한다'는 생각에 사로잡힌 사람들은 자기가 살던 터전을 다 버리고 벌벌 떠는 손으로 짐을 꾸려 가족들과 함께 이고 지고 집을 나섰다. 저녁 무렵이 되자 공포와 두려움으로 거의 정신이 나간 피난민들이 미아리 쪽에서 밀려 나오기 시작했다. 멀리서 포성은 닥쳐올 살육과 재난을 예고하듯 불길하게 울려왔다. 당시 시울 시민의 숫자는 300만 명에 달했다. 그들은 국군이 북한 괴뢰군의 진격을 저지하고 그대로 격퇴하고 있다는 허위 방송을 믿고 불안한 마음을 애써 추스르며 대부분 서울에 그대로 머무르고 있었다.

"뭐라고? 인민군이 미아리까지 밀고 내려왔다고? 이 일을 어떻게 하면 좋은가."

표림은 천지가 무너지는 것 같았다. 이 수다한 식솔을 앞세우고 이제 또다시 어디로 간다는 말인가.

6월 27일 미아리로 밀고 내려온다는 인민군들의 소식을 전해 듣고 서울은 그대로 아수라장이 되었다. 서울 시민들은 정신없이 우왕좌왕했지만 사태의 심각성을 가늠할 수조차 없었다. 사람들은 크고 작은 짐 보따리들을 나누어 지고 서울을 빠져나가려고 남으로 남으로 걷기 시작했다. 서울 인근에서 농사짓고 살다가 소를 몰고 가는 농부에서부터 늙은 아버지를 업고 가는 중늙은이, 아이를 안고 업은 앳된 아낙네들, 지게 위에 머리 위로 올라오도록 짐을 싣고 허탈한 표정으로 기계처럼 걷는 중늙은이들이며 아이들이 거리를 메웠다.

표림은 어느 쪽으로도 방향을 잡지 못한 채 사태가 가라앉기를 기다렸다. 27일 저녁 북한군은 전투기를 서울 항공에 띄우고 한국군의 항복을 권유하는 전단을 살포했다. 시민들은 차도와 인도를 겸한 유일한 다리였던 한강 다리 쪽으로 쇄도하기 시작했다. 이제는 더 앉아 기다릴 수 없다고 판단한 표림은 저녁에 짐을 대충 꾸려 날이 밝는 대로 집을 떠나 한강 다리를 건널 결심을 했다. 그날 새벽 두 시 반경 천둥소리 같은 폭음이 서울 시내를 뒤덮었다. 하늘은 조명탄을 쏜 것처럼 밝아졌다.

표림은 인민군이 진격하며 쏜 대포 소리인 줄 알았으나 나중에 알고 보니 아군이 한강 다리를 폭파하는 소리였다. 캄캄한 어둠을 도와 다리를 건너던 수십 대의 차량과 수백 명의 사람들이 그대로 폭사하거나 한강에 빠져 목숨을 잃었다. 수많은 국군 병력이 아직 서울에 남은 채로 일어난 폭파였다.

군 간부들은 살아남은 장병들을 데리고 헤엄치거나, 뗏목 나룻배들을 타고 한강을 건넜다. 그 수라장 속에서 아직 아군과 적군을 잘 식별하지 못하는 미 공군기의 습격을 받아 한국 군인들이 사망하기도 했다. 서울 시내에서는 치열한 시가전이 벌어졌다.

일본 기지에서 날아온 미 공군기들은 "한국 장병들이여, 전력을 다하여 싸우라. 우리는 한국민을 최대한으로 지원하여 침략자를 기필코 몰아내겠다"고 쓰인 전단을 서울에 뿌렸다. 인민군은 병사 천오백여 명을 잃었다. 한국 군인은 항전 의욕에도 불구하고 밀어닥치는 전차 부대에 손을 쓸 수가 없었다. 3일간의 전투에서 한국군 4만여 명이 사상하거나 행방불명이 되었다.

개전 3일째, 서울은 함락되었다.

이승만 대통령을 비롯한 정부 요인들은 서울을 지킨다는 거짓 방송을 내보내고 이미 몸을 피한 뒤였다. 문자 그대로 독 안에 든 쥐의 신세가 된 시민들은 몸을 움츠리며 앞으로 다가올 일에 대한 공포로 온몸을 떨었다. 이북에서 공산당을 피해 내려온 피난민들은 더욱더 극심한 공포로 제정신이 아니었다.

"이제 우리들은 독 안에 든 쥐 신세가 되었으니 이가면 좋은가. 월남한 성분이 밝혀지면 그대로 즉결 처분한다는 소문이 파다한

데."

표림이, 정인이, 교진네들도 예외는 아니었다. 인민군이 서울로 입성을 한다는 소문이 돌면서 한강 백사장은 나룻배라도 얻어 타고 서울을 떠나려는 사람들로 인산인해를 이루었다. 다리는 끊기고 배도 없었다. 그들은 온갖 짐을 꾸려가지고 달려왔지만 이고 진 보따리들의 짐 무게를 추스르며 다시 발길을 되돌릴 수밖에 없었다.

온갖 악성 루머가 서울을 뒤덮었다. 인민군들은 시민들을 만나기만 하면 총을 쏜다는 둥, 불심검문을 한다는 둥, 이북에서 내려왔는지 아닌지는 한두 마디만 시켜보면 안다는 것이었고, 그 사실이 들통이 나기만 하면 그대로 그 자리에서 총살을 한다는 것이었다. 산 채로 어떻게 했다는 둥, 세워놓고 몸의 어느 부위를 도려내었다는 둥 도저히 믿을 수 없는 사실을 목격했다고 주장하는 사람들도 한둘이 아니었다.

얼마 후 인민군의 뒤를 따라 이북에서 밀고 내려오는 사람들 틈에 영인이 끼어 내려와 수소문으로 표림의 낙원동 집을 찾아왔다. 대담한 영인은 혼자 집을 떠나 피난민들의 뒤를 따라 서울로 남하한 것이었다. 자기 말처럼 그 지긋지긋한 시집살이의 굴레를 스스로 벗어던진 셈이었다.

표림은 낮이면 낙원동 집을 걸어 나와 자하문 밖 근처로 몸을 피신했다. 산골의 여름 정취가 무르익은 자하문 밖에는 자두, 복숭아, 능금나무들이 무성한 잎과 열매를 드러내고 있었다. 표림은 산속 나무 아래 머물러 곰곰이 생각에 잠긴 채 하루를 보내고는 했다. 이제 어디로 가야 안전한 것인지도 알 수 없는 채 서울에 치안의 공백 상태가 찾아왔다.

"서울에 남아 있다가는 그대로 죽게 될 텐데 어떻게라도 방향을 잡아봐야 되지 않겠나. 그러니 이제 북으로도 남으로도 갈 수 없으니 어떻게 하면 좋은가."

밤을 도와 동향인 이길호의 집을 찾은 표림은 한시라도 빨리 서울을 떠나지 않으면 목숨을 부지하기 어렵다는 결론에 도달했다. 서울 요소요소에 이북에서 내려온 사람들이 윗자리를 채운 내무서들이 자리 잡기 시작했고 낮이면 일일이 호구 조사가 시작되었다. 집에 없다는 둥, 병이 났다는 둥 하며 핑계를 대는 것도 하루 이틀이었다.

그러나 어디로 가야 한다는 말인가.

표림은 한숨을 거듭 내쉬었다. 지주 출신으로 남하한 사람들을 굴비 엮듯 엮어서 한강 백사장에 구덩이를 자기 손으로 파게 하고 산 채로 묻었다는 소문도 들렸다. 경찰, 군인의 가족들이 무참하게 학살당했다는 이야기도 쉬지 않고 들려왔다.

"힘을 내서 떠나보자우. 일단 서울보다는 지방에 있는 것이 조금이라도 덜 위험할 테니까."

마침내 표림은 결심했다. 강화도 바로 앞, 주문도에 그동안 강화 할아버지에게 막중한 신세를 진 친척들이 살고 있었다. 그 사람들이 그곳에선 그런대로 자리를 잡고 있다고 하니까 이길호와 교진네 식구와 함께 힘을 합해 그곳으로 떠나기로 했다.

위험하기는 마찬가지일지 모르지만 앉아서 그대로 기다리고만 있을 수는 없었다. 큰 돌을 들어내면 그 밑에 살던 벌레들이 무작정 어디인지도 모르고 기는 형국이었지만 어쨌든 움직여야 했다. 이북에서 내려온 병력이며 인력들은 서울 관리와 남하하는 세력에 집중되어 있으니까 그 작은 섬은 일종의 공백 상태에 있지 않을까 하는 기대도 있었다. 낙원동 집은 그대로 비워놓고 떠나기로 했다.

젊은 남자들은 길거리에서 부딪치기만 하면 죽이거나 인민군으로 끌고 간다는 소문이 흉흉해서 정인의 남편과 석림은 길에 나설 수 없었다. 정인의 남편과 석림은 정인네가 살던 통인동 적산 가옥의 마루 밑에 자리 잡고 있던 지하 방공호에 숨기로 했다. 전에 이 집에 살던 일본인들이 해방 전에 파놓았던 방공호였다. 영인은 혹시라도 자기 남편이 월남을 감행하는 경우에 자기가 꼭 서울에 있어야 한다고 우겼다. 그 집 식구들은 지긋지긋하다고 했지만 그래도 남편에게는 아직 정이 남은 모양이었다. 정인도 남편을 따라 남겠다고 했지만 연이가 여자들은 다 여기를 떠나야만 한다고 주장했다. 여기 있다가는 무슨 욕을 볼지 모른다는 생각이었다.

"그래두 우리는 남정네들을 따라서 안전한 데로 갑시다. 일단 그곳에 있다가 정세가 나아지면 그때 함께 돌아오자구요. 젊은 남자들은 길거리에 나섰다가 어떻게 될지 몰라서 못 나서지만 일단 우리가 가는 게 남자들이 숨어 있기에도 좀 단출하고 나을 거예요."

해방 후 소련군의 만행이 아직도 불안한 그림자로 남아 있는 연이였다. 그러나 영인은 뜻을 굽히지 않았다. 자기는 인민군이 입성해 서울을 해방시킨 후에 내려온 사람이라고 우기면 아무 문제가 없다고 고집을 세워 석림과 정인의 남편, 그리고 영인만 집에 남았다.

"내 친한 고향 친구가 중좌로 내려와서 마침 이 동네를 담당하게 되었으니까 무슨 일이 있을 염려는 놓으시라구요. 석림이나 형부에게 무슨 일이 생겨도 내가 있어야 연락도 하고 먹을 것도 구하구 힘이 되어줄 수 있지요."

영인의 동향 친구였던 여자가 이북에서 내려와 맡은 담당 구역에 마침 통인동이 들어 있어서 영인이 거기 남겠다고 우긴 것은 차라리 다행스러운 일이었다. 무슨 일이 생길 경우에 도움을 줄 수도 있을 것이었다. 다른 사람들은 떠나고 석림과 정인의 남편은 방공호에 숨었다. 영인은 혼자 남겨진 피난민이라고 우기겠다고 했다. 자기 친구에게도 방공호가 있다는 사실을 숨기고 그녀가 얻어주는 식품이며 생활필수품들을 받아 쓰며 숨을 죽이고 남아 있게 되었다.

표림과 이길호, 교진이네 세 집 식구들은 대강 짐을 정리하고 모아두었던 금붙이들을 부적처럼 몸에 지니고 허름한 옷으로 갈아입었다. 그리고 지척이 아직 구분이 안 되는 첫새벽, 마포나루에서 미리 주문해두었던 배를 대절해 주문도로 향했다. 뱃삯은 부르는 것이 값이었다.

뱃머리에 서서 망망한 바다를 바라보며 표림은 자기가 장단이며 개성에서 해방 직후에 트럭에 실어 날랐던 월남민들의 근심과 불안을 함께 느꼈다. 바닷바람은 서늘했지만 7월의 태양은 배를 태워버릴 듯 뜨거웠다. 연이는 뱃멀미를 심하게 해 아이들을 한쪽으로 몰고 배 한 켠에 누워 있었다.

"당신이 여기 없어야 내가 하루를 숨어 있어도 마음 편케 있을 수 있어. 얼른 떠나라우. 쓸데없는 소리 하시 말고. 아닌 게 아니라 처제는 해방시키는 사람들을 따라 내려온 거라구 우겨볼 수도 있지만 우리는 입장이 다르지 않은가. 여기 있다가 무슨 변이라도 생기면 어쩌려구 그래."

어떤 욕을 당할지 모르니까 빨리 떠나라는 남편의 강권과 연이의 권유에 밀려 엉겁결에 따라나선 정인은 남편 걱정으로 가슴이 탈 지경이었다. 저 멀리 주문도가 눈앞에 보이기 시작하자 사람들은 일단 안도의 숨을 내쉬었다.

작은 파도들이 바닷가의 자갈돌들을 찰싹거리며 핥고 있는 부둣가에 배가 다가가고 있을 때 부둣가에 나와 있는 사람들을 보는 순간 모두 다 긴장으로 몸이 굳었다. 내무서원들이었다. 사람들의 긴장과 불안과는 달리 내무서장을 비롯한 서원들은 상당히 친절했다. 우선 형식적으로 몇 식구에 가장은 누구이며 무엇을 하는 사람들인가에 대한 간단한 질문이 있었다. 해방된 이후 서울에 살면서 월남한 티를 내는 사투리를 쓰지 않고 서울말을 써야 남한 땅에 빨리 적응을 한다고 가족과 직원들을 채근했던 표림의 덕으로 일행은 거의 사투리를 쓰지 않았다.

"뭐하던 사람입네까?"

"우리는 동대문 시장에서 고무신 장사를 하던 사람입니다."

교진의 말을 듣고 내무서원은 뭐라고 기록하더니 표림에게 뭐하던 사람이냐고 물었다.

"청계천 주변에서 철물상을 하고 있었습니다."

표림은 대답했다. 하기야 크게 보면 자동차도 철물상이기는 하다고 나중에 숨을 돌린 후에 서로 웃기도 했지만 공포심 때문에 표림의 입안은 다 말라버릴 것만 같았다. 이길호는 작은 잡화상을 운영하던 상인으로 피난길에 올랐다고 둘러대었다.

그들은 별로 의심하는 기색 없이 그대로 기록했다. 공습과 폭격이 이어지는 서울에서 그대로 있을 수 없어 여러 갈래로 피난을 떠나고 있는 중이어서 장사를 한다는 사람들을 크게 의심하는 것 같지는 않았다. 사투리를 거의 쓰지 않고 서울말을 쓰는 것이 주효했던 것이다.

뒤에 서서 사람들을 둘러보던 내무서장의 눈이 정인에게 멎었다. 정인은 두려움을 못 이겨 하며 그를 올려다보았다. 그의 눈은 깊고 조용했다. 두 사람의 시선은 한참을 서로 뒤엉켜 있었다. 표림이 누이 앞을 가로막듯 앞으로 나섰다.

"제 누이입니다."

내무서장은 한참 후에야 시선을 정인에게서 떼어 표림에게 향했다.

"알겠습니다. 나는 내무서장 이진입니다."

내무서장은 다시 정인에게 일별을 던졌다. 인민군대나 내무서원들에 대해 들은 온갖 흉흉한 소문과는 달리 그 사람은 사납거나 난폭해 보이지는 않았다.

"우리는 일단 여러분을 피난민으로 접수하겠습네다. 그렇지만 여러분이 한 이야기에 한 치라도 사실과 어긋나는 점이 있으면 그때에는 용서가 없습네다."

모두들 그럴 리가 없다고 앞을 다투어 입을 모았다.

"사실 웬만하면 서울에 있으려고 했지만 하노 석기가 폭격을 해대는 바람에 언제 죽을지 모르고 엎드려 있을 수 없어서 이렇게 식솥을 다 끌고 이곳에 왔습니다."

"잘하셨습네다. 그렇지만 우리 인민군 전사들이 전방에서 싸우고 있는 동안 우리들도 후방에서 그 임무를 해야 합네다. 모두들 도움이 필요한 일에 적극 협조 주기 바랍네다."

애매하게 대답하는 남자들 사이를 뚫고 연이가 얼른 큰 소리로 말했다.

"물론입니다. 저희 여성 동지들도 있는 힘을 다해 인민의 나라를 세우는 것을 돕겠습니다. 우리 오빠도 조국 해방을 위해 싸우는 영웅 전사입니다."

내무서장의 눈에서 경계의 빛이 풀렸다.

"그렇습네까. 이거 정말 반갑습네다."

표림은 놀란 기색으로 연이를 낯선 사람 보듯 바라보았다. 그러나 연이는 안색 하나 바꾸지 않았다. 이제 자기에게 목숨을 의지하고 있는 수많은 식구들을 살려야 하겠다는 의연한 의지가 만주 목단강에서처럼 다시 연이의 마음을 사로잡았다.

마을에 비어 있던 초가집을 두 채 구해 이길호네와 교진네 식구와 집을 나누어 자리를 잡았다. 그리고 다음 날부터 바로 연이와 정인은 부녀동맹을 거들러 내무서로 나가기 시작했다.

"이 많은 사람들을 안전하게 지키기 위해 어쩔 수 없는 일이에요. 월남한 남편 이야기 안 나오게 아가씨도 미혼인 듯 행세하자구요."

내키지 않아 하는 정인에게 연이는 속삭였다. 정인의 마음속을 파고 들어오는 불길한 예감은 내무서장 이진의 타는 듯한 눈빛 때문이었다. 그 눈빛을 받으며 사정없이 뛰는 가슴도 아마 그녀에게 불길한 느낌을 주었을 것이었다.

마을 일과 부녀동맹 일에 앞장서서 나서는 연이의 뒤를 따라 자질구레한 일들을 도우며 정인은 자기를 뒤쫓는 이진의 뜨거운 시선을 여러 번 느꼈다. 마을의 나이 어린 처녀들은 집 안에서 인공기를 그려 그 위에 수를 놓았고 나이 든 부녀자들은 아침을 해치우고는 방학 중인 학교 교사를 일부 사용하고 있는 내무서로 나와 교양 강좌를 듣고 노래들을 배웠다.

아이들은 운동장 한구석에 모여 '장백산 줄기줄기'를 소리 높여 외치며 노래들을 따라 불렀다. 바다 앞 흰 자갈밭은 밀물, 썰물을 따라 씻기고 그 뒤로 병풍처럼 높고 가파른 벼랑이 서 있는 섬 기슭에서 밤이면 연이와 아낙네들은 호롱불을 켜 들고 크고 작은 바윗돌들을 들추며 게를 잡고 조개를 주웠다.

낮이면 눈앞에 펼쳐지는 산야며 푸른 바다가 무심한 동양화 한 폭처럼 아름다웠다. 한낮의 정적과 더위와 풀 익는 냄새가 뭍에서 벌어지고 있는 살육의 전쟁을 잊게 했다. 이제 마음이 풀어진 사람들은 저 멀리 뭍에서 벌어지고 있을 전쟁의 장면들을 떠올리지 않으려고 애썼다.

내무서장 이진은 연이와 정인에게 극진했다. 어딘가 미심쩍은 부분이 있을 법도 하련만 표림과 일행의 정체에 대해서도 채근해 묻지 않았다. 가끔 교육이 끝난 오후면 이진은 정인에게 바닷가 쪽으로 함께 산책하자고 청했다. 두 사람은 바닷가를 거닐며 이런서런 이야기들을 나누었다.

표림은 정인이 내무서장과 교육이 끝난 다음 산책을 나갔다는 연이의 이야기를 듣고 우려하는 기색이었지만, 연이가 그 사람이 워낙 점잖은 사람이라 무슨 일이 있지는 않을 것이라고 달랬다.

"워낙 아가씨에게 마음이 있어 우리를 그대로 두고 보는 점도 있어요. 어쩌겠어요. 이 전쟁 통에…… 아무튼 비위를 거스르지 않고 살아남아야지요."

표림은 몹시 언짢은 기색이었다. 섬에 온 후 다른 사람처럼 변해 버린 것 같은 연이에게 그는 퉁명스럽게 내뱉었다.

"아무튼 나는 누이동생을 팔아서 살아남고 싶지는 않아."

"글쎄, 팔기는 누가 누구를 팔아요. 그렇지는 않아요. 그리고 앞으로 무슨 세상이 올지 누가 알아요. 순리대로 따라가야지요. 다른 세상이 오면 우리도 우리 오빠에게 기대어야 할지도 몰라요. 풍문으로는 이북에서 아주 잘 자리 잡고 있다는 소문도 있던데요."

표림은 쓴웃음을 짓고 말문을 닫았다. 하기야 지금 이 판국에 사심 없어 보이는 호의를 거부하기도 어려웠다. 자기 앞에 달려 있는 수많은 식솔들의 안위도 불안하기는 칼날 앞에 선 것이나 마찬가지였다.

구름이 바닷가를 뒤덮은 어느 날 오후 이진은 정인과 함께 전처럼 산책을 나섰다.

"정인 씨를 처음 보고 정말 놀랐습니다."

"……."

"일생 동안 꿈에서나 그려보던 사람을 처음으로 본 것 같았습니다."

정인은 가만히 고개를 숙이고 따라 걷기만 했다.

"나는 사실 꿈이 많은 문학도였습니다. 이번에도 통일이 되기만 하면 찾아보고 싶은 시인이 있지요."

의외의 이야기에 자기 옆얼굴을 바라보는 정인의 시선을 느낀 이진은 수줍은 듯 웃었다.

"내가 그 사람의 '여명도'라는 시를 외우고 있는데 한번 들어보시겠습니까?"

정인의 눈에 옅은 미소가 스치며 고개를 끄덕였다. 오빠 기림과 시와 소설을 이야기하며 앉아 있던 정원의 어느 오후가 회상되었다. 그는 파도가 철썩거리며 밀고 들어오는 해변의 마른 자갈돌 위에 정인을 앉게 하고 그 곁에 나란히 앉았다. 그리고 옅은 기침을 해 목소리를 고른 후에 입을 열었다.

동이 트는 하늘에
까마귀 날아

밤과 새벽이 갈릴 무렵이면
'카쓰바'마냥 수상한 이 거리는
기인 그림자 배회하는 무서운
골목……
이윽고
북이 울사

원한에 이끼 긴 성문이 뼈개지고
구렁이 잔등같이 독이 서린 한길 위를
횃불을 든 '시빌'이
깨어라!
외치며 백마를 날려

말굽 소리
말굽 소리

창칼 부딪치어
살기를 띠고

백성들의 아우성
또한 처연한데

떠오는 태양 함께
피 토하고
죽어가는 사나이의 미소가
고웁다.

그는 목이 메는지 한동안 더 말을 잇지 않았다.
"이게 몇 년 전에 구상이란 시인이 쓴 시입네다. 이번 전쟁까지
도 이미 예감하고 있는 것 같은 그의 시를 읽고 나는 전율감을 느

136

겠습네다. 이 시가 적혔던 시집은 반동이라는 낙인이 찍혔지요. 아마 그 일을 계기로 그 시인도 목숨을 걸고 함경남도 원산을 떠나 월남을 하게 되었던 것으로 알고 있습네다."

정인은 가슴을 쪼개는 듯한 통증과 감동을 느꼈다. 내무서장이라는 이 사람은 자기를 믿고 가슴 깊이 숨겨놓은 위험한 이야기를 들려주고 있었다. 그 처연한 시는 정인의 마음을 저미었다.

"나는 정말이지 살육이 없고 마음이 하나가 되는 통일을 원합네다. 이 마을에서 내가 전력을 기울이는 부분도 같은 동포끼리의 화해구요. 처형도 미움도 없는 진정한 통일을 이 마을에서 이루어보는 것이 일단 내 꿈입네다."

"……시빌은 무슨 뜻인가요?"

조용한 정인의 질문에 그는 대답했다.

"희랍어로 선지자라는 뜻이지요."

그의 눈은 먼 바닷가로 향했다.

"이제 해방전선이 이루어지면, 정말 조국의 대광복과 해방을 노래한 그 위대한 시인을 꼭 만나러 갈 것입니다."

그는 정인의 눈을 들여다보았다.

"그날이 오면 저와 함께 그 시인을 만나러 가지 않겠습니까?"

정인은 당황했다.

"저는, 사실은……."

"괜찮습네다. 정인 씨 오빠나 가족들이 월남한 피난민이라는 사실은 이미 눈치채고 있습네다."

그는 정인의 말을 자기 마음대로 해석한 것이었다.

"사실은……."

그는 머뭇거리는 정인의 손을 아프도록 움켜쥐었다.

"제가 싫으십네까?"

정인의 눈물 고인 눈이 그를 향했다. 그리고 가만히 고개를 저었
다. 이진의 눈에 언뜻 눈물이 비쳤다. 그는 몸을 돌려 정인을 꼭 껴
안았다. 창백한 그의 얼굴이 정인에게 다가왔다. 긴 입맞춤이 끝난
후 그는 정인의 얼굴에 그칠 줄 모르고 흘러내리는 눈물을 두 손
으로 닦아주었다.

"이제 울지 마십시요. 그 시인을 만나고 우리 어머니를 만나러
갑시다. 이렇게 고운 처녀를 보면 어머니도 무척 기뻐하실 겁네다."

정인은 울며 그의 가슴에 고개를 묻었다.

'나는 결혼한 여잡니다. 남편이 있어요.'

이렇게 부르짖는 소리는 음성이 되어 나오지 못했다. 식구들의
안위가 걱정이 된다는 이유로 처음에 그 사실을 밝히지 못했다고
했지만 이제 그것은 더 이상 이유가 아니었다. 조국 해방의 꿈을 이
야기하며 자신에 대한 열정을 고백하는 이 사람을 정인은 이미 마
음 깊이 사랑하고 있었다. 그날 정인과 이진은 바닷가에 나란히 앉
아 많은 이야기들을 나누었다.

이진은 고향에 두고 온 어머니의 이야기를 간절하게 했다. 그리
고 어머니가 얼마나 참한 며느리를 보고 싶어 하는지에 대해서도
이야기했다. 이제 조국의 해방이 완전히 이루어지면 어머니를 부임
지로 모셔 오든지 고향으로 돌아가 살 것이라는 이야기도 했다.

정인과 함께 사는 꿈을 이야기하는 그의 음성은 행복에 가득

차 보였다. 석양빛이 깃드는 바닷가로 정인을 찾아 나선 연이의 목소리를 듣고 흠칫 놀란 정인은 일어서서 자기가 여기에 있다는 것을 알렸다.

집으로 돌아오는 길에 연이와 정인은 서로 아무 말도 나누지 않았다. 한참 만에 연이가 깊은 우물에서 말을 길어 올리는 듯 힘들게 말했다.

"아가씨가 혹시라도 우리들 때문에 그 사람에게…… 그런 일이 있어서는 절대로……."

"그렇지 않아요. 그 사람은 그런 사람이 아니에요. 점잖은 사람이에요. 절대로 이상하게 굴거나 나를 어떻게 하려는 사람이 아니에요."

정인의 목소리는 격정으로 떨렸다.

"아니에요. 더 늦기 전에 아가씨가 결혼했다는 사실을 내가 알려야 하겠어요."

정인은 연이의 옷깃을 움켜쥐었다. 눈에서 불이 타는 듯했다.

"말하지 마세요. 어차피 우리는 앞날을 기약하지 못해요. 그 사람 눈에서 죽음의 빛이 느껴져요. 괴롭히지 마세요."

연이는 정인의 의외의 반응에 놀랐다.

"아가씨, 혹시……."

정인의 눈에서 눈물이 쏟아져 내렸다.

"그래요……."

한참 후 울음 섞인 목소리로 정인은 말을 이었다.

"나도 오래 살 것 같지는 않아요. 그 사람을…… 식구들을 구하려고 해서가 아니에요. 내 목숨보다 더 사랑하고 있어요."

연이는 더 이상 아무 말도 하지 않았다. 그저 손을 내밀어 정인의 손을 잡았을 뿐이었다. 마음속으로 불안감이 구름처럼 피어올랐다. 시어머니 개성댁의 사랑받지 못한 여인의 한이 자식 대에 내리덮인 것일까. 기림의 불행한 사랑의 결말이 어두운 그림자로 정인에게도 다가오는 것만 같아서 두려운 느낌이 들었다.

쌀이며 부식, 설탕이며 밀가루 같은 물품들이 쉬지 않고 강화에서 주문도로 넘어왔다. 이진은 앞장서서 물건들을 나누어 주면서 정인네 몫에 각별히 신경을 쓰고는 했다. 그러던 어느 날 섬 밖의 일을 소문으로만 듣던 전쟁을 여기서 경험할 수 있는 일이 생겼다.

미 공군 전투기 한 대가 추락하면서 미군 조종사 두 사람이 주문도 섬의 해안에 낙하산을 타고 내려온 것이다. 언어도 문화도 통하지 않는 두 사람은 두 손을 들고 무엇인가 열심히 설명하려고 했지만, 귀축 미영에게 병적인 적개심을 지니고 있는 내무서원들에게 극심한 구타를 당했다. 그러나 이진은 이들을 나무라며 포로를 정중하게 대우하고 강화도 본청으로 넘겼다.

"당신을 알게 된 후부터 내 마음은 어느 누구에게도 미움을 품지 못하겠어요."

이진은 정인에게 그렇게 고백했다. 정인은 순진한 소년처럼 말하는 그에게 기대었다. 이진은 기대오는 정인을 으스러지게 포옹했다. 정인은 눈물 섞어 말했다.

"그 마음만 지니세요. 이 모든 죽음과 혼돈을 다 잊으세요."

두 미군 소식은 그 후 아무도 듣지 못했다. 표림과 다른 사람들은 이 사건을 겪은 후로 더욱더 행동이 조심스러워지고 몰래 숨겨온 라디오 청취에 밤이면 이불을 뒤집어쓰고 매달렸다.

9월 말이 다가올 때 라디오에서는 미군의 인천 상륙 소식을 전했다. 라디오를 들은 표림은 밀림에서 살아남았던 해방 전의 경험을 토대로 마지막 살육이 광적으로 번질 것을 예감하고 남자들을 이끌고 산속 깊이 숨었다.

그러나 이 마을에서 살육은 일어나지 않았다. 내무서장과 내무서원들은 한밤중에 서류며 여러 가지 문서들을 소각하고 섬 내에서 아무 처벌이나 보복 없이 조용히 강화도로 철수했다. 그곳에 신속히 집결하라는 갑작스러운 명령을 그대로 따른 것이었다. 정인에게 연락할 여유도 없었다.

이진이 부임하기 전 혼란 통에 공군 비행기 조종사였던 아들을 둔 아버지가 강화로 이첩되어 처형을 당한 사건이 있었다. 그 때문에 원한에 사무쳐 있던 가족과 일가친척들은 마을 청년들을 모아서 그들이 돌아오는 경우에 대적하기 위해 반공 자치대를 구성했다. 아직 우리 측 경찰 행정의 힘이 미치지도 못하고 무정부 상태가 된 섬에서 자구책을 구한 것이다.

사냥총이며 낫, 장창, 대나무를 깎아 만든 무기 등으로 무장한 남자들은 낮에는 교대로 보초를 서고 밤이면 으스름달이 비치는 해안가를 양쪽 마을에서 십여 명씩 나누어서 수색을 했다. 이 마을에는 원래 교회가 두 곳이나 있었고 기독교 신자가 많았던 마을이라 본심으로 공산당에 동조한 사람늘은 거의 없었다.

"인민군들이 나갔지만 언제 다시 들어올지 모르기 때문에 밤이면 해안의 경비를 다른 어느 곳보다 더 철저하게 해야 합니다."

마을 사람들은 서로 힘을 합해야 한다고 입을 모았다. 정인은 강화도 쪽을 바라보며 가슴이 찢어져 나가는 듯한 한숨을 내쉬었다. 이진과 이별의 말 한마디 나누지 못하고 하룻밤 새 헤어지게 된 것이었다. 자기를 극진히 사랑해서 미래를 기약하고 앞으로 함께 살아가자는 꿈을 이야기하면서도 포옹 이상으로 그녀에게 다가오지 않던 그의 진심이 그녀의 마음을 아프게 했다.

이진이 정인을 잊지 못해 목숨을 걸고 다시 그녀를 데리러 돌아오던 날 밤, 달은 보름에서 그믐으로 가는 길 위에 있었다. 희미한 달빛 아래서 바닷물은 으르렁거리는 파도 소리를 달래고 있었다. 해안가에 경비를 서 있던 남자들의 귀에 갑자기 삐걱, 삐걱거리는 숨죽인 노 젓는 소리가 들려왔다. 희미한 달빛을 받으며 바다 위에서 움직이는 그림자가 보였다. 중치 어선 한 척이었다. 남자들은 숨을 죽이고 배의 움직임을 주시했다. 배가 자갈밭으로 다가와 그 기슭에 멈추자 그 안에서 검은 그림자 몇이 뛰어내렸다.

"손들어."

사냥총을 든 마을 청년이 외치자 기습에 놀랐는지 저쪽에서 먼저 총격이 가해졌다. 이쪽에서 청년의 총 하나가 불을 뿜었다. 외마디 비명 소리가 들리고 배에서 내려 앞장섰던 사람이 쓰러졌다. 그 장면이 어스름 달빛과 함께 영주의 어둡고 깊은 기억 속에 있었다. 누군가가 자기를 업고 자갈길을 달려가던 기억, 음산한 달빛, 총소리와 비명 소리. 영주는 한국전쟁 이야기를 들을 때마다 여섯 살 아이의 기억을 되살려보려고 애썼다.

정말 그 기억이었을까. 아니면 나중에 되풀이해서 들은 이야기들을 영주의 상상이 다시 구성해낸 것일까. 한국전쟁의 기억은 어두운 연옥의 축도 같은 그날 밤의 기억으로 영주에게 깊이 남아 있었다. 배에서 내린 그림자들이 쓰러진 사람을 일으켜 부축하려고 들었다. 달려간 청년 십여 명은 그 사람들과 혈투를 벌이고 이미 겁에 질려 제정신을 잃은 네 사람을 전선줄로 묶었다. 다리를 총에 맞은 사람은 내무서장 이진이었다. 다른 사람들은 내무서원 한 사람과 낯선 얼굴들이었다. 그들의 몸을 뒤지자 반동으로 척결해야할 사람의 리스트가 내무서장 이진의 품 안에서 나왔다.

그 속에는 표림과 이길호, 교진은 물론 동네 유지 이름들이 적혀 있었다.

격분한 청년들은 이미 부상을 입어 출혈이 과다한 내무서장을 발로 차고 괭이로 내리찍으며 무차별 구타를 했다. 다른 사람들에게도 정신을 차리지 못할 정도의 매를 가했다. 피가 튀어 오르고 찢어진 옷가지들이 주변에 널렸다.

날이 새도록 내무서 앞에 묶인 채 던져진 이 사람들에게 매가 가해지고 동리 사람들은 먼발치에서 이 정경을 바라보며 공포와 불안에 떨었다.

"그 사람은 원래 나쁜 짓을 한 게 없는데……."

조심스럽게 이런 말을 꺼냈던 아주머니 한 사람은 다른 사람들의 살벌한 눈총을 받고 더 말을 잇지 못했다. 한밤의 상황을 잘 알지 못했던 연이와 정인은 사람들이 모인 곳으로 달려 나왔다. 밀리 내무서장 이진이 쓰러져 있는 모습을 본 정인이는 넋을 잃고 앞으로 달려 나가려고 했다.

모든 것을 눈치채고 있었던 연이는 있는 힘을 다해 정인이의 허리춤을 거머쥐었다. 정인은 흐느끼며 연이의 품 안에 쓰러졌다. 이진은 다리에 총상을 입은 채 심한 구타를 당해 의식을 거의 잃은 채로 무어라고 중얼거리고 있었다. 그 모습을 보고 울던 정인은 미처 연이가 붙잡을 사이도 없이 앞으로 달려 나가 피투성이가 된 이진을 끌어안았다. 이진의 초점을 잃었던 눈이 정인의 얼굴에 멎었다. 그의 눈에 눈물이 고였다. 외마디 소리가 그의 피 흐르는 입에서 터져 나왔다.

"정인이……."

고개를 꺾은 그는 그대로 숨을 거두었다. 정인을 끝내 잊지 못한 그가 돌아와 그녀를 데리고 월북하려고 했었다는 이야기는 그를 따라왔다가 린치를 당한 후 옥에 갇힌 내무서원이 발설한 이야기였다. 품 안에 간직했던 명단은 주문도로 오는 배와 인력을 강화도에서 차출하기 위한 위장일 뿐이었다고 내무서원은 자백했다.

정인은 한동안 자리보전을 하고 일어나지 못했다. 간곡히 미음을 권하는 연이에게 정인은 아무것도 먹고 싶지 않다고 머리를 저었다.

"그저 가족을 구하려고 하다가 그렇게 된 거예요. 잊어버리세요."

정인은 더 커진 눈에 눈물이 가득한 채 아무런 말도 하지 않았다. 전에 오빠 기림에게 이야기했던 것처럼 낭만적인 사랑을 해보고 싶다는 정인의 꿈은 비극으로 막을 내렸다.

9. 시간의 강

맥아더 장군의 인천 상륙 작전 후 서울이 수복되고 얼마 지나지 않아 표림 일가와 일행은 서울로 돌아왔다. 강화에 있는 아버지와 원산댁, 혜인이 무사하게 지내고 있다는 소식이 인편을 통해서 들어오자 표림은 서둘러 서울로 방향을 잡은 것이다.

통인동 집에 두고 온 영인과 석림, 정인의 남편 소식을 알 길이 없어서였다. 자기네가 살던 집이 폭격에 어떻게 되지는 않았는지 먼저 가보겠다는 일행과 헤어져 식구들과 함께 인적 없이 교교한 골목길을 돌아들어 통인동 집에 다다랐을 때 그 근처가 포격당하지 않은 것을 보고 표림은 일단 안도했다. 대문을 밀어보자 그대로 문이 열렸다. 표림은 집이 비어 있는 줄 알았다. 집 뜰과 방에서는 아무 기척조차 느껴지지 않았다.

방문을 열자 이불을 쓰고 아랫목에 누워 있는 사람의 모습이 눈에 들어왔다. 표림은 시체를 보듯 섬뜩했다. 어두운 방 안에 표정을 잃어버린 영인이 누워 있었다.

"석림이하고 형부는……?"

낮게 묻는 표림의 물음에 영인은 고개를 저었다. 표림이는 자리에 쓰러지듯 주저앉으며 영인의 상체를 흔들었다.

"정신 차려봐, 얼른. 석림이는 어디 갔어?"

영인은 표정 없는 눈으로 멀거니 오빠를 바라보기만 했다. 평소처럼 무슨 일에나 자기주장이 강하고 막힘없이 이야기를 아무 때나 쏟아붓던 영인이 아니었다.

"어떻게 된 거냐? 응? 어떻게 된 거야?"

영인은 더 이상 아무런 응답이 없었다. 넋이 나간 영인을 두고 밖으로 나온 표림은 마루 앞에 옹기종기 모여 서 있는 연이와 아이들에게 얼른 집 안에 들어가 있으라고 이야기하고는 자리에 앉지도 않고 밖으로 달려 나갔다. 집집마다 문을 두들기고 다니며 인적을 찾던 표림은 세 번째 집에 피난 가지 않고 남아 있던 할아버지를 찾아내었다. 할아버지는 망설이며 어눌하게 말을 뱉었다.

"전쟁 통 아닌가. 다 그저 받아들여서 산목숨은 살아야지."

"혹시 무슨 소식 들으셨습니까? 우리 석림이 소식 들으신 거 있으십니까?"

노인은 주름살이 종횡으로 그어진 얼굴을 들고 천천히 말했다.

"무슨 일인지 나도 잘 모르겠소만, 댁의 누이에게 물어보시우."

"살았습니까, 죽었습니까?"

"……."

노인은 더 이상 입을 열지 않았다. 그 집을 뛰쳐나온 표림은 그 옆집, 다시 그 옆집 문을 두드렸다. 문이 열리고 그 집 아주머니 얼굴이 내다보았다. 석림이 친구 어머니였다. 그 중년 아주머니는 표림의 얼굴을 보자 문을 활짝 열어젖혔다.

"오라, 마침 잘 돌아왔구나. 그 빨갱이 년 오라비가 왔어."

표림의 앞가슴을 쥐어뜯던 아주머니는 그 손으로 자기 머리를 쥐어뜯었다. 머리카락이 뭉텅 손가락 사이로 묻어 나왔다.

"아이고, 내 팔자야, 내 팔자야. 하나밖에 없는 자식을 빨갱이 년들 때문에 잃다니."

"그럼, 우리 석림이도……."

"다 그 잘난 누이에게 물어봐. 빨갱이 중좌인가 뭔가 하는 년하고 몰려다니면서 별 지랄 발광을 다하더니…… 이 옆집 며느리 빨갱이 년하고 공모를 해서 생때같은 내 아들을 잡았지. 그 총살 현장에 네 누이 년도 다 있었다고 들었다. 내 그냥 두지 않을 거야. 내 너희 집 식구들을 다 물어뜯어 잡아먹어도 시원치 않다."

광란해서 거품을 무는 여자를 뒤로하고 표림은 집으로 되돌아왔다. 아이들은 돌아온 집이 좋은지 방과 마루며 마당을 뛰어다니며 놀고 있었다. 피난민 짐에서 쌀을 꺼내 씻고 있다가 어떻게 된 일이냐고 묻는 연이에게 고개만 저어 보인 표림은 방 안으로 들어가 영인을 다그쳤다.

한참 후에야 영인은 더듬더듬 저간에 있었던 사정을 말했다. 그 아주머니 외동아들이 더 이상 집에 숨어 있을 수가 없다고, 석림이와 정인이 남편이 마루 밑 지하 방공호에 숨은 것을 어떻게 알고 찾아와 함께 있게 해달라고 했다는 것이다. 세 사람은 통인동 마루 밑 지하 방공호에 숨어 있었다고 했다. 지겨운 날들을 라디오를 들으며 숨어 지내던 세 사람이 인천 상륙의 소식을 듣고 뛸 듯이 기뻐하다가 그다음 날 지붕 위를 나는 아군의 비행기 소리를 듣고 있을 때였다. 흥분을 못 이긴 이웃집 아들이 석림의 만류를 뿌리치고 밖으로 뛰쳐나와 집 앞 나무 위로 올라가 손에 러닝셔츠를 벗어 들고 낮게 비행하는 미군기를 향해 흔들며 목이 터져라 울며 외쳐대었다.

"웰컴! 웰컴!"

아까 문을 두드렸을 때 애매하게 대꾸하던 세 번째 집 할아버지의 며느리가 부역에 열심이었던 터라 문틈으로 이것을 엿보고 반동분자를 신고했다는 것이다. 그리고 이쪽 담당이었던 영인의 친구 중좌가 군인들을 인솔하고 와 세 사람을 다 철사 줄로 묶어 즉시 인왕산으로 즉결 처분을 하러 올라갔던 것이다. 철수하기로 이미 결정이 나 있었던 그들은 떠나기 전에 할 수 있는 모든 반동분자 색출과 처형에 제정신이 아니었다.

그날 낮, 주위 형편을 살피고 양식도 구할 겸 집을 나섰던 영인은 열어젖혀진 대문으로 들어와 마루 밑 방공호에 아무도 없는 것을 보고 기함을 해서 밖으로 달려 나왔지만 그 방향을 알 수가 없었다. 반동분자들의 처형은 인왕산 기슭에서 있었다는 막연한 이야기를 이웃 사람들에게서 전해 듣고 숨이 단내가 나도록 그쪽을 향해 달려갔지만 방향을 알 수 없었다. 산기슭에서 부하 당원들을 인솔하고 내려오는 친구인 중좌와 마주쳐 그의 옷자락에 매달리며 제발 내 동생은 살려달라고 애원했지만 대답은 싸늘했다.

"나는 너를 동지로 대했는데 너는 그까짓 반동 가족주의에 물들어 그렇게 배신을 할 수가 있는 거냐?"

영인은 땅 위를 뒹굴며 온갖 욕설을 퍼부었지만 중좌는 죽고 싶지 않으면 입을 닥치고 어서 이곳을 떠나는 것이 좋을 것이라는 말을 던지고 산을 내려가버렸다. 영인은 기다시피 위로 올라가 큰 바위 아래 총상을 입고 널브러진 청년 두 사람을 발견했다. 이웃집 청년과 석림이었다. 정인이 남편은 보이지 않았다. 석림은 미처 숨이 끊어지지 않은 상태였다. 석림은 영인을 보고 무어라고 말을 하려고 애쓰다가 그대로 피를 쏟으며 정신을 잃었다. 영인은 어디서 난 기운인지도 모르게 석림을 업고 뛰어 내려왔지만 중간에서 축 늘어지는 그의 무게를 견디지 못하고 산기슭에 내려놓았다. 그리고 아무리 흔들어도 석림은 다시 응답이 없었다. 온몸과 옷이 피범벅이 된 채 집으로 미친 듯이 달려온 영인은 덜덜 떨며 방문과 대문을 걸어 잠그지도 않고 열을 내며 며칠을 앓아누웠다. 곡기도 끊고 매일 문밖에 와서 미친 아귀처럼 욕설을 퍼붓는 청년 어머니의 저주를 들으며 보낸 며칠 동안이었다.

"이년아, 이 빨갱이 년아, 내 아들을 살려내라. 네가 내 아들을 죽인 거 다 안다. 그렇지 않구야 어째 네년만 살아 돌아왔느냐."

영인을 다그쳐서 애매한 장소 설명을 듣고 인왕산 자락을 향해 달려 올라간 표림은 이곳저곳을 헤매다가 임자 없이 뒹구는 시체 몇 구를 발견했지만 석림의 시체는 찾지 못했다. 함께 끌려갔다는 정인이 남편 소식도 알 수 없었다. 일난 식구들은 낙원동 집에 데려다 놓고 정인의 집 근처인 통인동과 인왕산을 사흘이 넘도록 헤매

149

다 지친 표림은 영인을 믿지 못해 다시 다그쳤다.

"너, 거짓말하는 거 아니냐? 석림이 월북한 거 아니냐? 네가 뭘 잘못 본 거 아니냐?"

영인은 덜덜 떨며 초점 없는 눈을 한 채 머리를 흔들기만 했다. 그날 밤 반 걸인 꼴이 다 된 정인의 남편이 집을 찾아들었다. 총살을 한다고 세 사람을 함께 동여맨 전선을 끄르는 순간 있는 힘을 다해 도망쳐서 총탄 세례를 피하고 산속에 숨어 있었다는 것이었다. 수복이 된 것 같았지만 비행기 사건에 하도 충격을 받은 끝이라 숨어 있다가 오늘 산에 올라온 아이들의 말을 듣고서야 내려오는 길이라고 했다.

정인은 남편을 보고 울기만 했다. 연이는 착잡한 표정으로 정인을 바라보았다. 연이는 아무 말도 하지 않았다. 다음 주에 표림은 육신을 찾지 못한 채로 석림의 장례식을 치렀다. 굵은 눈물이 그의 눈에서 쏟아져 내렸다.

강화 할아버지는 두 번째로 아들을 잃은 소식을 전해 듣던 날로 곡기를 끊었다.

석림의 시체는 산길에 버려진 채 결국 아무도 수습하지 못했다. 이제 부역자 처벌이라는 이름으로 마녀사냥이 다시 시작된 서울에서 연이와 영인이 겪을 뻔했던 위험은 군 요직의 간부들을 많이 알고 있는 이길호의 도움으로 무마가 되었다.

그 와중에 가을이 지나고 12월이 다 지나갈 무렵 그렇게 아이를 기다려도 소식이 없던 정인에게 태기가 있었다.

"아니, 이게 웬일이가. 그래두 하느님이 무심치 않으시네. 우리에게 아기가 생기다니."

이북에 친척들을 다 두고 와 닿은 데 없이 외롭던 정인의 남편은 뛸 듯이 기뻐했다. 그는 시들어가는 나무에 물을 주듯 허약해진 정인에게 온갖 정성을 기울였다.

북진의 기세가 가라앉고 중공군의 개입이 시작되면서 온 나라 안은 다시 소용돌이 속에 휘말리게 되었다. 공산 치하를 진절머리 나게 겪은 표림은 1·4후퇴가 시작되자 누구보다도 앞장서서 트럭을 마련하고 식구와 살림을 솔가해서 서울을 떴다. 정확히 사태를 판단한 그는 부산으로 향했다. 안전한 곳은 그곳뿐이라고 생각했던 것이다. 도착하는 대로 그는 집을 마련하고 자동차 부품 가게를 열어 피난민들을 상대로 장사를 시작했다. 장사는 번창했다.

입을 동여맨 듯 아무 말 없이 그림자처럼 살던 정인은 피난지 부산에서 가을 초입에 오랜 진통 끝에 딸을 낳았다. 산욕열에 시달린 정인은 병을 극복하지 못했다. 땀에 젖어 의식이 혼미해진 정인은 가끔씩 헛소리를 했다.

"횃불을 들고 그 사람이, 그 사람이 와요. 나를 데리러……."

기림 오빠와 이진의 죽음을 겪으면서 정인은 어느새 살려는 의지를 다 잃고 있었다. 잠시 정신이 돌아온 정인은 아기를 꼭 안아보고 남편의 손을 더듬어 잡았다.

"미안해요."

정인의 시선이 아기에게 향했다. 숨이 끊어질 듯 가냘픈 음성이 흘러나왔다.

"아기를, 우리 아기를……."

"마음 편히 가. 내가 있는 정성을 다해 잘 기를게."

남편의 눈에서 옷이 젖도록 눈물이 쏟아져 내렸다. 첫정을 쏟아 사랑했던 여자였다. 정인은 감사와 믿음이 담긴 눈으로 남편을 바라보았다. 그리고 남편의 손을 잡은 채 숨을 거두었다. 아기가 어머니의 죽음을 아는 듯 갑자기 울음을 터트렸다.

강화 아버지의 자랑이었던 아들 셋, 딸 셋은 이제 아들 하나, 딸 둘로 줄어들었다. 명석한 머리에 사색적이었던 기림은 타국 땅에서 죽었고, 용모와 마음씨가 함께 수려하던 정인은 아기를 낳다 세상을 떠났다. 서글서글하고 천방지축이던 석림은 젊은 나이에 처형장의 이슬로 사라졌다.

사업 수완이 비상한 표림은 아버지가 안락한 노후를 누리도록 깊이 마음을 썼지만, 혜인은 아버지의 마음을 헤아리기에는 아직 철이 없었고, 영인은 원래 아버지의 눈 안에 들지 않던 자식이었다.

사라진 사람은 더 간절하게 아까운 법이었고 문득문득 떠오르는 아들딸 생각에 강화 할아버지는 잠을 이루지 못했다. 보기만 해도 마음에 근심이 사라지던 의젓한 기림과 정인, 아들로서는 막내라 응석받이로만 여겼던 석림이 사라지자 강화 할아버지는 만사에 덧정을 잃었다.

강화 할아버지는 강화에서 나오기를 거부했다. 그리고 술을 마시기만 하면 마른 울음을 울며 가슴을 쥐어뜯는 버릇이 늘어갔다. 피난지 부산에서 표림은 넷째 아들을 낳았다. 아이의 이름은 진석이라고 지었다. 그 소식을 전해 들은 강화 할아버지는 그저 고개를 끄덕였다. 석림이 대신 태어난 것이라는 마을 사람들의 위로를 듣고서야 터울지게 낳은 막내 손자를 보러 강화를 떠나 부산으로 향했다.

휴전이 성립되고 나서 서울로 환도한 표림의 집안에 두 사람이 들이닥쳤다. 한 사람은 인민군대에 끌려 나가는 것을 피해 다니다가 영인을 찾아 피난민 틈에 끼어 묻혀 월남한 영인의 남편이었다. 그는 수소문 끝에 표림을 찾아내어서 영인을 만나게 되었다. 그는 아내를 만나게 된 것에 안도했지만 북한에 두고 온 부모 걱정에 늘 사로잡혀 있었다. 월남한 사람의 가족에게 혹독한 처벌이 가해진다는 것을 소문으로 들었기 때문이었다. 남편을 만나면서 영인의 마음을 꽉 막고 있었던 동생 석림의 죽음에 대한 괴로움과 죄책감의 상처도 서서히 조금씩 아물었다. 동생을 친구 손에 총살로 잃고 넋을 놓고 있었던 영인의 마음도 세월이 흐르면서 차차 가라앉기 시작했다.

뜻밖에 나타난 또 한 사람은 연이의 이종사촌 동생 형식이었다. 1953년 7월에 휴전이 이루어진 후 거제도에서 인민군 포로들을 송환할 때 남한에 남고 싶은 사람과 제3국으로 가겠다는 사람에게 원하는 대로 할 수 있도록 선택의 여지를 주었다. 남한에 남기를 자청한 그는 친척 누이인 연이를 찾아 서울로 오게 되었다.

형식은 법 없이 살 사람이었다. 그러나 그의 선량함과 약한 마음이 모두 그의 삶에 돌과 채찍이 되어 떨어져 내렸다.

형식은 황해도 사리원에서 갑부로 손을 꼽는 지주의 아들로 태어났다. 연이 이모가 그녀를 마음에 두었던 부잣집 남자에게 시집을 갔던 것이다. 형식은 연이 오빠 철진의 도움을 받아 동경 유학을 마치고 학교에서 역사를 가르치는 교편을 잡게 되었다. 당시 신여성과 연애를 꿈꾸던 유학생 친구들과는 달리 그는 집에서 정해준 아내를 정성껏 사랑했다. 말이 없고 수줍어하는 그녀는 첫날밤에 옷을 벗기려는 그에게 조그맣게 되풀이해서 말했다.

"기냥 자자우요, 기냥."

첫날밤을 지내고 일어났을 때 그녀의 얼굴은 온통 눈물로 얼룩져 있었다. 그가 다독거리고 위로하려고 하자 억지로 짜내듯이 그녀는 말했다.

"어케 점잖은 사람덜이 기런 일을."

독실한 가톨릭 집안에서 자라난 아내는 유복한 집안의 영향을 받아 곱게 자라기만 해서 남녀 간의 성 문제에 대해서는 아이들보다도 더 무지했다. 나중에 그가 그때 일을 가지고 잠자리에서 놀리기라도 하면 여전히 수줍은 기색을 못 감추며 얼굴이 붉어지던 그녀였다.

"아니, 아무리 기렇게 몰랐을라구. 이제 솔직히 대라우."

그가 장난삼아 놀리면 아내는 부끄러움을 못 감추며 말하고는 했다.

"실지야요. 전 기냥 남자랑 여자랑 한 이불을 덮고 자면 아이가 거저 생기는 걸로 알았시오."

그는 순진한 아내가 사랑스러웠다.

"기래, 덩말 싫어? 이렇게 안아주는 게?"

그가 두 팔로 꼭 껴안으면 눈을 감으면서도 입가에 웃음을 띠고 그에게 기대듯 안겨 오던 아내였다. 얼굴과 몸매와 마음이 함께 잔잔하고 곱던 여자였다. 그는 신여성을 쫓아다니며 아내를 소박하는 친구들을 보면 이해할 수가 없었다. 그가 아내에게 품은 사랑은 진실하고 깊었다. 결혼한 다음 해 뒤뜰 우물가의 벚꽃나무가 구름처럼 꽃을 피워내던 때 아내는 첫아들을 낳았다. 이듬해에는 연년생으로 딸을 낳았다.

해방이 되자 공산군이 진주한 이북 땅에서 그는 숙청 감이었다. 많던 재산은 거의 다 몰수되었고 악질 반동 지주에 대한 압박은 그의 집안의 너그러웠던 인망에도 불구하고 숨통을 죄어 들어오기 시작했다. 그가 다니던 학교에서도 그의 출신 성분과 심약한 성품에 대한 비판이 일기 시작해 마침내 학교에도 더 나갈 수 없게 되었다. 그는 목숨을 부지하기 어려운 상황이 닥쳐오리라는 불길한 예감에 시달리며 남은 패물들을 팔아 사방에 줄을 놓고 이남으로 내려갈 길을 찾기 시작했다. 화병과 익숙하지 않은 가난한 생활에 지친 부모는 몇 달 간격으로 세상을 떠났다.

그리고 육이오가 터졌다. 이남으로 가는 길을 알아보려고 잘못 줄을 대었던 사람이 보위부에 잡혀 들어가면서 그의 입장은 진퇴유곡이 되었다. 그는 자진해서 당에 대한 충성과 새롭게 태어났다는 각오를 보여야 했고, 의용군에 자진 입대하는 형식을 취함으로써 그의 처벌은 일단 유보되는 형태가 되었다.

딸애는 업고 아들 애는 걸린 채 조췌해신 얼굴에 눈물이 그링그링해서 학교 운동장에서 그가 타고 떠나던 트럭을 바라보던 아내를 향해 그는 있는 힘을 다해 소리쳤다.

"꼭 돌아오갔어. 기다리라우. 내 꼭 돌아올끼니."

그의 소리는 다른 사람들이 내지르는 함성과 김일성 만세, 인민군가 소리에 파묻혀 사라졌다. 그리고 그는 다시 아내를 보지 못했다.

파죽지세로 밀고 내려오던 인민군대는 낙동강에서 치열한 전투를 벌였고 그는 그 전투에서 사로잡혀 포로가 되었다. 공산당의 전제 정치에는 신물을 내었지만 그는 고향으로 돌아가고 싶었다. 낙천적 성품인 그는 자신이 당했던 박해를 많이 잊었다. 어디나 사람 사는 세상이라면 부비대고 살아가면서 그렁저렁 견딜 수는 있을 거라는 생각이 들었다. 실상은 아내와 아이들을 보고 싶은 마음이 그의 비판 정신과 두려움을 억누르고 있었다.

그가 수용소에서 답답한 마음을 무릅쓰고 어쩌다 마주치게 되는 미군들에게도 어느 정도 할 줄 아는 영어를 절대로 쓰지 않았던 이유는 고향에 다시 돌아가고 싶은 일념 때문이었다. 공연히 서투르게 미군에게 통역으로 뽑히거나 해서 반동으로 몰리기라도 하면 만사휴의라고 생각해서였다.

'사람 사는 데가 늘 기렇기만 하갔어? 우리두 이제 고비만 넘으면…… 나나 아내나 큰 욕심은 없으니끼니. 거저 닥치는 대로 일하문서 밥이나 먹구 엎드려 살면 되지 않갔어.'

그는 공산주의 체제에 대한 공포가 닥쳐올 때마다 스스로를 그렇게 타이르고는 했다. 그러나 그가 부딪쳤던 거제도 포로수용소의 실상은 지옥도였다. 해가 지고 어두워지면 피가 흐르는 살육이

수용소를 지배하기 시작했다. 온갖 흉흉한 유언비어가 캠프에서 캠프로 퍼져 나갔다. 옆의 캠프에서 지난밤에 두 명이 인민재판이 열린 후 맞아 죽었고, 그 시체를 토막 내서 똥통에 처박았다는 이야기에서부터 얼굴만 내놓고 생매장한 사람들의 이야기까지 피비린내 나는 수군거림이 언제 닥칠지 모르는 공포를 담은 채 퍼져 나갔다.

피로 물들었던 친공 포로와 반공 포로 간의 대립과 린치, 살육의 장면들은 그곳을 떠난 후에도 형식의 뇌리에 그림자처럼 남아 있었다.

이북에 두고 온 아내에게 간절한 정을 지녔던 그는 살아남아 있어야 아내와 아이들을 다시 만날 수 있겠다고 생각했다. 남들이 보기에는 뚜렷한 이유가 없이 남한에 남은 것 같았지만 어쨌든 통일은 곧 될 것이고 그쪽 편에 섰다가는 빨갱이라는 이유로 그대로 포로수용소에서 처형당할까 봐 두려웠다.

형식은 끊임없이 고민했다. 과연 살아서 이곳을 나갈 수 있을까. 포로 교환이 되어 돌아간다고 한들 마지막까지 결사 항전하지 못하고 두 손을 들고 항복한 비겁자인 이들을 받아줄 것인가. 이남에서는 더군다나 빨갱이라면 이를 갈고 잡아 죽이려고 한다는 소릴 들었는데, 살아남아 이남 땅에 남게 된다고 한들 어디에 몸을 부지하고 연명할 것인가. 그는 결혼한 후 아내의 신앙을 따라 귀의한 가톨릭 신자인 것을 감추고 공포로 숨을 못 쉬는 상황에서 눈을 뜬 채 속으로 기도했다. 그에게 빛을 보여주고 인도해주실 천주님께, 자비가 많으신 성모 마리아님께 숙더라도 가족을 한 번만 다시 보고 죽을 수 있게 도와달라고 간절하게 기도했다.

포로 캠프 안에 결성된 반공 청년단은 보복을 하기 위해 비밀리에 역린치를 가하기 시작했다. 지옥은 이제 사람들이 살아 있는 세상에서 그 모습을 드러내었다. 다른 캠프에서는 구원을 찾는 사람들이 모여 교회 예배를 드리기 시작했다. 형식은 다른 신도들과 함께 푸른 먹을 떠내서 오른팔에 반공이라는 문신을 한문으로 새겼다. 집으로 돌아가는 길을 스스로 끊어버리는 것 같아 그는 문신이 새겨지는 내내 울었다.

이승만 대통령이 부산과 다른 몇 곳에서 휴전이 이루어지기 한 달 전인 6월에 2만 7천여 명의 반공 포로를 석방했다는 소식을 풍문으로 전해 듣고 그는 잠을 이루지 못했다. 무서운 공포가, 거제도 수용소 안에 그대로 있다가는 미쳐 날뛰며 피 칠갑을 한 짐승처럼 죽을 것만 같은 공포가 목에서 뛰쳐나올 것만 같았다.

그는 휴전이 된 후 북한으로 갈 사람, 남한에 남을 사람, 제3국으로 갈 사람들을 자신이 선택하는 대로 보내주겠다는 제안을 받고 제정신을 잃은 사람처럼 멍한 상태에서 남한에 남기를 선택했다. 북한에 돌아가면 그대로 처형되리라고 생각했기 때문이었다. 선량한 섬사람들이 남한에 남겠다는 사람들을 받아주어 포로들이 갈 곳을 정할 때까지 한 달 넘게 여러 집에 나누어 묵게 해주었다.

심신이 회복되면서 그는 월남해서 잘 살고 있다는 이종사촌 누이 연이의 소식을 알아내었다. 해방 후 사리원에서 잠시 상봉한 지 몇 년 만에 서울로 올라와 연이를 만나게 된 그는 누이의 품에 안겨 아이처럼 엉엉 울었다.

"꼴이 이기 머이가."

연이도 흐느껴 울면서 그의 등을 쓰다듬었다. 누이는 의지가지 없는 그를 자기 집에 거두어주었다. 표림은 그가 한집에 살면서 회사 일과 집안일을 돌보도록 일자리를 마련해주었다. 포로수용소에서 겪은 비인간적인 참상 때문에 형식은 공산주의라면 치가 떨린다고 했다. 그리고 연이에게 오빠 철진의 소식은 자세히 듣지 못했다고 전했다. 표림은 살벌한 당시 공안당국의 기세를 꺼려 엄격하게 형식의 입단속을 했다. 가족이 이북에서 살고 있다는 것은 당시로서는 신원조회에 걸리는 조건이었기 때문이었다.

그는 매부인 표림의 번창하는 사업을 도우며 온 집안의 잡일들을 도맡아 했다.

"아, 거 머든지 지가 좋아서 하는 거는 다 괜찮다니끼니 그르네."

그는 영주를 유달리 귀여워하고 영주가 책을 너무 많이 읽어서 시력이 나빠진다고 야단치고 책을 빼앗으려는 오빠들을 말리고는 했다. 삼촌은 책을 많이 읽는 영주가 이북에 두고 온 딸하고 동갑이라며 각별히 여러 가지 이야기들을 들려주고는 했다. 그의 억센 사투리 억양은 서울에 오래 산 후에도 다 벗겨지지 않았다.

형식은 술이 취하면 잠꼬대처럼 어린 영주에게 중얼중얼 말하고는 했었다.

"끔찍했지, 끔찍했어. 옷을 벗기고 몽둥이로 때려죽이고는 했는데, 같은 죽음이라도 맞아 죽는다는 게 얼마나 끔찍한 일이갔니. 시체는 솜으로 입을 틀어막은 나음 변소에 내깔리기도 하고 수용소 내에 암매장하기도 하고 어떤 때는 철조망 밖에 버리기도 했지.

사람들을 죽여서 그 피로 깃발을 만들기도 했어. 지옥이었지. 내가 그런 일을 살아서 경험했다는 게 전혀 믿어지지를 않는다."

그의 이야기를 들으며 어떤 때 영주는 숨을 쉴 수도 없는 공포와 불안감을 느꼈다. 대체 누구를 위해서 이 무서운 비극이 같은 땅에 살고 있는 사람들에게 존재했던 것일까.

"우리의 소원은 통일, 꿈에도 소원은 통일······."

그는 '우리의 소원은 통일'이라는 노래가 라디오에서 울려 나올 때마다 '이제 곧 통일만 되믄······.' 하고 스스로에게 다짐하며 기운을 내려고 애썼다. 일요일마다 꼭 성당을 찾아 미사를 드리고 금요일 무육일에는 식구들이 다 고기를 구워 먹으며 권유해도 절대로 고기를 입에 대지 않았다. 그는 가끔씩 악몽에 시달리며 진땀을 흘리고 한밤중에 깨어나고는 했다. 그리고 공포를 잊기 위해, 비가 오면 쑤시고 저리는 맞은 상처의 아픔을 잊기 위해 술을 입에 대기 시작했다. 술에 취하면 가끔 그는 어린 영주를 끌어안고 울며 딸의 이름을 목 놓아 부르고는 했다.

"그 아이레 이제 똑 너만 할 거인데."

영주는 그의 비탄을 이해하기 어려웠고 술 냄새가 싫어 언제나 그에게서 벗어나려고 몸부림을 치고는 했다.

자기 쪽 친척이 서울에 거의 없는 연이는 피붙이인 그에게 각별했다

"아니, 배운 거 많구 영어두 할 줄 알구 하면 이리저리 돈 벌 틈새가 있겠구만."

연이가 학교에서 가르치는 일자리에 시간제로라도 그를 밀어 넣

으려고 권유를 해도 그는 고개를 저을 뿐이었다.

"그냥 누이네 일을 도우면서 통일 될 때까지 이르케 살갔시오. 낯선 사람들을 만나고 부대끼는 게 이제는 겁이 나우다."

"말 같은 소리를 하라구. 통일은 통일이고 산 사람은 사람 구실을 하구 살아야지. 그렇게 비관하고 술만 마시다가는 몸이 다 망가진다니까."

혀를 차는 연이에게 그는 더듬더듬 대답했다.

"이자 아이덜은 양심이 켕겨 옳게 살으라구 못 가르치갔시오."

연이는 쓰게 웃었다.

"별 양심 겉은 소리 다 듣겠네. 자네가 뭘 잘못한 게 있나. 다 이 세상이 심난해서 그러지. 원 난리 통에 살아남을라문 무슨 짓인들 못 했겠는가."

연이는 더 이상 그를 채근해서 남한 사회에 적응하라고 내몰지 않았다. 민심은 활기를 띠면서도 나날이 흉흉해지고 남북의 적대감은 얼음 칼날보다도 더 날카로웠다. 통일의 길은 멀고도 멀어 보였다. 그는 희망을 잃었다. 형식은 점점 더 멍해지고 술을 입에 대는 빈도가 잦아지다가 거의 술에 절어 살다시피 하였다.

그는 아내가 그리웠다. 그의 결벽증은 몸 파는 여자들을 맨 정신으로 안을 수 없게 했다. 그는 영주에게 늘 아내의 이야기며 아이들의 이야기, 포로수용소의 이야기들을 들려주었다.

"혹시 나 죽은 댐에라두 통일이 되믄 꼭 우리 아덜을 찾아봐다고. 그리고 내 이야기를 들려다우. 내가 왜 니북에 가지 못하구 이곳에 남게 되었는지 꼭 이해시켜다우. 어뜨케든 살아남아서 언젠가 만나려고 했든 건데. 아내도 나 땜에 몹쓸 고초를 수태 겪었을 거구만."

그는 억장이 무너지는 한숨을 내쉬고는 했다.

"내가 오만 가지 공상을 안 해본 것이 없어. 한때는 혼자 남은 여자들은 중공군하고 아무렇게나 짝을 맞추어주었다구도 하는데…… 기렇게 되었대두 이제 와서 어카갔니. 다시 만나면 거저 손 잡고 늙은 얼굴이라도 서로 바라보면서 수태 울었으문 좋갔어."

그는 책을 좋아하고 이야기 듣기를 좋아하는 영주를 각별하게 아끼고 이해하지도 못할 이야기들을 들려주고는 했다. 어떤 의미에서는 거의 혼잣소리였을 것이다. 그러나 그에게 토막토막 전해 들은 포로수용소의 이야기는 영주에게 세상의 어두움에 대한 두려움을 느끼게 했다.

"젊었을 때는 자기 의지라는 놈을 수태 믿었었는데, 역사가 뒤죽 박죽이 되니끼니 개인이란 거이 그 아래 치여서 어디 무슨 찍소리 나 내보겠드나?"

이렇게 탄식을 하던 그가 나이 들어 연이가 중신을 서주는 대로 함흥에서 월남한 피난민 여자하고 결혼하기로 결정한 날 그는 방문을 닫고 꺽꺽 숨을 죽이며 울었다. 술 때문에 건강이 나빠지고 고향에 돌아가지 못하리라는 절망 때문에 마음이 병들면서 그는 부쩍 더 악몽에 시달렸다. 그는 포로수용소에 돌아가 앉아 있는 꿈을 꾸거나 가위에 눌려 소스라치게 놀라 한밤중에 깨고는 했다.

"이 피 좀 보라우. 피……."

그는 또 이렇게 외치기도 했다.

"죽이지 마. 제발."

재혼하지 않고 십 년을 독신으로 지내던 그는 성당에 다니며 신앙으로 자신을 다스렸다. 묵주를 굴리며 잠들기 전에 삼십 분이 넘도록 간절히 기도하는 그는 천주교인이 없던 집에서 색다른 사람처럼 경이로워 보였다. 그는 가족과의 재상봉을 간절히 기도했을 것이었다.

그가 십 년의 기다림을 깨고 재혼을 하게 되었을 때 영주는 일종의 배신감을 느꼈다. 그렇게 애정이 지극하다면 기다려야 하는 게 아닌가. 외롭지만 신앙이 인생의 의미로 곁에 있지 않은가. 사춘기의 초입에 접어들었던 영주는 인생이 한눈에 다 보이는 것처럼 오만했다. 그는 커다란 음식점에서 조촐하게 친척들끼리 만나 결혼식을 올리기로 한 전날 밤 술에 취한 채 영주를 붙들고 울었다.

"어린 니가 내 마음을 어찌 알갔니. 나는 니북에 두고 온 아내를 잊을 수가 없써. 지금 결혼하는 사람에게 기렇게 애틋한 정이 있는 것도 아니야. 기냥 저질러진 일이라 수습해야 하지 않갔니."

그런 마음으로 결혼하는 게 어디 있냐고 영주는 소리쳤다. 그렇게 의지력이 약해서 어디다 쓰냐고 성을 내었던 것도 같다. 영주는 성적인 문제도 외로움의 문제도 정신력 하나로 충분히 버틸 수 있다는 확신에 가득 차 있던 세상모르는 아이였다. 영주는 자기가 던졌던 날이 선 몇 마디가 그에게 얼마나 상처가 되었을지 짐작도 하지 못했다.

결혼한 후 따로 집을 얻어 나간 그는 잔치나 행사가 있어 식구들이 모인 자리에서 남북 관계가 좀 완화가 되면 통일의 가능성도 좀 가까워지지 않겠느냐는 이야기라도 나오면 슬며시 자리를 피했다.

　무뚝뚝하지만 마음씨 곧은 함경도 출신 아내와 함께 슈퍼를 열고 아들 둘을 그 사이에 두었던 그는 한을 품고 세상을 떠났다. 죽기 전에 그는 아들들에게 유언을 남겼다.

　"내가 죽으문 화장을 해서 저기 니북 땅이 가까운 강물에 뿌려다구. 통일이 되믄 니북 땅에 살아 있는 네 혈육들을 꼭 찾아보구…… 아버지가 얼마나 보구 싶어 했는지 그 아이들에게 들려다고."

　그의 영혼은 고향으로 돌아가 그리운 아내와 아이들을 만나보았을까. 남한에는 어려운 살림을 꾸려가느라고 나이보다 더 늙어 보이는 새 아내와 두 아들이 있다. 이북에는 옛 아내와 아들딸이 있다. 이북에 있는 그의 아이들은 고향을 떠날 때의 자기 아버지보다도 이제 훨씬 더 나이 들어 있을 것이었다.

10. 봄, 여름, 가을, 겨울

　　　　　　　몇 해 후 부산에서 사업을 정리하고 서울로
올라온 표림은 서울 시내 삼청동 아래 사간동에 커다란 집과 정원
이 조화를 이룬 아주 큰 한옥을 사서 대대적으로 수리를 했다. 그
리고 주문도에서 생사고락을 함께했던 이길호와 합자를 해서 서울
에 전과는 규모를 비교할 수 없이 큰 무역 회사를 차렸다.

　당시로서는 파격적이던 디젤 엔진의 수입은 회사가 하루가 다르
게 성장할 수 있는 재력을 얻게 해주었다. 그에게는 손을 내밀기만
하면 미다스 왕처럼 모든 물건들을 금으로 만드는 신기한 재능이
있는 것 같았다.

　목련이며 개나리가 피어나는 대궐처럼 큰 집에서 봄기운이 완연
한 춘분에 연이는 막내딸을 낳았다. 막내딸의 이름은 진주라고 지
었다. 다음 해 봄 아버지의 칠순을 맞은 표림은 집안 구석구석을
손보고 더 많은 꽃나무와 정원석을 들여다 집안을 다듬었다.

할아버지의 칠순 잔칫날이 되자 서울이며 강화, 부산에 흩어져 사는 일가친척들이 전부 다 좋은 옷을 떨쳐입고 찾아들었다. 부엌이며 뒤꼍, 큰 마당에서는 숯불 위에 뒤집어놓은 무쇠솥 뚜껑들 위에서 지짐이며 전유어들이 고소한 기름 냄새를 풍겼고, 무쇠솥마다 갈빗국이 끓어 넘쳤다. 큰 양은 다라이며 대나무 소쿠리, 채반마다 구운 고기며 지진 생선들이 흘러넘치도록 담기었다.

자손들은 다 비단옷에 성장을 하고 강화 할아버지에게 술을 따르고 큰절을 올렸다. 표림과 연이가 제일 먼저 큰절을 올렸다. 그 뒤를 이어 재혼 권유를 마다하고 표림의 회사에서 일하고 있는 정인의 남편이 어린 딸과 함께 절을 했다. 딸 없는 사위와 어린 손녀의 절을 받으며 할아버지의 눈에 언뜻 눈물이 고였다. 이어서 영인과 남편이 큰절을 올렸다. 막내딸 혜인은 사람들의 시선을 한 몸에 받으며 나비처럼 날아갈 듯한 자태로 살포시 엎드렸다. 빼어난 자태의 혜인을 보며 무덤덤하던 강화 할아버지의 얼굴에 다정한 미소가 스치고 지나갔다.

'아버지가 나한테 단 한 번이라도 저런 미소를 보여준 적이 있었던가…….'

자기 부부를 볼 때 별 표정이 없던 아버지의 얼굴에 나타나는 미소를 보며 영인의 가슴은 새삼 쓰라렸다. 사람들마다 입을 모아 강화 할아버지의 복록을 칭송했다. 집안의 내력을 모르는 사람들이라면 화창한 날씨에 펼쳐진 잔치 뒤에 비명으로 죽어간 아들과 딸의 이야기가 있다는 것을 상상할 수조차 없는 분위기였다. 표림은 아버지 곁에 근엄한 얼굴을 하고 자리 잡은 원산댁을 바라보며 어머니 개성댁이 그 자리에 앉아 있었더라면 하는 회한에 한 순간 잠겼다.

"자, 녹두지짐은 이쪽에 놓고 저냐 부친 건 채반에 담아 한쪽 곁에 놓아두어야 하네. 갈비찜은 늘 따뜻하게 무쇠솥에 담아두고…… 그렇지, 나물들은 뒤꼍 시원한 데 두고……."

연이는 나고 드는 손님 접대와 음식 마련을 진두지휘하느라고 경황이 없었다.

일손이 빠르고 몸을 아끼지 않는 형식은 눈에 띄지 않는 숨은 일들을 도맡아가며 연이를 도왔다. 마당마다 차일을 치고 백 개가 넘는 작은 상들이 손님 앞앞이 차려 내어졌다. 친지며 동리 사람들은 인산인해를 이루고 몰려와 동리 잔치를 구경하고 먹고 마시었다. 각종 악기를 들고 메고 온 악공들은 잔치 음악을 연주했고, 색색의 물옷을 간드러지게 차려입은 기생들은 마당에 깔아놓은 돗자리 위에서 노인의 장수를 비는 춤을 추어 올렸다.

과일이며 전유어, 색색가지의 떡이며 고기들을 고여 올린 큰상 앞에 원산댁과 나란히 앉은 강화 할아버지는 대청마루와 마당에서 사람들이 음식을 먹고 담소를 나누며 웃고 즐기는 모습을 내려다보았다. 전에 개성 유수가 자기를 내려다보며 크게 될 자손이 태어날 것이라고 이야기했던 것은 맏아들 표림을 말하는 것이었을까.

잔치가 무르익자 흥에 겨운 표림은 마당 한가운데 깔아놓은 돗자리에 나와서 어깨춤을 추었다.

강화 할아버지는 맏아들의 춤추는 모습을 내려나보았다. 혼인한 지 몇 년 후에야 개성댁에게서 그 아들을 얻고 강화 마을이 떠들썩하게 소를 잡고 돼지를 잡던 날이 회상이 되었다. 강화 할아버지는 입을 열어 웃으려고 했다. 그러나 웃음 대신에 눈물이 툼벙 떨어졌다. 산 자식들의 효성도 그의 가슴에 날이 서도록 금이 가게 한 상처를 아물게 하지는 못했다.

"내가 죄가 많아서 자식을 앞세우고도 오래 사는구나."

손님들이 다 돌아간 저녁 무렵 앞에 모여 앉은 아들딸 앞에서 할아버지는 밖에 내보이지 않고 가슴에 담아놓아야 할 말을 쏟아내었다.

"너무 오래 살았다. 사는 것이 욕되게 느껴진다."

표림과 영인, 혜인은 고개를 숙인 채 아무런 대꾸도 하지 못했다.

"이제 주님의 세상이 오고 있어. 최후의 심판 날이 코앞에 와 있다니까. 이 세상에는 이제 더 이상 아무런 희망이 없어."

원산댁은 전쟁의 아수라장에서 살아난 이후 교회에 침식을 잊을 정도로 더욱더 몰두하기 시작했다. 그가 바라보는 세상은 죄와 향락과 방탕에 썩어 문드러져가는 소돔과 고모라였다.

그러나 그녀의 전도는 사람들의 마음을 뚫고 들어가지 못했다. 어릴 적부터 닦달을 해서 데리고 다니던 혜인만 원산댁을 따라 교회에 나갔다. 표림은 원산댁이 다가와 말을 붙일 수조차 없도록 거부하는 태도를 보였고, 영인은 찬바람이 나게 원산댁의 접근을 차단하며 내뱉었다.

"하느님 그만 찾고 사람살이나 제대로 하소."

원산댁은 트로이의 목마에 나오는 왕녀 카산드라와도 같았다. 아폴로신이 한때 사랑을 나눈 그녀에게 예언하는 능력을 주었지만 설득하는 능력은 빼어버렸던 것이다. 원산댁이 하는 이야기는 나무랄 데 없었지만 아무도 그녀의 이야기에 귀를 기울이지 않은 데는 그 이유가 있었다. 그녀의 마음속에는 따뜻함이나 사랑이 없었다. 사랑과 이해 대신에 정죄와 지옥이 그녀 언어의 대부분을 지배했다. 일요일이면 새 옷을 갈아입은 그녀는 고개를 반듯이 세우고 혜인을 앞세워 성경책을 들고 교회에 나갔다. 교회에서 집사의 직책도 얻었다.

혜인이 고등학교에 들어갈 나이가 되자 두 노인은 강화를 떠나 표림의 집 가까운 곳에 집을 얻고 아주 서울로 이사를 나왔다. 혜인은 이제 강화 할아버지에게는 유일한 인생의 낙으로 남아 있는 귀여운 딸이었다. 정이 많고 재능이 넘치는 그녀는 길에 나서기만 하면 사람들의 시선을 끌 만큼 독특한 매력과 미모를 지니고 있었다.

"네가 없었으면 내가 어떻게 살았을지 모르겠다."

늙은 아버지가 말할 때면 혜인은 눈을 내리깔았다. 사춘기를 지나면서 자유를 동경하는 혜인의 마음은 억압하는 원산댁의 간섭 때문에 무거웠다. 다니던 학교에서 특기 경연 대회가 있을 때 혜인은 선배에게 배운 스페인 춤으로 대상을 받았다. 손 안에서 마주치는 소리를 내는 캐스터네츠며 탬버린의 울리는 소리는 혜인의 마음을 정처 없이 먼 곳으로 떠나게 했고, 공연에 구경을 왔던 남학생들은 그녀를 보려고 학교 교문이며 집 밖에서 서성거렸다.

아무리 본인의 행실이 좋더라도 그렇게 남자들의 시선을 끄는 것은 죄 많은 삶이라고 원산댁은 눈에 파랗게 서슬을 세웠다. 원산댁은 전국 무용 경연 대회에 스페인 춤을 추러 참석하겠다는 혜인

을 만류하는 데 실패하자 대회 참석 전날 무용복을 찢어 쓰레기통
에 버렸다.

"그 부산댁인가 뭔가 하는 죄 많은 기생년의 혼이 네게 묻어 있
는 거야. 나는 그 꼴 못 본다. 내 책임은 죄 없는 하느님의 딸로 반
듯하게 너를 길러내는 거야."

혜인은 아침에 쓰레기통에서 반짝거리는 구슬 장식이 아직 붙
어 있는 찢어진 무용복을 발견하고 목을 놓아 울었다. 그리고 혼자
다짐했다.

"내 저 여자를 절대 용서하지 않을 거야."

자유를 주지 않는 것 이외에는 시녀처럼 극진하게 혜인을 대접
하는 원산댁은 기회가 있을 때마다 되풀이해서 말했다.

"죄 짓지 마라. 춤이니 뭐니 그런 걸 추면서 사람들의 마음을 끄
는 건 다 죄의 산물이야. 이제 말세가 온 거야. 얼른 회개해야 구원
이 온다."

연이는 혜인의 재능과 아름다움을 사랑했다. 남편 회사 사람들
이며 아이들 뒤치다꺼리에 바쁜 서울 생활의 틈새에서도 시부모의
선물 외에 눈에 띄게 고운 옷을 사 들고 혜인을 찾고는 했다. 그러
나 혜인의 관심의 분산을 병적으로 싫어하는 원산댁의 냉대를 받
고 걸음이 뜸해졌다.

"이런 건 심부름꾼 시켜서 보내라우. 애기 엄마가 바쁜 걸음 하
지 말구. 그리구 내가 야 하나 제대루 옷 안 입힐까 봐 이런 걸 사
들구 다니나."

원산댁은 퉁명스럽게 말하며 마침 나가는 길이라고 연이를 집

안에도 들이지 않고 문전박대해 돌려보내는 경우도 많았다. 성가신 말썽이 나는 것이 귀찮아진 혜인은 점점 더 체념 반 포기 반의 심정으로 원산댁의 길들임을 따라가게 되었다. 학교에서 조금이라도 귀가가 늦는 날이면 버스 정거장에 나와 비가 오나 눈이 오나 기다리는 원산댁은 이제 혜인에게 커다란 인생의 짐이었다.

그러나 원산댁의 말을 잘 듣는 한 혜인은 집안의 공주이고, 원산댁은 그녀의 시녀였다. 나이 들고 기력이 진해가는 아버지는 원산댁의 횡포에 가까운 잔소리에 자신만 추스르기도 벅차했다.

시간이 흐르면서 혜인은 점점 더 자신의 마음을 숨기고 안존한 표정과 태도를 지니는 일에 익숙해지기 시작했다. 그러나 그녀의 마음속에 잠자고 있는 꿈과 정열은 재 속에 감추어진 화산의 기운과도 같이 맹렬했다.

승승장구하는 사업의 번영을 이루어온 표림, 남편과 함께 장사를 시작해 따로 독립한 영인, 그리고 어두운 열정을 마음속에 감춘 혜인, 삼 남매는 몇십 년에 걸친 시간여행을 따라가며 제각기 자신의 삶을 헤쳐나갔다.

"나도 여섯 남매를 두었지만 하나도 잃지 않고 잘 키워내지 않았니? 셋이나 잃어버린 너희 할아버지에 비하면 복이 많은 셈이지."

병원 침대에 누운 어머니는 자랑스럽게 말을 이었다.

"옛날에야 워낙 시절이 험했잖아요."

영주가 말하자 어머니는 화제를 바꾸었다.

"네 막내 고모가 사실 아까운 여자였단다. 뭐 하나 마음대로 못 하다가 집에서 전부 다 반대하는 바람에 정말 좋아했던 남자와 헤어지게 되었지. 그러고는 사랑하는 마음이 별로 없는 남자에게 자포자기해서 시집을 갔던 거야."

어머니는 다짐하는 어조로 말을 이었다.

"이건 아주 중요한 이야기야. 잘 들어두어라. 고모들 셋 다 여자로서는 불행한 삶이어서 너나 네 동생 걱정을 많이 했다. 여자가 유달리 안되는 집안이 있단다. 그래 내 점쟁이한테 간 적도 있지. 그 사람이 걱정 말라고 하긴 하더라. 내가 그 이야기도 했지. 어머니의 한이 그 딸들에게 미치는 건 아닌가 하구……. 그 사람이 뭐라고 했는지 아니? 그게 아니라 고모들이 너무 대가 센 여자들이라 그 시절 사람들 따라 사는 데 실패한 거라고 하더구나. 그러면서 딸들이 공부를 하거나 예능계로 나가면 팔자 땜을 할 수 있다고 하더라. 그러니 넌 일 안 하고 들어앉을 생각하면 절대 안 된다."

영주가 늘 듣던 이야기라 별 대꾸 없이 그저 심드렁해 보였는지 어머니는 섭섭한 모양이었다.

"지금 내 이야기를 다 노인네 이야기로 치부하고 건성 듣는 모양이구나. 아무리 공부를 많이 했다고 해도 오래 산 사람의 마음을 다 따라가지는 못한다. 너는 출생 때부터 하도 별난 일이 많고 또 고모들 팔자도 세고 그래서 너하고 진주 걱정을 무던히 했지. 아무튼 둘 다 결혼해서 아들딸 낳고 잘 살고 있으니 내 한시름은 덜었다. 남편 무던하고 성품 좋은 거 고마워하면서 살아야 한다. 안 그랬으면 무난히 그저 살았을 네가 아니다. 내가 네 성정 잘 알지."

영주는 늘 듣던 어머니의 말투를 들으며 웃었다.

"알았어요. 이제 그만 주무세요."

"웃기는……. 너 말이다, 내 이야기 다 세세히 들어두었다가 이다음에 사람 마음인가 뭔가 공부하고 가르칠 때 다 써야 해. 사람이라는 게 독불장군이라는 게 없단다. 책 가지고 배웠다고 다 아는 게 아니야."

낮에는 병실에서 죽은 사람같이 잠만 자는 어머니는 영주를 붙잡고 밤이면 기력을 다 쏟아부어 이야기를 들려주었다.

어머니는 이북에서는 도저히 숨이 막혀 살 수 없다는 아버지를 따라 만주에서 남하하다가 고원에서 영주를 낳은 후 사리원 외가 쪽에 며칠밖에 들러보지 못하고 어머니와 오빠, 이모며 일가친척들을 다 남겨둔 채 그대로 남하를 감행했다는 이야기를 되풀이하면서 한탄을 했다.

"아무리 늦어도 몇 달 후면 돌아갈 줄 알았구나, 글쎄……."

그동안 여러 번 통일이 다가오는 것 같은 소식이 있을 때마다 어머니는 형식이 삼촌만큼이나 들뜨고 흥분했다가 다시 낙담에 빠지고는 했다. 사리원에서 작별한 늙은 어머니와 오빠, 그리고 눈앞에 밟히는 조카들 때문이었다.

아버지는 그래도 부모와 동생들이 함께 남하해서 어머니처럼 외롭지는 않았다. 아버지와 작은 일로 다툼이라도 있던 날이면 후딱 보따리를 싸갖고 친정으로 달려올 수 있는 영인이나 혜인이가 가슴이 메어지게 부러웠다는 어머니. 부부싸움 끝에 니갈 테면 나가라고 으름장을 놓는 아버지가 미워 대문 밖에 나서기도 했지만 갈 곳이 없어 하염없이 북쪽 땅을 바라보며 울기만 했다는 어머니.

어머니 쪽 친척으로는 촌수가 먼 언니 두 사람과 인민군으로 내려왔다가 반공 포로로 석방되어 영주네 집에서 십 년을 함께 살았던 형식이 삼촌이 전부 다였다.

어머니는 그 세 사람의 친척을 끔찍이도 아끼고 귀히 여겼다. 남편이 은행 지점장이라 부유했던 친척 언니에게는 오히려 덜했지만, 가난에서 헤어나지 못하고 착한 마음씨는 보살 같던 다른 친척 언니를 대하는 어머니의 정성은 극진했다. 옷이며 음식에 돈까지 아까울 것이 없어 보였다. 나이 들어서야 그때 어머니의 심중을 어렴풋이 헤아릴 수 있을 것 같았다. 그 사람들은 어머니에게 남은 유일한 고향 그 자체였던 것이다.

친척 언니 두 사람은 벌써 오래전 세상을 떠났다. 나이 들면 대부분의 사람들이 자신의 인생이 실망스러워져서 나름대로 깊은 한이나 슬픔을 간직하고 이 세상을 떠나는 것 같기만 했다. 그동안 하도 들어, 가본 적도 없는 사리원 집 뒤뜰에 피어나던 살구꽃이며 우물가의 정경은 영주가 가서 물을 길어 마셔본 우물의 기억처럼 생생했다. 행여 잊어버릴까 봐 외삼촌의 이름이며 조카들의 이름을 가족들 모임이 있을 때마다 누누이 다시 일러주고 통일되면 꼭 찾아보라고 당부하던 어머니.

인생이란 미묘한 무늬로 이루어진 피륙과도 같아 어떤 일의 원인이 무엇이었는지 한마디로 쉽게 단정 지을 수 있는 경우는 아마 없을 것이다. 다양한 경험들을 기억 속의 실타래처럼 감아내며 사람들은 인생이라는 베틀에 앉아 피륙을 짜고 있는 셈이었다.

그런대로 세속적인 호강도 누려본 어머니의 삶에 채워지지 않았던 부분은 실상 고향에 두고 온 어머니나 오빠, 뒤뜰 우물가의 살구꽃이 아닐지도 모른다. 그러나 갈 수만 있다면 몇 시간도 걸리지 않을 장소에 살고 있는 혈육의 생사도 모르는 채 지내야 하는 고통은 겪어보지 않은 사람들은 모를 것이라고 어머니는 늘 말하고는 했다. 살아서 통일을 보기는 틀렸구나 하고 한탄하던 어머니의 말은 언제나 마음을 아프게 했다.

"전쟁 통에 죽고 죽이는 장면을 한 번이라도 본 사람들이 다 세상을 떠나 그 기억을 잊어버린 후에야 아마 통일이 올지 모르지."

가까운 사람들의 떼죽음, 어떻게 해서든지 살아남고자 하는 동물적인 본능에 기대어 불길처럼 거세게 타올랐던 이데올로기의 갈등, 그리고 서로 핏발선 눈으로 마주보며 미움과 공포를 주고받았던 친척들, 이웃들, 친지들…….

외가 쪽으로 어머니의 친척 중 이제 남한 땅에 살아남은 사람은 없었다.

표림의 아들과 딸들은 아무 탈 없이 무럭무럭 자랐다. 부모의 건강한 체질을 물려받은 아이들은 큰 집에서 구김 없이 컸다. 집에는 여전히 식객들이 많았다. 사리원에서 월남한 사람들의 일가친척들은 고향 땅의 소식을 듣고 싶은 때면 시도 때도 없이 표림의 집을 찾아들었다. 일하는 아주머니와 시골 처녀 세 사람이 사랑채와 외따로 서 있는 별채의 손님들 세끼 식사를 해대느라고 쉬시 못할 징도였다. 집에 들르는 사람들은 마루나 방에 앉아 식사를 하면서 자신이 겪은 끔찍한 경험담이며 들리는 모든 풍설들을 과장을 섞고 추임새를 넣으며 한 보따리씩 풀어놓고는 했다.

표림은 동향 사람들의 추대를 받아 사리원 군민회 회장으로 추대되었다. 해마다 창경원에서 벚꽃이 흐드러지게 필 무렵이 되면 대대적으로 사리원 군민회가 열렸다. 봄이 되면 몇백 개의 도시락과 선물 꾸러미를 마련하느라고 연이의 두 손과 발이 쉴 틈이 없었다.

이길호와 함께 운영하는 무역 회사가 자동차 수요의 붐을 타고 승승장구를 거듭하는 가운데 표림은 다른 분야에도 손을 뻗기 시작했다. 세 아들은 다 장안의 명문 고등학교에 들어갔고, 준석은 학생회장으로 뽑혀 인근 여학생들에게도 선망의 대상이 되었다. 표림은 살아서 부귀영화와 무병, 자식들의 재능과 건강을 함께 누리는 복록을 누리는 듯싶었다.

혜인은 큰조카 준석에게 각별한 애착을 지니고 있었다. 조카라고는 했지만 한 해에 시어머니와 며느리에게서 태어난 동갑내기라 둘은 거의 친구처럼 허물없이 지냈다. 혜인은 학교 무용단 후배들이 여는 무용 발표회에 고등학생이던 준석을 데리고 갔다. 그날 무대 위에서 흰 발레복을 입고 백조의 독무를 추던 한 여학생에게 준석은 마음이 끌렸다.

준석은 그 후 신혜라는 그 여학생 집에 혜인을 앞세워 찾아들며 그녀와 사귀어보려고 애썼다. 다른 집안과 달리 어머니가 무용을 가르치는 예인의 집안이라 그런지 남녀 교제에 스스럼이 없는 집안이었다.

눈이 초롱초롱하고 작은 일에도 웃음을 잘 터트리는 신혜는 선배 언니 혜인을 따라 아이스하키 경기에 출전한 준석의 경기를 보러 오기도 했다. 그녀는 아이스하키를 하는 준석의 모습이 아주 씩씩하고 보기 좋았노라고 말했지만 그다지 깊은 감정을 품고 있는 것 같지는 않았다.

둘째인 영석은 큰형과 달리 부드러운 성품이라 어머니 연이의 귀여움을 독차지했다. 단정한 차림새를 선호하고 공부에 전념하는 그는 사업가가 되려는 형과 달리 장차 의사가 되는 것이 꿈이었다.

고등학생의 신분으로 드나드는 것이 당시에는 금기 사항이었던 빵집에서 준석은 영석을 불러내어 신혜를 소개해주었다. 자랑하고 싶은 마음이 컸던 것 같았다. 영석은 수줍어하며 빵도 잘 먹지 못하고 신혜를 제대로 바라보지도 못했다. 신혜는 깔깔거리고 웃으며 줄곧 영석에게 말을 걸고 집에도 놀러 오라고 청했다.

집에 돌아온 영석은 잠을 이루지 못했다. 한눈에 신혜에게 넋이 나가버린 것이었다. 사태는 복잡하게 진전되었다. 신혜가 영석에게 과도한 관심을 보이기 시작한 것이었다. 영석의 아도니스 같은 단정한 용모와 수줍은 태도는 그 집 식구들의 호감을 샀다. 영석이 그 집에 드나드는 것을 알게 된 준석은 격노했다. 신혜는 자기 여자 친구라고 생각했었기 때문이었다. 신혜는 따져 묻는 준석에게 깔깔 웃어대면서 자기는 두 사람 다 좋은 친구로 생각할 뿐이라고 했다. 마침내 준석은 영석에게 최후통첩을 내렸다. 그 집에 신혜를 만나러 다시 드나들면 그대로 두지 않으리라는 경고였다.

어느 일요일 오후 그 집에 들렀던 순석은 신혜가 깎아준 과일을 먹고 있는 영석과 마주쳤다. 준석의 두 눈에 불이 켜졌다. 그는 그 자리에서 영석을 끌고 밖으로 나왔다. 신혜는 당황해하고 화도 내면서 속 좁게 왜 그러냐고 말렸으나 이미 이성을 잃은 그의 귀에 그 이야기가 들어올 리가 없었다. 어두워가는 창경원 뒷담 길에서 영석은 준석에게 거의 의식을 잃을 정도로 얻어맞았다.

그 기운을 당할 수도 없었을 뿐만 아니라 평소에 형에게 눌려 지내던 위압감이 대적하려는 마음을 가로막았기 때문이었다. 집에 돌아온 영석은 어머니 연이 앞에 그대로 쓰러졌다. 연이는 코피가 터져 얼굴과 옷이 엉망이 된 둘째 아들을 보며 경악했다. 아마도 둘째 아들에 대한 그녀의 편애가 두드러지기 시작한 것은 그 무렵의 일이었을 것이다. 두 사람 다 그 일을 계기로 신혜와 그 가족과 왕래를 끊었다.

모든 일은 덧없고 아름다운 사춘기의 첫사랑으로 그런대로 마무리되는 듯싶었다. 그러나 그 사건이 영석에게 남긴 상처는 의외로 컸다. 의대를 가려고 공부하던 그의 기는 꺾이었고 공부에 뜻을 잃었던 일 년 동안 학교 성적이 크게 떨어졌다.

대학 입시가 닥쳤을 때 그는 원하던 의대에 들어갈 수 없게 되었다. 첫사랑의 상처가 그의 진로를 막았다. 그 일은 두 형제 사이에 길게 그림자를 드리웠다.

혜인은 여고를 졸업하고 여대 불문과에 진학했다. 준석도 같은 해에 상대에 들어갔다. 혜인은 무용이나 예능을 전공하고 싶었지만 원산댁과 오빠 표림의 반대가 강경했다. 할아버지와 원산댁은 대학생이 된 후 집이 멀기 때문에 혜인이 표림의 집에서 사는 것을 허락했다.

혜인의 삶에서 처음으로 자유를 누릴 시기가 왔다. 원산댁은 따로 떨어져 살았지만 혜인의 생활에 큰 관심을 보였고 두 눈을 곤두세워 감시의 눈을 게을리하지 않았다. 자유분방한 그녀의 기질은 대학에 들어가면서 활짝 꽃피었다.

혜인은 친구들과 어울려 서울 시내를 비좁다 하고 쏘다니며 음악실이며 영화관, 극장 등을 드나들었다. 자동차 다음으로 영화를 좋아하는 오빠 표림이 영화마다 포스터를 모으고 클래식 음악에 관한 모든 레코드판을 사 모아서 그녀에게 들려주는 것도 큰 영향을 끼쳤다.

혜인의 화려한 용모와 차림새는 가는 곳마다 남자들의 시선을 끌었지만 그들의 관심이나 구애에 혜인은 거의 무관심했다. 학교에 갈 때에도 자색 블라우스에 스카프를 매고 폭이 넓은 회색 플레어 스커트에 굽 높은 하이힐을 신었다. 혜인이 나타나는 자리마다 미세한 동요가 일었다. 교실에서 강의하던 나이 든 남자 교수들도 헛기침을 하며 혜인에게 가끔씩 시선을 던지고는 했다.

혜인은 친구들과 함께 엘비스 프레슬리며 팻 분의 노래, 냇 킹 콜과 폴 앵카의 노래들에 심취했다. 클래식 음악을 들으러 종로의 음악 감상실 르네상스에도 가고 낙원동의 무아 싸롱에도 나타났다. 약간 고개를 갸웃하고 한쪽 턱에 손을 괸 채 골똘히 음악을 듣는 매혹적인 그녀의 실루엣은 남학생들의 관심을 끌기에 충분했다.

학교에서 학생들이 모여 연말 파티를 열 때면 혜인은 앞장서서 독무를 추며 학생들을 리드했다. 흰빛이나 보랏빛 폭 넓은 스커드를 입은 그녀는 트위스트에서 삼바, 차차차, 탱고까지 추지 못하는 춤이 없었다. 혜인은 학교의 명물로 소문이 나기 시작했다. 공부는 그저 따라갈 정도로밖에 하지 않았다. 그녀에게 밀려 들어오는 러브레터들은 책상 서랍을 채우고도 넘칠 정도였다.

원산댁을 만나러 갈 때는 단정한 정장을 입고 굽이 낮은 구두로 갈아 신었지만 원산댁은 그녀를 감싸고도는 자유와 쾌락의 기적을 날카롭게 감지해내었다.

"하여튼 네 팔자가 지금대로 나간다면 심상치는 않을 게다. 네가 그러다가 팔자 땜을 꼭 하고 말 테니까. 두고 보렴."

혜인은 화를 내고 반발하고는 했다.

"도대체 내가 뭘 잘못했다는 거예요?"

원산댁은 굳은 얼굴로 말했다.

"얼른 신앙생활로 다시 돌아오너라. 너무 늦기 전에."

혜인은 속으로 코웃음을 쳤다. 이 세상의 달콤한 쾌락과 남자들의 공주 같은 떠받듦에 익숙해진 그녀에게는 뒤로 물러설 여백의 공간이 없었다. 혜인이 일생을 통해 잊지 못했던 석현을 처음 만난 것은 어느 겨울날이었다.

친구들과 만나기로 약속된 토요일 오후에 그녀는 음악실 르네상스에 일찍 도착했다. 푹신한 의자에 파묻혀 음악을 듣던 그녀는 평소에 좋아하던 '남몰래 흐르는 눈물'의 전주가 나오자 두 눈을 감았다. 갑자기 레코드에 실린 테너 가수의 노래에 다른 음성이 섞여 들리었다.

웬 남자가 앞으로 나와 그 음악에 맞추어 함께 노래 부르고 있었다. 절묘한 곡조의 흐름을 한 치 틀림도 없이 따라가는 그의 목소리는 보기 드문 미성이었다. 앞머리가 약간 흐트러져 내려와 있고 우수의 기색이 짙은 그에게서 혜인은 눈을 뗄 수 없었다.

노래를 마친 그는 사람들의 박수와 앙코르 요청을 들은 척도 하지 않고 자기 자리로 돌아갔다. 혜인의 시선이 비스듬히 가 닿는 자리에 앉은 그는 그녀 쪽으로는 시선도 주지 않았다. 혜인으로서는 처음 겪는 경험이었다. 그녀의 시선에 들어왔던 남자라면 누구라도 한 번 더 그녀를 바라보는 데 익숙해 있었기 때문이었다.

그녀는 화려한 보라색 스카프를 고쳐 매며 자세를 바꾸었지만 여전히 그의 시선은 그녀를 따라오지 않았다. 친구들이 와서 건성 이야기를 나누고 있으면서도 혜인의 관심은 온통 그에게 가 있었다.

저쪽 자리에 앉은 그가 눈에 띄자 친구들 중 한 사람이 혜인에게 저 사람이 여자를 무시하기로 소문난 사람이라고 속삭거렸다. 그리고 그가 제일 좋은 대학을 다니는 수재라고도 했다.

혜인은 속으로 코웃음을 쳤다. 자기가 잘났으면 얼마나 잘났다고 하는 마음에서였다. 내가 한번 그 사람을 휘저어놓고 말리라고 혜인은 결심했다.

크리스마스이브에 친구들과 르네상스에서 만나기로 했던 혜인은 전에 앉았던 자리에 앉아 있는 그를 발견했다. 혜인의 가슴은 쿵 하고 내려앉는 것 같았다. 어깨 위로 흘러내린 웨이브 진 머리에 검은 빌로드 원피스를 입고 진주 목걸이를 한 그녀의 모습은 사뭇 고혹적이었다. 사람들의 시선이 자기에게 쏠리는 것을 모르는 척하며 그녀는 그의 앞에 가서 섰다.

"잠시 앉아도 될까요?"

그는 잠시 혜인을 응시했다. 그의 대답은 의외였다.

"방해받고 싶지 않은데요."

혜인은 일순 모욕감을 느껴 얼굴이 붉어졌지만 당돌하게 그의 앞에 앉았다. 그의 입가로 한순간 미소가 스치고 지나갔다. 혜인은 무엇엔가 홀린 듯 그의 앞자리에 앉은 채 그 자리를 박차고 일어나지 못했다. 그는 자기 앞에 놓여 있는 담뱃갑과 라이터를 주머니에 넣으며 말을 건넸다.

"심심하면 함께 나가지 않겠습니까?"

혜인은 당황했다.

"친구를 기다리고 있어요."

그는 씩 웃었다.

"그렇게 중요한 친구도 아닌 것 같은데요. 나오고 싶지 않으면 그만두십시오."

그는 일어서서 문을 열고 나갔다. 혜인은 자기도 이해할 수 없는 힘에 이끌려 그를 따라나섰다. 그는 그녀가 뒤를 따라오고 있는 것도 모르는 사람처럼 걷다가 혜인에게 시선을 돌렸다.

"음악이나 듣고 그러는 것도 이제 싫증이 난 것 같은데 나하고 같이 산책이나 할까요?"

"어디로요?"

"어디든지요."

혜인은 고개를 끄덕였다. 두 사람은 함께 종로에서 광화문 네거리를 건너 덕수궁 돌담길을 함께 걸었다.

그가 물었다.

"이런 이야기 아십니까?"

"무슨 이야기요?"

"이 돌담길을 함께 걸어간 연인들은 반드시 헤어지게 된다는 이야기요."

"정말이요?"

"글쎄, 그렇다는군요."

그는 싱긋이 웃었다.

"우리야 연인이 아니니까 헤어지고 말고 할 것도 없겠지만요."

"그럼, 우리가 연인이 되어서 정말 덕수궁 돌담길을 함께 걸으면 헤어지게 되는지 한번 실험해보면 어때요?"

혜인의 당돌한 말에 그는 재미있다는 기색으로 그녀를 바라보았다.

"우선 그러려면 서로 이름이라도 알아야 하는 것 아닌가요? 내 이름은 최석현입니다. 내년에 미국으로 유학을 떠날 예정이구요."

"저는 이혜인이에요."

두 사람은 함께 걸으면서 오래 알았던 사람처럼 편안하고 즐거웠다. 그 후 몇 달 동안 혜인은 때로는 냉정하고 때로는 다정한 그와 함께 다녔다. 그가 다가올 때는 가슴이 뛰었고 그가 냉담할 때는 가슴이 철렁했다. 친구들은 혜인에게 애매한 태도를 보이는 그를 떠나라고 충고했지만 누구의 말도 귀에 들어오지 않았다. 그의 웃는 모습과 말하는 태도, 가끔씩 외로움에 사로잡히는 듯한 준수한 프로필을 보며 혜인은 혼이 다 나간 사람처럼 그에게 몰두했다. 두 사람은 음악실 르네상스에서도 만나고 덕수궁에서도 만나 함께 산책하고 이야기를 나누었다. 어떤 때 그는 덕수궁 벤치에 앉아 혜인을 바라보며 노래를 불러주었다.

혜인은 인생이 꽃으로 가득 찬 궁전처럼 느껴졌다. 생애 처음으로 마음속 깊은 곳에서부터 진심으로 행복한 느낌이 들었다. 석현은 덕수궁의 석조전 앞에서 혜인에게 청혼했다. 자기가 지금은 가난하지만 유학을 하고 돌아오면 행복하게 해줄 자신이 있다고 했다.

집에서는 사방에서 혼담이 쏟아져 들어왔지만 혜인은 귓등으로도 듣지 않았었다. 그녀의 마음속에 자리 잡은 사람은 단 한 사람, 석현뿐이었다. 좋은 집안에서 들어온 혼처를 권하는 표림에게 그녀는 어느 날 속내를 털어놓았다.

"사실은 오빠, 좋아하는 사람이 있어요."

표림은 놀라면서도 자세한 사정을 물어보았다. 혜인의 설명을 듣고 그는 웃었다.

"그래, 홀어머니를 모시고 사는 가난한 유학 지망생이라 이거지?"

"장래성이 있는 사람이에요. 유학을 떠나 성공하고 돌아올 거예요."

"그래, 너를 데리고라도 간다든?"

"일단 결혼식을 하고 어머니하고 지내고 있으면 자기가 자리 잡는 대로……."

"네가 아주 속이 빈 강정이로구나. 하고 많은 따르는 남자들 중에 하필이면 그런 조건의 사람과……. 혜인아, 결혼이라는 건 낭만적인 감정만으로 이루어지는 일이 아니야. 어떻게 곱게 자란 네가 가난한 집 홀어머니를 혼자 모시면서 그 고생을 감당하겠다는 거냐?"

혜인은 전에 없이 오빠에게 맞섰다.

"오빠, 나도 겪어볼 만큼은 고생했어요. 마음고생은 말할 것도 없구요. 그래서 결혼하려면 다른 무슨 조건보다도 서로 좋아하는 마음이 있어야 한다고 생각해요."

표림은 찬성하지 않았다. 아버지와 원산댁도 질색을 하고 펄쩍 뛰었다. 연이는 어머니에게 제대로 된 정을 받아보지 못하고 자란 혜인에게 애틋한 마음이 있었지만 가난한 홀어머니의 외아들이라는 조건은 마음에 걸렸다.

원산댁의 반대는 하늘을 찌를 듯했다.

"하고 많은 좋은 혼처를 두고 그 무슨 미친 소리가."

아버지의 반대도 녹록지 않았다. 사서 고생을 할 필요 없다는 것이었다.

혜인은 어렵사리 집안의 반대를 석현에게 전했고 자존심 강하고 외곬수인 그는 입을 꾹 다물고 아무 말도 하지 않았다. 집안의 거센 반대는 그의 자존심에 걷잡을 수 없는 상처를 입혔다. 혜인과 함께 집에 인사드리러 왔다가 문전 거절을 당하고 돌아간 후 그는 다시 결혼 이야기를 꺼내지 않았다.

혜인이 차라리 그가 더 적극적이기를 바라서 오늘은 집에 들어가고 싶지 않다는 말을 은근히 내비쳐보기도 했지만 그는 성큼 유혹의 기세를 보이지 않았다.

그해 초가을 어느 날, 그는 혜인에게 자기가 골라서 샀다는 진

185

주 빛이 도는 실크 스카프를 선물로 주었다. 헤어질 때 그는 혜인에게 가볍게 키스하며 저녁 인사말처럼 말했다.

"나, 내일 미국으로 떠나요. 신청했던 대학에서 장학금을 받게 되었습니다."

그동안 그가 곧 떠난다는 말을 하지 않았기 때문에 충격을 받아 아무 말도 하지 못하는 혜인의 어깨를 그는 다독거려주었다. 그는 아무 약속의 말도 남기지 않았다. 가진 것 없는 자기를 집안에서 반대하는 것도 이해한다며 냉정할 정도로 담담하게 자기를 잊어달라고 했다.

그날 밤 어떻게 집에 돌아왔는지 혜인은 기억에 없었다. 그가 떠난 후 몇 달 동안 혜인은 심정적으로는 거의 죽은 사람처럼 지냈다. 같은 해 대학에 들어간 조카 준석의 친구들을 경호원 삼아 분방한 삶을 구가하던 그녀에게 사랑의 열병을 앓은 후유증은 컸다.

그 시기에 할아버지 건강이 나빠지면서 서울 표림의 집에서 합쳐 살게 되자 원산댁의 간섭은 더 극심해졌다.

"내가 너 때문에 아버지 걱정은 뒷전이다. 대체 어째서 너는 경건하게 살 줄을 모르고 정신이 다른 데만 나가 있느냐. 순종할 줄도 모르고……"

말하는 태도, 들고 나는 일정, 입고 나가는 외출복에까지 일거수일투족을 지치지도 않고 간섭하는 원산댁 때문에 혜인이 숨 막혀 하고 있을 때 사리원 군민회에서 혜인을 보았던 동향인의 아들이 표림을 통해 청혼을 해왔다. 원산댁의 간섭과 속박이 심한 환경을 떠나고 싶기는 했지만 그녀는 석현 이외의 다른 사람과 결혼하고 싶지 않았다. 식구들은 부유하고 좋은 집안이며 사람됨이며 모든 것이 다 갖추어진 그 혼처를 놓치는 것을 아쉬워했지만 그녀는 단호하게 거절했다.

당시만 해도 좋은 집안의 여자는 소일 삼아 대학을 다니다가 재학생일 때 결혼하는 게 더 좋다고 생각하는 풍조가 있었기 때문에 결혼할 생각이 전혀 없다는 혜인이 때문에 표림과 연이는 걱정스러웠다. 혜인은 석현이 떠나자 모든 것에 흥미를 잃어 뭐든지 아무래도 좋다고만 생각했다. 그저 원산댁의 간섭에서 벗어나 다른 세계로 떠나고 싶을 뿐이었다.

다음 해 그가 미국에서 다른 여자와 결혼했다는 소식을 혜인은 다른 사람에게서 전해 들었다. 그러나 석현을 향하는 그녀의 마음은 수그러들지 않았다. 가끔 그녀는 레코드를 틀어 그와 함께 듣던 음악들을 들었다. 처음 그에게 마음이 이끌리게 했던 노래 '남몰래 흐르는 눈물'을 혼자 들을 때면 혜인의 가슴은 달콤하고 쓰라린 통증으로 가득 찼다.

11. 4월의 기억

그 시기에 표림의 사업에도 크게 암운이 깃들기 시작했다. 이승만 대통령의 반일 감정이 영향을 미친 정책 때문에 일본에서 수입한 수백 대의 값비싼 차들이 통관 허가를 받지 못하고 부산 세관에 묶여 있게 되었던 것이다. 들어간 자금은 엄청났고 앞으로도 뒤로도 나갈 수 없어 막대한 이자를 사채로 막게 되는 사태가 벌어졌다. 이 일을 해결하려고 노력하다가 이승만 정권의 압제와 부패에 부딪치게 된 표림은 자유당 정권을 혐오하기 시작했다.

정국은 몇 년 사이에 점점 더 경직되어갔다. 1956년에 발표된 민주당의 성명은 표림의 마음을 격동시켰다. 이승만 대통령 치정하에 무슨 일이 생겼는가? 이 성명은 조목조목 묻고 있었다.

- 3일이면 평양을 점령한다고 장담하더니 그 거액의 정보비는 어디다 쓰고 6·25사변이 일어날 줄도 모르고 참화를 당했는가.

- 어째서 아군이 반격 중이니 안심하고 있으라는 녹음 방송을

되풀이시켜 놓고 자기들은 강 건너 피난하고 한강교를 끊은 결과 수많은 사람들이 한강에 빠져 죽고 서울 시민들을 생지옥에 빠트렸는가.

6·25의 참화 속에 죽을 고비를 여러 번 넘기고 끊긴 한강 다리 때문에 동생 석림을 불귀의 객으로 보내 한이 맺힌 표림은 그 구절에 강하게 공감했다. 백성을 그렇게 거짓으로 다스리는 나라라면 무엇 때문에 목숨을 걸고 이 땅에 왔겠는가 하는 것이 표림의 생각이었다.

1·4후퇴 당시 수십만 장병을 후송하면서 세금을 개인 사용과 정치 자금으로 낭비해서 수많은 장정들을 얼어 죽게 하고 굶어 죽게 한 제2국민병 사건이며, 억울한 남녀노소를 참살한 거창 사건, 정치 파동, 선거 탄압, 병역의 불공평, 실업자 홍수 등 그 추상같은 단죄 사항은 무려 38항에 달했다. 사람들은 그 성명서를 조목조목 읽으며 얼음냉수 한 사발 들이켠 듯 후련하다는 이야기들을 나누었다. 당시 자유당의 부정부패에서 단꿀을 빨아먹던 사람들이 민주당 연사들의 선거 연설을 못 듣게 한 것은 어찌 보면 아주 당연한 일이었다.

4·19의 기폭제가 되었던 1960년 2월 28일의 대구 학생 시위도 순전히 야당의 선거 연설을 못 듣게 하려는 한심한 계략에서 비롯된 것이었다. 일요일이었지만 대구시에서 그날은 휴일이 아니었다. 제일모직, 대한방직, 내외방직, 대구지방 전매청 등 대구 시내 모든 공장 직원들은 빠짐없이 출근해야만 했다.

군에서는 장병들의 친목을 내세워 대대적으로 체육 대회를 개최했고 각 부대 대항 노래자랑도 열렸다. 학교도 예외는 아니었다. 각급 학교가 난데없이 일요일인 28일에 등교 지시를 내리기 시작했던 것이다. 등교 이유도 가지각색으로 치졸한 것들뿐이었다. 영화 관람에 토끼 사냥에 졸업생 환송회에 임시 시험 등으로 하나같이 억지 이유였다. 경북여고의 경우에는 전날 했던 졸업생 환송 연극에 미비한 점이 많아 다시 연극을 해야 한다는 얼토당토않은 이유를 댈 지경이었다. 일요일 출근과 등교 이유로 아무도 자유당을 들먹거리지 않았지만 모두들 자유당의 강요가 있었음을 알고 있었다. 일요일 낮에 열리는 야당 집회에 참가하지 못하도록 하는 뻔한 술책이었다.

그동안 여기저기 정치적으로 동원되었던 일들에 대한 불만이 누적된 학생들이 들고 일어섰다. 선생님들에게 부당한 등교를 항의했지만 일부 교사들은 '영웅도 시대를 따르는 법'이라는 등 하면서 훈계만을 늘어놓았다.

28일 아침, 등교했던 경북고등학교 학생 800여 명은 우르르 교실 문을 박차고 뛰어나왔다.

"횃불을 밝혀라, 동방의 별들아."

드높은 함성이 교정에 메아리쳤다.

다른 학교로 번져 나간 이날의 시위는 규모 면에서 아주 큰 것은 아니었지만 그 의의는 실로 막중한 것이었다. 이승만 정권 10여 년 동안 수십 차례나 관제 시위에 동원되어 '절대 반대와 결사 지지'만을 앵무새처럼 외웠던 학생들이 처음으로 자신들의 목소리를 낸 것이었다. 이 시위의 목소리는 부산으로 전국으로 울려 퍼져 거짓된 압제에 싫증난 사람들에게 요원의 불길처럼 번져 나갔다.

3월 5일 서울에서는 민주당 선거 연설회가 있은 후 대규모 시위가 있었다. 연설회를 들으러 갔던 표림도 시위대에 합류했다.

"부정 선거 배격하자."

"장면 박사 다시 뽑아 민주 발판 지켜가자."

"썩은 정치 갈아보자!"

"학생들은 총궐기하라."

가슴속에 묻어두었던 절규들이 터져 나왔다. 기마경찰대까지 동원된 제압에서 수많은 학생들이 다치고 연행되었다.

이 와중에서 온갖 불법이 자행된 3·15 선거가 치러졌다. 바로 그날 오후에 민주당의 선거 무효 선언이 터져 나왔다. 마산 시위에서 발포가 일어났고, 부정선거 다시 하라고 외치는 시위가 산발적으로 전국에서 일어났다. 그 기운이 그대로 주춤거리려는 시점에 한 사건이 터졌다.

4월 11일, 피기도 전에 져버린 꽃 같은 소년의 시체가 마산 부두 수면에 떠올랐던 것이다. 교복 차림의 나이 어린 소년의 시체였다. 1차 마산 시위 때 행방불명이 되었던 17세 소년 김주열이었다. 참혹한 몰골이었다. 왼쪽 눈은 탄환이 박혀 보이지 않고 오른쪽 눈은 부릅뜨고 있었다. 남원에서 마산상고에 입학시험을 보기 위해 올라왔던 소년이었다. 아들의 실종 소식을 듣고 남원에서 달려 올라온 어머니는 실성한 사람처럼 낯선 마산 거리를 헤매며 만나는 사람마다 붙잡고 아들의 행방을 수소문했지만 찾지 못했다. 이제 김주열은 단순한 수면이 아닌 역사의 수면 위로 떠올랐다. 소년은 사람들의 가슴속에 어떠한 부정도 불의도 용서하지 않는 순결한 영혼으로 되살아났다. 마산에서 김주열이 최루탄이 눈에 박힌 채 떠올랐을 때 표림의 분노는 극에 달했다.

"내, 이 꼴 보려고 목숨을 걸고 이북에서 내려온 사람이 아니다."

그는 식구들이나 아는 사람들에게 예견했다.

"이놈의 정권은 오래가지 못한다. 두고 봐라."

슬픔의 강산, 피부는 피부대로
내장은 내장대로,
그리고 뇌수마저도
고비를 넘어서 썩어만 가는 화려한
강산
숱한 도랑, 얄미운 정객, 뭇 잡놈
탐관오리들이 나라를 도맡아
요리한답시고 입으로 행동하고
주먹으로 말을 하고
그럴 수가 있었을까, 백일하에 내건
불의의 간판,
바닥에 깔린 소복한 사람들은 눈에
최루탄이 박힌 채 더러는 신음하고
더러는 꿈틀거리고─.

신문에서 성찬식이 쓴 「영령은 말한다」를 읽으며 괄괄한 기질인

192

표림의 두 손이 벌벌 떨렸다. 4월 18일에 벌어진 고대생들의 시위에는 조직 폭력배들이 대거 출동하여 피투성이의 살벌한 현장이 펼쳐졌다. 일백여 명의 폭력배들은 쇠망치, 도끼자루, 쇠파이프, 갈고리, 몽둥이, 벽돌 따위로 학생들을 닥치는 대로 구타하였다. 평소에 온순해 보이던 영석도 이 대열에 합류했다. 학생들은 피투성이가 되어서도 밤 깊도록 시위를 멈추지 않았고 영석은 그날 밤 집에 돌아오지 않았다.

그리고 4·19가 터졌다.

1960년 4월 19일 화요일 아침, 하늘은 쾌청했다. 아무도 이날이 역사의 전환점이 될 줄은 몰랐을 것이었다. 영석을 기다리며 거의 뜬눈으로 새우다시피 한 4월 19일 아침 조간신문을 펼쳐 본 표림은 경악과 분노를 참을 수가 없었다. 영석의 안부에도 더 큰 근심이 느껴졌다. 표림이 자유를 찾아 목숨을 걸고 내려왔던 민주주의의 실체에 환멸을 느끼는 참담한 순간이었다.

그날 영석의 안부가 궁금해 집을 나섰던 혜인은 중앙청을 지나 경무대 근처에서 몰려드는 사람들에게 밀리었다.

"부정 선거 다시 하라!"

"독재 정권 타도하자!"

"가자! 경무대로!"

보도에 서서 성난 군중들이 소리를 지르며 광화문 네거리를 지나 경무대 쪽으로 달려가는 것을 불안해하며 바라보던 혜인은 경악했다. 그들 중에 조카 영석이 섞여 있는 것이 보였던 것이다. 그를 부르던 혜인은 바로 눈앞에서 영석이 갑자기 쓰러지는 것을 보왔다.

어느 경황에 그를 따라 병원까지 갔는지 전혀 기억에 없었다. 다행히 총탄이 다리를 스쳤지만 경상이라 생명에는 지장이 없다는 의사의 진단이었다. 전화통에 매달린 혜인의 떨리는 목소리를 들은 표림과 연이는 정신이 나간 사람처럼 병원으로 달려왔다. 표림은 영석을 붙잡고 우는 연이를 진정시키려고 애썼다.

그날 경무대로 밀고 올라가는 시위대를 저지하려는 경찰은 발포를 감행해서 21명을 죽이고 172명을 부상시켰다. 이어 계엄령이 서울, 부산, 대구, 광주, 대전 등 중요한 도시에 선포되었다. 연이는 병원에 남아 밤을 새우며 간병을 하고 표림은 다른 일들 때문에 집으로 돌아왔다.

19일 밤 국군이 계엄령이 선포된 각 도시로 진주하였다. 표림의 사간동 집 바로 앞 중앙청에도 탱크들이 진주했다. 영인의 딸 정아는 당시 초등학교 5학년이었다. 어린 나이의 정아는 병상에 누운 외사촌 오빠 영석을 문병하러 왔다.

"오빠, 괜찮아요?"

정아의 말에 영석은 웃음을 지어 보였다. 그러나 병원에서 죽은 젊은이들의 가족들이 울부짖는 소리는 정아의 어린 가슴을 떨리게 했다. 주위 병실에 가득 누운 부상자들을 보고 돌아간 정아는 밤을 새우고 울었다. 그리고 글을 써서 신문사에 보냈다. 신문에 실린 그 글은 4·19의 정신을 기리는 사람들의 가슴속에 젖어 들었다.

아, 슬퍼요.

아침 하늘이 밝아오며는
달음박질 소리가 들려옵니다.
저녁놀이 사라질 때면
탕탕탕탕 총소리가 들려옵니다.

아침 하늘과 저녁놀을 피로 물들인
오빠 언니들은
책가방을 안고서
왜 총에 맞았나요.
도둑질을 했나요.
강도질을 했나요.
무슨 나쁜 짓을 했길래
점심도 안 먹고
저녁도 안 먹고
말없이 쓰러졌나요.
자꾸만 자꾸만 눈물이 납니다.
……

정아의 순수한 마음이 담긴 시는 사람들의 심금을 울렸다. 이론
도 지식도 들어가 있지 않은 순수한 동심이 어른이나 아이의 가슴
에 다 파고들었기 때문이었다.

욕심을 버리지 못한 자유당 정권은 부통령 후보였던 이기붕 을
퇴진시키고 이승만 통치 체제만은 그대로 유지하려 하였다. 격앙되

었던 분위기도 표면적으로는 가라앉는 듯이 보였다. 그러나 4월 25일 교수들 258명이 모여 "학생들 피에 보답하라"는 플래카드를 들고 시위에 나섰다.

그날 밤 7시 반에 계엄 통행금지를 알리는 사이렌 소리가 밤하늘을 가로질렀다. 시민들은 오히려 이것을 기점으로 삼아 세종로 일대를 중심으로 모여들기 시작했다.

표림도 집을 나섰다. 집 앞에서 학생들은 혈서한 플래카드를 펼쳐 보이며 쏠 테면 쏘라고 외치고 있었다. 표림의 눈시울이 뜨거워졌다. 다행히 경상이라고는 하지만 병원에 누운 영석과 간병하는 연이의 모습이 떠올랐다. 몰려드는 사람들에 당황한 군인들이 최루탄을 쏘았지만 군중들은 물러서지 않고 눈물을 흘리며 애국가와 전우가를 불렀다.

방독 마스크를 쓰고 있던 군인들도 군중과 함께 울음을 터뜨렸다. 소년들은 탱크 위로 올라가 "국군 만세"를 외쳤다. 군인들은 총을 든 채 움직이지도 발포하지도 않았다. 표림은 큰 소리로 외치며 앞에 선 군인을 얼싸안았다.

"군인들도 우리 편입니다."

4월 26일 오전 10시 마침내 이승만 대통령은 하야 성명을 발표하고 경무대를 떠나 이화장으로 향했다. 사람들은 연도에 서서 그의 초라한 말로를 바라보았다. 눈시울을 닦는 사람들도 여럿 눈에 띄었다. 표림은 이승만 대통령의 하야를 두 손 들어 환영했다. 평소 심약하다고 못마땅해하던 둘째 영석이가 데모에 끼어들어 부상당한 부주의를 나무라기는 했지만 오히려 속으로는 대견하게 생각했다.

4월 28일에는 이기붕 일가가 권총 자살을 했다. 표림은 한세상을 부귀영화를 누리며 그대로 갈 것 같던 이기붕 가족의 집단 자살에 충격을 금치 못했다. 가족을 죽음의 세계에 동행시켜야 했던 가장의 처절한 마지막이 모골을 송연하게 했다.

그들이 죽은 지 한 달 후 이승만은 하와이로 망명하였다. 이 모든 사태 속에 비극의 씨앗은 여전히 잠재적으로 남아 있었다. 이제 새롭고 자유로운 세상이 오는가 하고 일말의 기대를 지녔던 표림은 사태가 돌아가는 것을 보면서 심각한 우려를 느끼게 되었다.

혁명에는 두 단계의 과정이 필요했다. 하나는 행동이고 다른 하나는 수습이었다. 그런데 행동하는 사람과 수습하는 사람의 정신이 완전히 일치하지 않으면 큰 문제가 야기될 수 있었다. 이번이 바로 그런 경우였다. 행동하는 사람의 손에 의해 부서진 구질서가 수습하는 사람의 손에서 다시 살아날 수도 있기 때문이었다.

이러한 일을 막으려면 행동하는 사람이 계속해서 수습의 일을 맡는 것이 가장 이상적이라 할 수 있다. 4월의 학생 혁명은 학생들의 손에 의하여 이루어졌기 때문에 그 순수성은 높지만 행동의 주체가 된 학생들 자신이 수습의 주체까지는 될 수가 없었다. 이에 따라 그들의 고결한 정신이 구태의연한 기성 정치인에 의해 역이용당할 가능성이 다분히 있었다. 그가 우려했던 것처럼 하야한 이승만에 의해 임명된 허정 외무부 장관이 과도 정부의 수반이 되었다.

허정은 이승만 정권의 연장이나 다름없었다. 그는 기존의 법체계와 권력 구조를 그대로 지킬 수밖에 없는 입장이었던 섯이나. 이들은 분출된 혁명의 열기를 기존 체계의 질서 속으로 흡수시키는 데만 급급하였다. 표림은 4·19 이후 신문을 읽고 방송을 들을 때마다 큰 한숨을 내쉬었다.

"이러다가 큰일을 겪는 게 아닌가."

전쟁이 두려운 그의 마음은 혼돈스러웠다. 그러나 혼란의 와중에서 몇 년을 묶여 있던 자동차는 다시 통관이 되고 그의 사업은 다시 제 궤도에 오른 듯이 보였다. 제2공화국이 들어서며 겉으로는 어느 정도 안정되는 기미도 보였다.

이제 그의 마음에 걸려 있는 사람은 혜인이었다. 극심한 결혼 반대 때문에 사랑하는 사람과 헤어진 후 얼굴에 그늘이 서린 혜인을 보며 그는 마음이 아팠다. 혜인의 탄생과 어머니의 죽음, 부산댁과의 이별, 원산댁과의 껄끄러운 관계, 이런 일들이 그에게 남모르는 죄책감을 안겨주었기 때문이었다. 늘 일에 쫓겨 소상하게 이야기를 나눌 기회가 많지 못했던 것도 마음에 걸렸다. 그때 누이가 그토록 좋아하는 사람을 그대로 받아들였어야 하지 않는가 하는 자책감도 들었다.

"그놈이 안될 놈이기는 했어. 여자 집안에서 반대한다고 팽 돌아서서 가는 놈하고 결혼했어도 뒤끝이 좋지는 않았을 거야."

그는 연이에게 이렇게 말하며 애써 그 결혼을 막은 일을 정당화하고 싶어 했다.

영석이 완치되어 퇴원하던 날 식구들이 모여 방 안에 들어갔는데, 혜인 혼자만 정원에서 시름없이 연못을 바라보는 장면과 부딪친 표림은 자기도 모르게 입을 열었다.

"너, 지금 사는 게 견딜 수 없이 불행하냐?"

혜인의 눈에 눈물이 괴어 올랐다.

"너 이러다가 제 명에 못 죽겠구나. 직장에 취직하는 건 네 적성에 맞지 않을 텐데 결혼도 절대 하지 않겠다니."

당시로서는 독립한 누이동생이라는 개념은 있을 수 없었다. 아버지나 맏오빠의 의무는 어떻게든 짝을 채워 딸이나 누이를 결혼시키는 것이었다. 이유 없이 독신 생활을 하는 여자는 집안의 걱정거리였다.

"오빠, 나는 내 일을 하면서 그냥 독립해서 살고 싶어요."

"나한테 말해봐. 그래, 무엇을 하고 싶으냐?"

혜인은 오빠의 따뜻한 말에 눈물이 핑 돌았다.

"오빠, 경험이 있는 친한 친구가 함께 보석상을 경영하자고 하는데 오빠가 반대할까 봐 말도 못 꺼냈어요."

표림은 잠시 입을 다물었다가 물었다.

"그래, 함께 자본을 출자하는 거냐?"

혜인은 그저 고개를 끄덕였다. 혜인이 심미안이 뛰어나고 그전에도 늘 보석을 다루며 살고 싶다고 말하는 것을 들었던 기억이 있는 표림은 의외로 선선하게 말했다.

"그러려무나. 내가 도와주마."

"오빠, 정말?"

혜인의 눈에 언뜻 생기가 돌았다.

"그래. 네가 눈썰미가 야무지고 미적인 감각이 있는 편 아니냐. 잘해낼 수 있을 거다. 이제 세상이 바뀌었으니까 옛날식으로 너를 무조건 결혼하라고 몰아붙이지는 않으마. 그저 천천히 마음이 풀리기를 기다릴게."

"오빠……."

"그 사람 일도 내가 너무 밀어붙였던 것 같아 미안하다. 사실 나는 그 정도의 반대를 이기고 나갈 수 있으면 그 남자라도 괜찮다고 생각했는데, 뜻하지 않게 떠나버리는 바람에 둘 사이를 갈라놓은 것 같아서 지금도 마음이 아프구나."

혜인은 오빠가 마음을 털어놓는 것을 들으면서 옛날 장단에서 월남한 자기를 끌어안으며 울던 기억이 떠올라 마음이 울컥했다.

4·19의 함성이 서울 거리를 휩쓸고 지나간 지 석 달 만에 표림은 동향인과 관련을 맺고 있던 사업에서는 손을 떼고 혼자 자동차 부품 회사를 운영하기 시작했다.

"별일이었지. 네 아버지가 누이가 보석상을 열도록 허락하다니. 그때는 지금 같은 시절이 아니었는데 말이야. 니 아버지가 사실 막내 고모 때문에 많이 마음을 썼지."

영주는 이미 알고 있던 여러 가지 사실과 어머니의 설명을 섞어 들으면서 전체 상황을 잘 이해할 수 있었다. 영주는 작은고모 혜인이 그렇게 마음속에 큰 고통의 상처를 지니고 있었을 줄은 잘 몰랐다. 영주에게 혜인은 언제나 화사하고 다정다감하기만 한 사람이었기 때문이었다.

12. 저 산은 내게

병실에 새벽이 찾아들 무렵에야 어머니는 잠이 들었다. 영주도 침대 밑의 긴 의자에 몸을 누였지만 좀체 잠이 오지 않았다. 혜인의 삶에 대한 여러 가지 생각 때문이었다.

"부정 선거 다시 하라!"

"가자! 경무대로!"

함성이 노도처럼 휩쓰는 거리를 혼자 쓸쓸히 걸어가던 혜인의 모습이 4월의 바람에 실려 와 바로 눈앞에서 보이는 듯했다.

혜인이 결혼하기를 강경하게 거부하고 독신으로 살겠다며 보석상을 시작하자 강화 할아버지의 시름은 더 깊어졌다. 어느 딸 하나 행복하지 못하다고 낙담했기 때문이었다. 그 음전하고 인물 좋던 큰딸 정인의 죽음은 할아버지의 가슴에 지울 수 없는 상처를 남겼다. 아이를 낳고 죽은 정인을 잊지 못하고 오랫동안 혼자 시내던 정인의 남편은 딸을 데리고 재혼한 후 거의 왕래가 끊겼다. 딸 정아

하나를 겨우 명목 삼아 남편과 인연의 끈을 이어 살아가는 영인도 부부 사이가 위태롭기는 마찬가지였다.

영인의 남편은 풍문을 통해 자기가 월남했기 때문에 이북에 있는 부모 형제들이 고초를 겪고 있다는 소식을 전해 들은 후부터 침울한 상태에 빠지기 시작했다. 영인이 사업 수완이 뛰어나 회사에서 나와 독립한 남편과 함께 유통 사업을 잘 꾸려나갔지만 우울한 남편의 심사를 달래기는 어려웠다. 갈수록 영인의 남편은 술이 늘고 회사 일에서 손을 뗀 채 폐인이 되어갔다. 귀여운 딸에게 정은 있었지만 그는 자기가 부모 형제에게 저지른 죄를 생각하면 그 아이를 예뻐할 자격도 없다고 울부짖고는 했다.

혜인은 오빠에게 받은 돈을 투자해 명동 한복판에 있는 보석상을 친구와 함께 동업으로 인수했다. 다이아몬드며 루비, 오팔, 에메랄드, 진주 등의 광택에 싸여 혜인은 한동안 시름을 잊었다. 크림빛이 영롱한 진주는 혜인이 가장 아끼는 보석이었다. 혜인이 경무대로 밀려가는 길에서 영석이 총탄에 맞는 장면을 보고 받았던 큰 충격이 가시기도 전에 정치는 더욱더 혼미를 거듭했다. 자유롭고 평등한 세상은 좀체 올 기미를 보이지 않고 정쟁과 부패는 이 땅을 더욱 오염시켰다.

4·19의 뒤를 이은 민주당 정권의 무기력, 무능과 신·구 양파의 분열, 군과 관료 및 경찰의 숙청 실패들은 4월 혁명 일 년 만에 5·16 군부 쿠데타로 이어지는 빌미를 제공하게 되었다. 4월 혁명의 자유의 정신은 다시 어두운 동굴 속에 갇히고, 이 땅의 민주주의는

여린 싹을 피워보기도 전에 그 밑동이 잘려버린 나무처럼 되었다.

"내가 이 꼴을 볼려구 목숨을 걸고 남하했단 말인가."

신문을 보거나 뉴스를 들을 때마다 표림은 비분강개했다.

1961년 5월 16일 새벽, 잠이 오지 않아 라디오를 틀었던 표림은 흑 하고 숨을 들이쉬었다. 귀를 의심할 만한 소리가 계속해서 흘러 나왔다. 아나운서의 목소리는 그렇게 들어서 그런지 불안하게 흔들리고 있었다.

"친애하는 애국 동포 여러분, 은인자중해온 군부는 오늘 새벽을 기해서 일제히 행동을 개시, 국가의 행정, 입법, 사법의 3권을 완전히 장악하고, 이어서 군사혁명위원회를 조직했습니다. 군부가 궐기한 것은 부패하고 무능한 현 정권과 기성 정치인들에게 조국을 맡겨둘 수가 없다고 단정하여 백척간두에서 헤매고 있는 조국의 위기를 극복하기 위해서였습니다."

표림의 얼굴이 굳어졌다. 그리고 라디오의 볼륨을 높였다. 이 시간에 웬 라디오를 그렇게 크게 트느냐고 잠에 취한 목소리를 내던 연이도 방송의 내용을 듣고는 입을 다물었다. 방송은 이어졌다.

"군사혁명위원회는 반공을 국시의 제1의로 삼고 지금까지 형식적이고 구호에만 그친 반공 태세를 재정비 강화한다."

이북에서 밀고 내려온 전쟁의 시작이 아닌가 하고 굳어졌던 표림의 얼굴에서 조금 긴장이 풀렸다. 뭐라고 말하려는 연이를 표림이 손을 들어 제지했다. 그의 온몸이 귀가 되어 라디오 앞으로 향했다.

"……이와 같은 우리의 과업이 성취되면 참신하고도 양심적인 정치인들에게 언제든지 정권을 이양하고 우리들은 본연의 임무에 복귀할 준비를 갖춘다."

군사혁명위원회 의장, 장도영의 이름으로 마무리되는 방송을 듣던 표림은 정색을 하고 연이를 바라보았다.

"내 이런 일이 일어나지 않을까 몹시 우려했지. 민주당의 정치라는 게 너무 수준 이하였거든. 머리가 썩어빠진 놈들 같으니라구. 이게 다 정치한다는 놈들이 자초한 일이지 뭐야. 허지만 군사 혁명이라는 건 거의 반드시 피를 불러올 조짐을 지니게 마련인데…… 지금도 사실 이북하고는 전시 상황이나 마찬가지 아닌가."

그의 얼굴에 불안의 그늘이 끼었다. 표림의 다음 말은 무거웠다.

"군사 정권은 강력한 힘의 속성 때문에 호랑이 잔등에 탄 꼴이 되어 쉽사리 물러나기 어렵게 되는 법이지. 절대 물러나기 어려울 거요."

그의 우려는 적중했다. 패기와 정의감에 불타 민간 정권 이양의 순수한 결심을 밝혔던 박정희 소장은 우여곡절을 거치면서 그 이후 18년이라는 장기 집권을 구축해나갔다. 어린 시절 농촌의 피눈물 나는 가난을 보고 자랐던 소년 박정희의 가슴속에는 가난에서 탈피하겠다는 강력한 꿈이 똬리를 틀고 있었다.

경제5개년 계획을 수립하고 일사불란하게 경제 우선 정책을 밀고 나간 군사 정권은 국민의 소박한 정서와는 멀리 떨어져 있었지만 박정희는 국민의 정서에 쉽사리 융합할 의사가 없는 것 같았다.

놀랄 만한 경제 부흥을 일구며 한일 회담, 월남 파병 등에 반대하는 학생들의 의견을 강제로 내리누르고 그는 하나씩 자신의 의견을 관철해나갔다. 그가 반대파를 탄압하고 스스로의 개혁에 오점을 남긴 유신헌법을 제정하게 된 것도 그의 저돌적인 고집의 결과였다.

한국의 1970년대는 우울한 시대였다. 이 땅 위에는 음울하고 생명감 없는 회색이 지배하기 시작했다. 지식인들과 젊은이들은 버려진 4월 혁명의 정신을 등에 진 채 신음했다. 경제 최우선 정책을 따라 회색빛 콘크리트가 도시를 덮고 전국을 뒤덮기 시작했다. 농촌을 살리려는 새마을운동에도 불구하고 상부 하달식의 관제성 때문에 농촌은 피폐하기 시작했다. 암울한 현실 속에는 꿈이 없었고 소리치고 외치고 싶은 젊은이들은 무엇인가 억눌린 젊음의 욕망을 분출할 길이 없었다. 재야인사며 정부의 정책에 반대 의사를 표명하는 사람들에 대한 탄압은 시일이 지날수록 더 극심해졌다.

박정희 정부의 유신체제는 극심한 정치적, 사회적 갈등을 빚어오다 유신 선포 이후 7년째 접어드는 1979년, 그 한계점에 다다랐다. 반정부 인사들에 대한 연행, 체포, 고문, 연금 등 강경한 강압책이 잇따른 가운데 야당과 재야 세력의 저항이 그 어느 때보다도 고조되었다.

1979년 10월 16일에 부산에서 시작된 학생들과 시민들의 시위는 18일에는 마산으로 비화하였다. 19일에는 시위가 더욱 치열해져 정부 기관을 공격하고 파손하는 등 마산은 한때 무정부 상태가 되어버렸다. 정부는 18일 새벽 0시를 기해 부산 일원에 비상계엄을 선포하였다. 부산 일원에 계엄령을 선포한 지 2일 뒤인 10월 20일 정오를 기해 정부는 경상남도 마산 및 창원 일원에 위수령(衛戍令)

을 발동하였다. 계엄령이 선포된 부산 지역에는 공수부대가 동원되어 시위하는 시민과 학생에 대해 강도 높은 진압이 이루어졌다. 이 때문에 계엄령과 위수령 발동 후 부마사태는 적어도 표면적으로는 단시간에 진압되었다.

그러나 그 뒤 일주일도 안 된 10월 26일, 박정희 대통령은 궁정동에서 김재규의 총에 맞아 사망했고, 유신체제도 종막을 고했다. 부마사태는 1970년대 유신체제하에서 쌓였던 정치, 사회, 경제, 문화, 종교 등 각 부문에 걸친 여러 모순의 폭발이었고, 사실상 박정희 정권을 끝장낸 치명적인 일격이었다.

혜인은 보석상이 잘 운영되고 높은 수입을 올리게 되자 그 당시로는 드물게 집을 나와 혼자 아파트를 얻고 독립했다. 자기를 보면서 괴로워하는 아버지나 간섭이 극심한 원산댁과 함께 살면서 다른 사람들과 부대끼는 것이 싫어서였다.

"사람마다 다 타고난 팔자가 있어요. 저렇게 족쇄를 찬 것처럼 사는 것보다 그냥 자기 길을 자유롭게 가게 놓아두는 것이 더 나을 것 같아요. 그렇지 않아도 그렇게 재능이 있고 끼가 많은 누이였는데 원산댁 때문에 불행하게 억눌려 사는 것도 좋지는 않은 것 같아요."

연이가 혜인의 입장을 거들어 표림을 설득했다. 연이는 그 당시 주위 사람들처럼 어떤 가치관에 지나치게 매여 있지 않아 새로운 생각을 쉽게 받아들이는 편이었다. 고집 센 표림도 아내의 말에는 대체로 귀를 기울이는 편이라 혜인이 보석상 근처에 작은 아파트를 얻어 독립하는 것을 막지 않았다.

언니 영인도 한동안 방황하던 혜인을 보면서 미운 마음이 가신 듯 여러 가지 배려를 해주었고, 오빠도 자기에게 너그러워지자 영롱한 보석들을 다루면서 차차 혜인에게 마음의 평안이 돌아오기 시작했다.

사회적인 의식보다 개인적인 괴로움과 암담함에 싸여 있던 혜인의 혼을 이 시기에 사로잡았던 사람은 고독과 열정적인 갈망에 휩싸인 영혼의 토로를 뿜어내던 전혜린이었다. 전혜린의 일기에 등장하는 뮌헨의 습기 찬 공원과 '슈바빙'의 우울한 레몬 빛 가스등의 거리는 가본 장소보다도 더 확실하게 혜인의 마음을 사로잡았다. '슈바빙'의 낯선 거리는 서울의 어느 곳보다 그녀의 관념에서 더 낯익은 곳이었다. 존재의 근원에 대한 간절한 목마름, 죽음의 곁에까지 다가가 마침내 자신을 태워버리는 그녀의 병적인 완벽주의…… 혜인은 전혜린이 앓고 있던 열병과 그 바닥 없는 고뇌에 깊은 공감을 느꼈다. 이 시기에 방황과 절망을 거듭하던 젊은이들에게 출구를 제공하고 자유의 영혼을 불러내었던 사람들 중 하나가 전혜린이었다.

이제 철없고 화려한 인기를 따라가는 듯이 보였던 예전의 혜인이 아니었다. 심각한 실연의 아픔을 거친 그녀는 말수가 적어지고 신중해졌다.

그녀는 보석상이 문을 닫은 후 시간이 날 때면 가끔 석현을 처음 만났던 음악실에 가서 앉아 있고는 했다. 그리고 그와 함께 듣던 음악을 그린 듯이 앉아서 들었다. 언젠가 그가 자기에게 돌아올 것만 같은 막연한 환상이 아직도 그녀에게 있었다. 그녀를 기억하는 음악실에서는 따로 신청하지 않아도 그녀가 들어서면 '남몰래 흐르는 눈물'의 판을 걸어주었다.

그 시기에 보석상 근처에 개인 사무실을 열고 있는 변호사 이광석이 혜인을 적극적으로 따라다니기 시작했다. 그는 혜인과 동업하는 친구를 불러내어 곁을 주지 않는 혜인에게 자기 마음을 전해달라고 통사정을 했다. 그러나 혜인은 미동도 하지 않았다.

어느 날 혜인이 갑자기 위경련을 일으켰을 때 병원까지 태워주었던 것이 인연이 되어 광석은 조금씩 그녀에게 다가갈 기회를 얻을 수 있었다. 저녁 초대를 한 광석은 그녀에게 열정적으로 구애했다. 혜인은 자기 영혼은 이미 다른 사람에게 가 있어 마음이 죽은 것이나 마찬가지이기 때문에 누구와도 결혼할 마음이 없으니까 자기를 단념해달라고 말했다. 광석은 혜인에게 아무것도 묻지 않고 그저 그녀의 마음의 상처를 치료하고 돌보며 살겠다고 맹세했다. 자기 마음을 다 알면서도 있는 그대로 자신을 받아들이겠다는 진실한 약속이 혜인의 쓸쓸한 마음을 움직였다.

몇 달 후 혜인이 변호사 광석과 결혼하겠다고 말했을 때 표림과 연이는 크게 우려를 표시했다. 그러나 혜인의 결심은 굳었다.

"살아갈 이유를 갖고 싶어요."

"나는 네가 걱정된다. 이렇게 중요한 일을 너무 갑작스럽게……
정말 마음의 정리가 이제는 다 된 거냐?"

"어떤 일이 닥쳐도 오빠에게 더 이상 폐를 끼치지는 않겠어요."

혜인의 대답은 이 한마디뿐이었다. 결혼식은 조선호텔에서 성대하게 치러졌다.

광석은 타오를 듯한 열정으로 혜인에게 몰두했지만 그녀에게 어떤 때 마음의 한 부분이 빠져나간 것을 느끼고 좌절을 느끼기도 했다. 그는 그녀에게 했던 약속을 잊고 다그치며 그녀를 채근하기 시작했다. 그 남자를 아직도 잊지 못하는가 하는 그의 질문은 집요했다. 혜인은 입을 굳게 다물고 아무 변명도 설명도 하지 않았다. 일방적인 의심과 불화는 조금씩 더 자라나기 시작했다.

연이가 두 사람의 사이에 개입해서 어떻게든 혜인을 도우려고 했지만 사랑의 독특한 속성 때문에 해결 불가능한 일이었다. 광석은 보석상의 카운터 뒤에 진주 목걸이를 하고 서 있는 혜인이 손에 닿을 수 없는 영롱한 진주처럼 보였다고 연이에게 말했다. 사랑하는 여자의 마음을 다 얻지 못하는 일이 이토록 괴로우리라고는 자신도 상상 못 했던 일이라고 그는 토로했다.

보답받지 못하는 사랑의 갈증에 정신을 잃은 것만 같은 광석의 괴로움은 의처증의 형태로 나타났다. 폭언이 지나쳐 우발적인 손찌검이 있었던 다음 날 집을 나온 혜인은 식구들이 있는 집으로 가고 싶지는 않아 친구가 소개해준 산속 비구니들이 사는 절로 몸을 피했다.

혜인은 그곳에서 마음의 평화를 찾을 수 있었다. 그녀는 거기서 절의 일을 도우며 한 달간 지냈다. 산속의 생활은 그녀에게 안정을 되찾게 해주었다.

광석은 미친 사람처럼 되어 그녀를 찾으러 헤맸다. 신문에 어마어마한 액수의 돈을 걸고 사진 광고를 내고 백방으로 찾던 그에게

절에 물건을 대던 잡화 상인이 은밀하게 연락을 취했다. 그렇지 않아도 몇 번 먼발치로만 보았지만 자태가 뛰어나게 고운 그녀가 숨어 사는 사람 같다는 의심을 갖고 있던 터라고 그는 일러바쳤다.

산속에 찾아 올라와 그녀가 입은 남루한 옷을 보고 엎드려 사죄하며 펑펑 우는 광석에게 끌려 혜인은 다시 세상으로 나오게 되었다. 인연의 끈은 질겼다. 동생 혜인을 찾으러 광석과 함께 왔던 언니 영인은 그 인연이 계기가 되어 아주 오랜 후 그 절에 머리를 깎고 출가했다. 그 절에 있던 주지 스님이 영인을 보자마자 한마디를 던졌던 것이다.

"당신의 집안에 업이 한량없이 쌓였구려. 내 보기엔 당신이 출가하지 않고는 풀 수 없으리만큼 많은 업이 말이요."

영인은 그 당시에는 그 말을 듣고 어이없어하면서 웃었다. 하지만 살면서 추구해왔던 모든 것을 다 잃었다는 생각이 들었을 때 그 말이 다시 떠올라 저절로 그 절을 향해 발길을 돌렸다. 인생무상이라고 느꼈기 때문이었다.

원산댁은 영인의 출가를 길길이 뛰며 반대했다. 가족들 중 한 사람이 우상을 섬기는 가장 큰 죄의 대열로 들어간다는 것이 그 이유였다. 그러나 나이 들어서도 원산댁과 심정적으로 화해하지 못했던 영인은 들은 척도 하지 않고 그녀의 의견을 무시했다.

어느 날 장난삼아 점을 치러 친구들과 갔던 곳에서 신이 내려 용하다는 무당은 혜인에게 말했다.

"당신과 그 남자는 죽음을 통해서도 갈라지기 어려운 전생의 인연이 얽혀 있어. 죽어도 내세에 다시 이어질 인연이거든. 차라리 지

210

금같이 지내 그 악연을 푸는 게 좋아. 그와의 사이에 태어난 자식이 당신의 한을 풀어줄 것이야."

반말로 신들리듯 이야기하는 무당의 이야기는 믿기 어려운 소리였다. 그러나 이제 방황하는 삶의 피곤함에 지친 혜인은 그 말을 받아들이기로 했다. 혜인은 마침내 떠도는 마음이 자기 업이려니 여기고 마음을 다잡기로 결심했다. 그녀에게서 방황의 빛이 꺾인 것을 감지한 남편은 새로 여자를 얻은 듯이 기뻐하고 그녀에게 지극정성을 다했다. 혜인은 보석상을 닫고 집안에 들어앉았다. 그리고 원산댁을 따라 교회에 다시 나가면서 마음의 평정을 되찾게 되었다. 광석은 혜인이 교회에 다니는 것은 말리지 않았다. 그의 의처증에 가까운 집착도 혜인이 교회에 나가면서 잦아들었다. 원산댁은 성경을 읽고 기도에 몰두하는 혜인을 보며 말로 다 할 수 없으리만큼 기뻐했다.

"예수님께서도 나중에 돌아온 탕자를 제일 반가이 맞으셨단다. 네가 더 늦기 전에 죄의 길에서 나와 밝은 길을 찾게 되었으니 내 마음이 아주 홀가분하구나."

혜인의 마음속에 숨어 있는 석현을 향한 열정적인 사랑이 다 소멸된 것은 아니었지만 혜인은 그를 마음속 깊은 곳에 가두었다.

"어쩌면 이렇게 예쁜 아이가 있을까. 당신보다 더 예쁘네."

첫딸이 태어나자 이목구비가 엄마를 쏙 빼닮은 딸을 광석은 넋을 잃은 듯 바라보았다. 딸의 이름은 리아라고 지었다. 딸을 낳은 후 혜인은 집안일에 마음을 기울이고 남편과 아이에게 정성을 다했다. 혜인에게 가던 광석의 사랑은 그대로 리아에게 쏟아졌다. 아빠를 따르는 리아의 애교는 사랑에 목말랐던 그의 마음을 따뜻하게 해주어 불같은 성격을 가라앉히는 데 도움을 주었다.

혜인의 가정이 안정을 찾기 시작하던 추운 겨울날, 친구를 만나러 외출하던 강화 할아버지는 대문 앞에서 쓰러졌다. 뇌졸중이었다. 그는 다시 회생하지 못하고 한 달 후 병원에서 세상을 떴다. 아들딸, 손주며 친척들이 그의 임종을 함께했다. 격변기를 살아왔던 그의 파란만장했던 인생이 막을 내린 것이었다.

표림과 연이는 통곡을 하며 상주의 역할을 수행했다. 다른 형제들과 일가친척들을 비롯한 많은 사람들이 강화까지 장지를 따라왔다. 강화 할아버지는 강화에서 태어나 어린 시절 뛰놀던 곳, 개성댁의 묘가 있는 곁에 그의 유언에 따라 묻혔다.

그는 원산댁의 강요에 가까운 전도를 받아들이지 않고 기독교에 입문하지 않았다. 기독교식으로 장례를 치르기 원하는 원산댁이 마땅치 않아 하는 것을 무시하고 표림은 화려한 꽃상여와 만장 깃발들을 강화 마을이 뒤덮이도록 내세워 아버지 장례를 치렀다.

다음 해 혜인에게 아들 상인이 태어났다. 혜인은 부유한 집안에서 남부러울 것 없이 여유 있게 지냈다. 집에 늘 오시는 것은 좋지만 남편 때문에 함께 살기는 어렵다는 혜인의 주장에 따라 원산댁은 방을 따로 얻어 살며 혜인의 집안에 드나들었다.

리아는 어렸을 때의 혜인처럼 새침하고 말이 없는 성격으로 자랐고 상인은 덤벙거리는 말썽꾼으로 자랐다.

영인의 남편은 점점 우울해지고 매사에 뜻을 잃었다. 사업에 수완이 있고 유능한 영인에게 치여 꼭두각시 노릇만 하는 것 같다고 한탄을 하면서 고향에 두고 온 가족과 친구들, 고향 산천에 대한 그리움에만 젖어 들고 무서운 속도로 생존 경쟁으로 치닫는 남한의 체제를 못 견디어 했다.

"거저 나 같은 인간은 체제고 뭐고 그냥 살던 땅에 엎드려 살아야 하는 거인데 이게 생판 남의 땅에서 뭣 땜에 사는지도 모르겠구만. 마누라라는 건 돈 버느라구 정신이 다 나가 있고. 이건 정말 사람 사는 꼴이 아니야."

그는 자신의 인생에 대한 좌절과 실망에 얽힌 한을 풀기 위해 술에 의지하고 살았다. 무능한 남편에 대한 영인의 실망은 컸고 자기 역할을 제대로 하지 못하는 그는 점점 더 술을 마시기 시작했다. 한번 마시기만 하면 쏟아붓듯 하는 음주벽 때문에 그는 마침내 간암 진단을 받고 몇 달 만에 세상을 떴다.

영인의 외동딸 정아는 어머니의 극심한 만류에도 불구하고 근무하던 직장에서 만난 미국인과 결혼해서 한국을 떠났다. 한국에서 더 이상 살고 싶지 않다고 딸은 단호하게 말했다. 더 이상 남북이 분단되어 들끓고 으르렁거리는 수렁 속에서 살고 싶지 않다는 것이 그 이유였다. 월남한 후 이북에 두고 온 고향 땅을 잊지 못하고 남한에 적응을 못해 술로 세월을 보내다 세상을 떠난 아버지도, 사업에 몰두하느라고 가족에게 관심도 없다고 생각되는 어머니도 다 잊고 싶다고 그녀는 말했다. 정아는 도미한 후 일 년에 한두 번 어머니에게 소식을 전했지만 한국을 방문하지는 않았다. 그가 낳은 딸은 완전히 자유로운 미국 시민으로 행복하게 살아가고 있다는 소식만 전해 왔다.

남편도 떠나고 딸도 떠나고 번창하던 사업도 실패해 부도를 내자 인생의 허무를 느끼고 모든 덧정을 잃은 영인은 전에 혜인이 숨어 있었던 절로 출가해 삭발하고 스님의 계를 받았다. 그리고 비로소 인생의 안식을 얻었다.

13. 귀향

       표림이 군사 정권의 줄을 타지 못해 사업에 실패하고 어려움을 겪게 되자 그에게 구원의 손길을 뻗친 사람은 아들들이었다. 큰아들 준석은 타고난 수완과 명석한 두뇌를 지닌 사업가로 자리 잡기 시작하고 영석은 월남전에 장교로 참전했다. 셋째 민석은 그 시기에 군에 입대했다. 집안에는 영주와 남동생 진석이, 여동생 진주만 남았다.

    표림은 말수가 적고 책을 좋아하는 큰딸 영주에게 늘 기대가 컸지만 자기가 추구하는 세상에 파묻혀 있는 것 같은 딸에게 크게 간섭하지는 않았다. 영주는 책을 손에서 놓지 않고 지냈고 그녀의 동경은 이 세상의 것이 아닌 데 머물러 있었다. 화가 지망생인 여동생 진주와 각별히 가까웠던 영주는 식구들 중에서 진주하고 제일 많은 이야기를 나누었다.

    영주는 시몬 드 보부아르의 탁월한 지성이나 34세에 요절한 시몬느 베이유의 순수한 삶의 열정에 심취해 있었다. 시몬느 베이유의 열정적인 사회 참여, 스페인 내전 참전, 그리고 망명과 죽음 같은 역정을 따라 불꽃같은 삶과 훼손되지 않은 순수성, 신비감 등이 영주의 마음을 뒤흔들었다.

괴로운 사람들의 고통을 두고 부유하게 지내는 것도 죄라고 느끼며 영주는 젊은 시절 괴로워했다. 영주가 대학에 들어가서 문학을 전공하면서 사람들과 잘 어울리지 못하고 틀어박혀 지내자 표림이 여러 가지 일들을 만들어 딸을 밖의 세상으로 끌어내려고 했지만 연이가 만류했다.

"저 아이가 그대로 크게 놓아둡시다. 딸들이 하도 안되는 집안이라 저 아이가 자기 나름대로 좋아하는 책이나 실컷 읽도록 내버려두는 것이 좋을 것 같아요."

표림도 누이동생들의 불행에 학을 땐 끝이라 더 이상 영주에게 간섭하지 않았고 표림의 아들들은 하나씩 결혼했다.

영주는 전공을 바꾸어 심리학을 공부하려고 유학 준비를 하던 중 도서관에서 만난 지석과 결혼하고 그를 따라 미국으로 떠났다. 남편은 부모가 세상을 이미 떠나 결혼한 누이와 함께 살고 있던 터라 쉽게 함께 떠날 수 있었다.

영주가 아들딸을 낳고 미국에서 일하고 공부하며 사는 동안 거의 십 년의 세월이 흘렀다. 오빠들은 함께 기세 좋게 시도했던 무역업에서 큰 실패를 겪었다. 책임자인 준석은 부도를 내고 숨어 다니다가 신용과 좋은 평판에 힘입어 어렵사리 재기하였다. 오빠들과 남동생은 힘을 합해 함께 사업을 다시 일구어나가기 시작했다. 진주는 그동안 화가와 결혼하고 아들을 낳은 후 화가로 인정받고 있었다.

표림은 서울 근교에 텃밭이 달린 집을 얻어 연이와 함께 한가하고 조용한 노년을 이어 가고 있었다.

영주와 남편이 박사학위를 받으려고 고달픈 유학 생활을 해내고 있는 동안 첫아들 석이 태어났다. 낯선 곳에서 태어난 아기를 품에 안은 남편과 영주의 설렘과 기쁨은 어디에도 비길 바가 아니었다. 전화로 전하는 소식을 받은 아버지 표림과 어머니 연이도 말할 수 없이 기뻐했다.

"아이를 낳아봐야 정말 세상을 이해하게 된단다. 네 신랑 집이 외아들이라 손이 귀한 집안인데 정말 경사가 났구나. 넓디넓은 미국에서 태어났으니 큰 인물이 될 거다."

어머니는 그동안 아들 낳기를 마음 졸여 기다렸다면서 덕담을 했다.

"이제야 진짜 내 편이 하나 생긴 것 같아. 인생에서 어떤 때나 내 편을 들어줄 사람이……."

어려운 공부를 따라가며 아르바이트도 겸하느라고 지쳐 있던 남편도 첫아들을 얻고는 부쩍 마음에 안정을 얻었다.

큰아이 밑으로 4년 터울을 두고 딸 혜진이 태어났다.

그동안 한국에서는 박정희 대통령의 피살과 저격자인 김재규의 사형 집행 등으로 뒤숭숭한 소식늘을 전했다. 그 와중에 광주의 유혈 사태가 미국의 뉴스를 뒤덮고 전두환이 정권을 잡으며 신문과 방송에 떠오르자 오래 사귀어온 미국인 친구들은 귀국을 만류하며 미국에서 자리 잡고 살 것을 권유하기도 했다.

"그런 불안한 나라로 지금 돌아가지 말고 이곳에서 자리를 잡은 다음에 한국이 안정되면 기회를 봐서 돌아가는 것이 더 낫지 않겠어?"

지도 교수도 귀국을 늦추도록 권유했다. 그러나 가르치기로 약속이 된 대학교는 모교였고, 그 기회를 놓치기 어렵다고 판단한 그는 귀국을 감행하려고 하면서 지도 교수에게 말했다.

"우리나라는 해방 이후 뒤숭숭하지 않을 때가 없었습니다. 남북분단의 문제가 걸려 있는 실상 휴전 상태의 나라입니다. 밖에서 보기에는 그렇지만 실제로 태어나 자란 조국 안에 있으면 그렇게 크게 위험하다고 느껴지지도 않습니다. 조국에 돌아가 무언가 기여할 일을 찾아보고 싶습니다."

나이 든 백인 지도 교수는 그의 말을 들으며 더 이상 만류하지 않고 고개를 끄덕였다. 영주도 일 년을 기다려 학위를 받은 후 남편의 뒤를 따라 귀국했다. 언제 이 나라를 떠났던가 싶게 돌아온 조국은 정다웠고 자기 나라가 있다는 사실은 새삼 가슴을 벅차게 했다. 외국에서 마땅히 도와주는 사람도 없이 아기를 기르느라 어려운 고비를 겪은 적도 한두 번이 아니었지만 아이들은 건강하게 자라났다.

군사 독재의 와중에서 박정희 대통령이 죽음을 맞은 10·26사태가 일어나고 혼란 상태가 극에 달했던 다음 해 여름에 귀국한 영주와 남편은 어수선한 정국이나 집안 분위기에도 불구하고 양가 집안의 희망이 되었다.

영주와 남편은 대학에 직장을 얻고 아파트도 구했다. 그리고 막내아들인 셋째 현이 태어났다. 외아들인 남편이 아들을 둘이나 얻자 일가친척들이 모두 축복하고 기뻐해주었다.

어머니가 영주에게 힘을 빌리고 싶어 했던 일은 사업에 얽힌 돈 문제며 여러 가지 다른 이유들 때문에 사이가 서먹하고 멀어진 오빠들을 화해시키는 일이었다.

그러나 그 일은 명색이 심리학을 전공했다는 영주에게도 쉽지 않았다. 오빠들은 서로 거의 연락을 하지 않는 상태에 이르러 있었다. 연이의 둘째 아들 영석에 대한 편애가 두 사람 사이에 깊은 골을 파놓은 것이었다. 영주가 돌아오면서 첨예한 갈등은 그런대로 조금씩 고개를 숙이기 시작했다. 영주의 집에 함께 초대를 받은 세 오빠들은 함께 술잔을 나누며 마음을 열기 시작했다.

영주는 작은고모 혜인의 집에서 눈부시도록 아름답게 자라난 딸 리아를 보고 깜짝 놀랐다. 그녀가 서 있는 곳에서는 햇살이 솟아나는 것 같았다. 그 후 연극에 심취한 리아는 연극 햄릿에서 오필리아 역을 맡으며 관심을 끌기 시작하면서 연극뿐만이 아니라 영화에도 발을 들여놓았다. 그 완강한 고모부가 어찌 리아가 배우가 되는 것을 놓아두었는지 궁금하다고 하자 어머니가 비밀을 털어놓듯 영주에게 말했다.

"내가 잘 설득을 했단다. 우리 집안 딸들은 공부든 예능이든 그 타고난 기를 쓰는 일에 종사하지 않으면 여러 가지 문제가 생기게 되어 있다고 그랬다. 그랬더니 그 후에 아무 소리도 안 하는 거란다. 처음에는 대단했지. 연극을 한다고 밖에 못 나가게 가두기도 했단다. 그런데도 딸의 기를 꺾지는 못한 거지."

리아는 내성적이라서 자기와 기질이 전혀 다른 외사촌 언니 영주를 친언니처럼 따랐다. 그 아이의 다정다감한 자태와 아름다운 모습을 보고 있으면 기이한 행복감이 들었다. 리아의 동생 상인은 그동안 독실한 신자가 되어 목사가 되기 위해 신학교에 들어갔다. 늘어 꼬부라진 원산댁은 상인을 볼 때마다 엄격한 얼굴에 기쁨을 감추지 못했다.

"이제 우리 집안에 정말로 빛의 아들이 태어났구나. 여호와의 영광을 네가 다 한 몸에 받아 이 집안을 구원하거라."

상인은 잘생기고 허우대가 큰 모습에 어울리지 않게 늘 경건하고 신심 깊은 표정을 하고 있었다. 그의 기도하는 모습을 보면 다비드 상을 보는 것 같았다. 어느 날 영주가 그에게 배우가 될 생각은 없느냐고 불쑥 물었다. 기도하는 그의 이목구비가 조각같이 단정했기 때문에 자기도 모르게 나온 질문이었다. 그는 고개를 저었다.

"이제 내 마음에 온 평화는 크고 값진 것이라 깨트리고 싶지 않아요."

여자들이 따르지 않느냐고 묻자 그는 크게 웃었다.

"그게 지금 극복할 과제인데요, 젊은 여자들 앞에 가기만 하면 어색하고 제대로 말을 못 하겠어요. 밤이면 운동과 공부로 심신을 단련하고 있지요. 잡념을 버리려고요."

"믿음이든지 무엇이든지 지나치게 빠져드는 것은 좀 문제가 있지 않을까?"

영주가 말을 건네자 그는 깊은 눈빛으로 영주를 바라보았다.

"세상에는 학문을 뛰어넘는 그 무엇인가가 있어요. 난 오히려 누님이 학문의 길에 매달려 너무 논리적이고 차가운 사람이 될까 봐 걱정인데요."

그렇게 고집스럽고 말썽꾸러기라던 아이가 어쩌면 저렇게 변했는지 영주가 묻자 혜인은 고개를 저었다.

"나도 모르겠어. 그런데 중요한 건 저 아이가 위선자는 아니라는 점이야. 아주 우수한 교역자가 되리라고 믿어."

"여자들이 따라서 곤란한 목사가 되는 것 아니야?"

농담 섞인 영주의 말을 듣고 상인의 얼굴이 붉어졌다.

"나는 생전에 한 여자만을 사랑하고 진심으로 위하면서 살 생각이에요."

혜인이 무슨 소리인가 하려는 영주를 제지했다.

"그냥 둬 영주야. 꿈을 지니고 살 수 있게 말이야. 나도 우리 아이들이 정말 사랑하는 사람과 만나 행복하게 살게 되기를 빌어. 너 내 마음을 알겠니?"

영주는 고개를 끄덕였지만 그녀의 마음을 다 이해했던 것은 아니었다. 그러나 어머니의 이야기를 들은 후 혜인에게 슬쩍 그 이야기를 비추어본 적이 있었다. 의외로 그녀는 선선하게 석현의 이야기를 들려주었다.

"네가 공부하는 심리학이라는 게 인간의 마음을 어디까지 보아내는지 모르지만 실제 사람의 마음에는 설명되지 않는 부분이 있단다. 지금은 그런대로 행복해."

그녀는 한참의 침묵 후에 다시 말을 이었다.

"인생에 지칠 때마다 그와 행복했던 기억이 얼마나 큰 위로가 되는지 넌 잘 모를 거야. 넌 행복한 결혼을 했으니까."

혜인은 영주를 보며 말하다가 잠시 짧은 미소를 입가에 머금었다.

"내가 아주 행복하다고 말하려는 건 아니야. 그렇지만 이제 찾아온 안정과 아이들이 정말 소중해."

영주는 말없이 그저 고개를 끄덕였다.

"내가 한때는 너를 몹시 부러워했단다. 훌륭한 부모, 재능, 이런 걸 다 타고난 것 같은 네가 말이야. 넌 잘 모르겠지만 아버지가 너를 주려고 커다란 피아노를 들여오던 날 밤 내가 얼마나 가슴 아팠는지 아니? 너를 질투해서는 아니었어. 내 꿈이 내 방에 피아노와 토슈즈를 쌓아두고 마음껏 춤추고 사랑하며 자유롭게 사는 것이었거든. 다 무산되었지만 말이야."

"하지만 고모, 이제 리아가 고모의 꿈을 다 이루고 있지 않아요?"

영주의 말에 혜인은 가벼운 미소를 지으며 대답했다.

"그렇기는 해. 그렇지만 자식이 내 인생을 다 살아주는 것은 아니야. 사실 어려서 내 이상형 남자는 너의 아버지였단다. 인물도 좋고 남자답고 결단력도 있고 머리도 좋고. 그렇게 근사해 보이기만 했어. 거기다 너도 알지만 아버지가 얼마나 영화도 좋아하고 음악과 책도 좋아하는 낭만적인 성격이었니? 그래서 다른 사람들은 모자라 보이고 성에 차지 않았어. 어머니가 너희 자매 때문에 얼마나 애를 쓰고 잘못될까 봐 걱정을 하고 그랬는지 아니? 시누이들인 우리 세 사람의 삶이 파란만장하고 불행해 보여서 그 기를 물려받게 될까 봐 두려웠던 거야."

그 겨울, 장독대에서 미끄러져서 다리에 골절상을 입은 원산댁은 급속히 쇠약해져서 감기 끝에 찾아온 폐렴을 이겨내지 못했다. 원산댁은 혜인의 극진한 간병을 받으며 병원에서 임종을 맞이했다. 그녀가 혜인을 다글다글 볶으며 운신의 폭을 허용하지 않던 것도 깊은 사랑을 경험해보지 못했던 그녀만의 사랑의 방식이었을지도 몰랐다. 다니던 교회에서 온 교인들의 기도와 찬송에 휩싸여서 그녀는 편안한 모습으로 생애를 통해 꿈꾸던 천국으로 떠났다.

원산댁이 세상을 떠난 다음 해 봄날 영주는 어머니와 작은고모 혜인과 함께 큰고모 영인이 몸담고 있는 절에 함께 찾아 올라간 적이 있었다. 실상 정인이 큰고모고 영인은 둘째 고모였지만 정인이 세상을 떠난 후 조카들은 다 영인을 큰고모라고 불렀다.

머리를 깎고 승복을 입은 영인은 편안해 보였다. 두 자매는 영인이 몸에서 불이 타오르도록 혜인을 질투해서 집안에 어두운 그림자를 몰고 오던 시절의 이야기를 나누었다.

"그게 다 헛된 백팔번뇌인 것을 그때 내가 깨닫지 못했던 거지."

"아무튼 우리 대에 걸쳐 딸들 팔자가 평탄치 않은 건 정말 알아주어야 해. 나는 영주와 진주가 자기 할 일도 갖고 무난하게 자기들

223

이 좋아하는 사람들하고 결혼해서 살게 되어서 정말이지 한시름을 놓았어."

연이가 끼어들자 그녀를 올케라기보다 친언니처럼 허물없이 따르는 두 시누이는 서로 눈을 맞추며 웃었다. 이제 늙음이라는 매개체가 세 여자 사이에 끼어들어 지난 일에 대한 망각과 화해를 불러오고 있는 것 같았다.

승복을 입은 영인의 전송을 받고 송진 향기가 풍기는 소나무들이 서 있는 산길을 내려오면서 영주는 깊은 생각에 잠겼다. 과연 영인은 행복한 것일까. 그녀는 근심 없이 보이기는 했다. 그러나 정말 인간은 근심하지 않고 사는 것을 행복으로 삼고 있는 것일까. 인간에 관한 모든 이론들은 항상 어떤 부분에 가서 틈새를 보였고 그 틈새는 어떤 논리로도 메우지 못할 만큼 크고 깊었다.

연이의 팔짱을 끼고 내려가던 혜인이 뒤를 돌아보며 생각에 잠겨 천천히 걷고 있는 영주를 불렀다.

"또 무슨 생각이 그렇게 많으셔?"

영주는 그저 웃으며 앞장을 서 차를 둔 곳으로 내려갔다. 새삼 세상의 한구석으로 다시 내려와 속세로 돌아가는 기분이 들었다.

그다음 주에 영주는 '자서전 쓰기'라는 과목을 평생교육원에서 몇 주간 담당해줄 수 없느냐는 강의 요청을 받았다. 심리학적인 측면에서 자기 인생을 살펴보는 과목인데, 교수님이 제일 적임자일 것 같아서 전화를 걸었다는 젊은 조교의 목소리는 간곡했다.

"자서전은 나도 아직 쓸 준비가 안 되었는데 누구한테 그걸 가르치라고……."

"심각한 이야기하고 관계없어요. 요즈음 수강생들을 더 모으려고 이런 거창한 제목을 붙였지만 말하자면 자기 이해, 자기 성찰이란 이름하고 같은 이야기지요 뭐. 교수님 섭외는 제가 책임진다고 큰소리쳤으니까 꼭 좀 맡아주세요."

영주는 잠시 생각에 잠겼다.

"그럼, 이렇게 해보면 어떨까. 자기 혼자만의 이야기가 아니라 가족의 3대를 거슬러 올라가서 자기까지 내려오는 과정을 알아보는 걸로."

"그것도 좋지요. 일단 맡아만 주신다면 강의 운영이나 내용은 어찌 되든 편하실 대로 해주세요. 그럼, 교수님, 그렇게 해주시는 걸로 알고 자세한 이야기는 공문으로 보내드릴게요."

영주는 전화를 내려놓으며 쓴웃음을 지었다. 어쩌자고 그런 일에 또 응낙을 했는지 알 수 없었다.

'내가 왜 이러는지 몰라…….'

불현듯 유행가 가사의 한 구절이 떠오르면서 영주는 실쭉 웃었다. 편안하고 갈등 없이 우리를 귀 기울이게 만들고 공감하게 만드는 유행가 가사들 중에 우리의 무의식을 건드리는 부분들이 아주 많다는 생각이 들어서였다.

이즈음 오랫동안 병상에 누운 어머니와 이야기를 나누면서 무의식이라든가 삶과 죽음의 거리에 대해서 생각해보는 시간이 많아졌다. 적어도 3대를 바라보아야 비로소 한 개인에 내한 이해가 완성된다는 학자의 관점을 생각해보며 영주는 부모와 조부모들의 얽히고설킨 이야기들을 곰곰이 되돌아보게 되었다.

　강화 할아버지로 불렸다는 할아버지와 개성댁이라고 불렸다는 할머니, 찬송가와 성경책을 든 모양밖에 기억이 남지 않는 계모 할머니 원산댁, 그리고 그다음 대의 아버지, 어머니, 제 명을 다하지 못하고 억울한 죽음을 맞았다는 두 삼촌과 큰고모의 이야기, 살아남아 인생이라는 뗏목을 타고 살얼음이 아직도 여기저기 설핏하게 놓여 있는 강을 건너가고 있는 고모 두 사람, 이제 유명을 달리한 아버지…….

　영주의 마음속으로 사업가답지 않게 유별날 정도로 낭만적이고 순수한 마음을 지녔던 아버지에 대한 그리움이 솟아올랐다. 다른 사람들과 참 많이 다르던 아버지였다. 지금 영주의 아이들이 어머니를 기억할 때 객관적인 한 사람으로만 기록을 하기 시작한다면 과연 뭐라고 그 서두를 뗄 것인가.

　영주는 노트를 꺼내 기억이 떠오르는 대로 어릴 적부터 뇌리에 인각된 장면이나 사건들을 하나씩 적어나가기 시작했다.

　어머니의 이야기만 듣고도 그 물소리와 감촉이 생생하게 직접 보고 기억한 듯이 느껴지는 강을 건너가는 뗏목의 이야기.

　그리고…… 섬 기슭을 달려가던 발자국 소리에 섞여 들려오던 사람들의 고함소리, 총소리, 울음소리…… 이 기억 중 어느 하나도 정확하지는 않았다. 아마 정인이 고모를 데리러 오던 내무서장이 죽어가던 밤의 기억이리라 싶었다. 아니면 귀에 못이 박히도록 들었던 주문도 사건의 이야기가 영주에게 보지도 못한 그림을 인각해놓은 것인지도 몰랐다.

영주는 각별히 자기를 귀여워하던 아버지를 기억하면 풀잎 냄새에 섞이던 담배 향과 초여름밤의 정취가 함께 느껴졌다. 사업가이던 아버지는 젊어서 자동차에 심취했던 열정을 음악과 문학에도 지니고 있었다.

아버지는 어느 여름밤, 아주 오래 공을 들인 소설을 탈고했다고 큰 비밀처럼 털어놓으며 영주를 앞에 앉혀놓고 그 소설의 일부분을 읽어 들려주었다. 책을 손에서 놓지 않고 읽는 어린 영주가 지닌 문학적 성향에 대한 아버지 표림의 애착은 컸다. 아주 어린 초등학교 시절부터 그는 영주에게 셰익스피어 전집에서부터 윌리엄 포크너, 프랑소와즈 사강의 소설들을 사다 주었다. 영주의 방은 아버지가 사다 주던 책들로 가득했다.

그 소설들은 나름대로의 미숙한 이해를 통해서 영주를 조숙한 세상으로 안내했고, 이미 자기 또래 아이들에게 흥미를 잃기 시작한 영주에게 고독한 통로로 들어가는 혼자만의 방을 마련해주고는 했다. 오빠들이 사업가의 자질은 지니고 있지만 몰두해서 책을 읽지 않는 데 대해 아버지는 탐탁하게 생각하지 않았다.

아버지가 공들여 썼다는 소설은 말하자면 신파에 가까운 것이었다. 인민군 여장교와 국군의 사랑 이야기였다. 우연히 전투에서 낙오되어 시골 마을의 헛간에서 만난 두 남녀가 우여곡절 끝에 사랑이 싹트는데, 마침내 자기 사상을 버리지 못한 인민군 여장교가 총부리를 남자에게 들이대지만 차마 쏘지는 못하고 헤어지게 된다는 것으로 이야기는 전개되었다.

차라리 사랑이 이데올로기의 차이를 극복하게 해서 죽더라도 두 사람이 함께 사랑하는 마음을 지닌 채 죽는 것이 더 좋겠다는 영주의 말에 아버지는 고개를 저었다.

"넌 아직 모른다. 인간이라는 게 그렇게 간단한 게 아니야."

영주가 달리 대꾸하지 않자 아버지는 말을 이었다.

"젊어서는 사랑이 지고의 가치로 생각되지만 그런 감정은 사실 극히 순간적인 거란다."

영주는 병실에서 잠든 어머니 곁에 앉아 자서전 쓰기 강좌 시간표에 필요한 메모들을 해보면서 이별한 많은 사람들의 슬픔에 대해 생각했다. 북한 땅에 남은 당신의 어머니와 오빠들을 다시는 만나지 못한 어머니, 반공 포로로 남한 땅에 남아 가족을 다시 만나지 못한 삼촌 형식, 그가 세상을 떠나면서 남겨놓은 이 땅의 다른 가족, 월남해서 이북에 두고 온 부모에 대한 죄의식으로 술에 절어 자신의 인생을 다 술 속에 넣어 녹여버리고 떠난 영인의 남편, 통곡하면서 정신을 몇 번씩이나 잃던 큰고모 영인⋯⋯.

그중에서도 아버지와 죽음을 통해 이별하는 것은 영주에게 매우 고통스러운 경험이었다. 이제 나를 알고 믿어주던 사람이 영원히 만나지 못할 다른 세계로 들어가버렸다는 허망함과 쓸쓸함⋯⋯.

아버지의 칠순 잔치는 할아버지 칠순 때 꿈꾸었던 것처럼 사간동 집에서 열리지는 못했지만 큰 회관에서 성대하게 열렸다. 그 무렵 아버지는 부쩍 더 노인처럼 보이고 거동에도 활기가 사라져 혼자 걷기를 힘들어했다. 그런대로 자식들의 잔을 받으며 어머니와 나란히 앉은 아버지는 흐뭇한 표정이었다. 잔치가 끝나갈 무렵 영주의 부축을 받고 화장실에 다녀오던 아버지는 너하고 둘이만 꼭 할 이야기가 있다고 어눌하게 운을 떼었다.

"무슨 이야기인데요? 지금요?"

"아니야. 지금 말고…… 언젠가 그 이야기를 네가 글로 남겨주기 바래."

"글은 무슨. 그런데 무슨 이야기인데요?"

영주의 질문에 아버지는 고개를 저었다.

"대단한 이야기는 아니야. 내가 왜 그 사간동 집 이야기를 그렇게 듣고 싶어 하지 않았는지 너 모르지?"

"하도 애지중지 가꾸신 집이라 그러셨지요."

"그것뿐만이 아니야. 내가 아무에게도 하지 못한 이야기가 있어. 그 이야기를 언젠가 너한테 꼭……."

영주는 그 말을 별로 대수롭지 않게 들었다. 아마 사업에 실패해서 식구들에게 어려운 일을 겪게 한 일이 미안하다는 이야기려니만 여겼다.

칠순 잔치가 끝나고 얼마 지나지 않아 아버지는 갑자기 쓰러졌다. 응급실에 옮겨서 응급조치를 한 다음 의식을 되찾기는 했지만 여러 가지 검사 끝에 뇌수술을 해야만 한다는 의사의 통고를 받았다. 뇌의 한쪽에 혈액 순환이 잘 안 되고 있어 너무 위험 부담이 크기 때문에 서둘러 수술할 수밖에 없다는 것이었다.

수술 이틀 전에 아버지는 영주만 밤에 좀 남아 있으라고 당부했다. 병원에서 일해본 경험이 있는 영수를 믿는 거려니 하고 다른 식구들은 일단 집으로 돌아갔다. 병원에서 나오는 저녁식사를 마친 후 침대 윗부분을 올려서 편하게 침대에 기대앉은 자세가 된 아버지는 정색을 하고 말문을 열었다.

"내가 누구에게도 하지 않은 이야기가 있다."

"……?"

"내가 그 이야기를 죽기 전에 누군가에게는 꼭 해야만 할 것 같아."

"아버지, 무슨 그런 말씀을. 그럴 일이 뭐가 있으세요."

영주는 아버지의 의중을 헤아리기 어려웠다.

"아니야. 너 생각나지? 내가 얼마나 사간동 집에 애착을 가지고 살았었는지?"

아버지가 사간동 집 이야기를 직접 꺼낸 것은 처음이었다.

그 집에서 살 때 집안의 재력은 상승 곡선을 달리고 있었고, 오빠를 겨냥해 쏟아져 들어오는 혼담 중에서 가장 미모가 출중한 여자가 며느릿감으로 뽑혔다. 정원에 온갖 꽃이 만발하던 5월 어느 날, 대학생이던 영주와 동갑이던 약혼녀가 처음으로 집에 나타났다. 꽃들이 숨을 죽일 정도의 미모였다. 그녀에 대한 아버지의 애착은 오빠를 앞지를 지경이었다. 스스럼없이 잘 웃고 사는 것이 즐거워 보이기만 하던 그 여자는 온 식구들의 마음을 사로잡았다. 신부 드레스를 입은 그녀가 꽃으로 장식된 차에서 내려 그림처럼 태양 아래 서 있던 모습. 그 모습을 자랑스럽게 바라보던 아버지, 어머니, 큰오빠. 집안의 부귀와 영광은 그 순간에 정점에 이른 것 같았다. 그러나 그해부터 기울기 시작한 사업은 몇 해에 걸쳐 걷잡을 수 없는 난맥상을 보여 마침내 갚지 못한 채무 때문에 막판에 사간동 집도 경매로 잃게 되었다.

　자존심 강한 아버지는 낯선 사람에게 경매가 들어와 집을 쫓겨나는 지경에 이르기 전에 한 번만 더 사업이 번성하고 있는 고향 친구 이길호에게 가서 사정해보라는 어머니 말을 무시했다. 6·25 때 목숨을 걸고 살려준 생명의 은인이나 다름없는 아버지를 그렇게 대할 수가 있느냐고 어머니가 다그치기도 했었지만 아버지는 버럭 화를 내며 다시는 더 그런 이야기를 하지 말라고 소리쳤다.

　경매에 밀려 집을 떠나기 몇 달 전 천지를 뒤흔들 듯 폭우가 쏟아지는 오전에 급한 전화를 받고 불려 나갔던 아버지는 이삼일 동안 집에 돌아오지 못했다. 어렴풋이 어머니와 전화하는 내용을 듣고 짐작해보기에 이길호의 아들이 큰 교통사고를 냈다는 것 같았다.

　사흘 후 집에 돌아온 아버지는 그 일에 대해서 입을 열지 않았다. 아버지 친구 중에 경찰청에 근무하는 높은 사람이 있어서 어떤 형태로 그 일은 무마가 되었던 것 같았다. 소위 빽이라는 것이 있으면 그런 일들이 얼마든지 가능했던 시기였다.

　아버지는 병상에 누운 채 그때 이야기를 들려주었다.

　비 오는 날 새벽녘에 논에 물고랑을 트러 나왔던 아버지와 소년이 리어카를 끌고 가다가 워커힐을 향해 과속으로 질주하던 차에 치였다. 리어카는 길 곁 진흙 밭에 처박히고 두 사람은 공중으로 떠서 길가 풀숲에 떨어졌다. 심한 충격을 받아 진흙 길 쪽으로 기우뚱 밀렸던 차는 잠깐 그 반동으로 멈추었다가 그대로 길 위로 방향을 틀어 속두를 높이고 달려가버렸다. 비 내리는 새벽녘, 캄캄한 주위에서 이 일을 바라본 사람은 아무도 없었다.

그 차에는 술에 취한 이길호의 아들과 여자가 타고 있었다. 호텔에 투숙했던 두 사람은 날이 밝은 후 차를 추적해서 따라온 형사들에게 붙잡혔다. 진흙에 박혔던 차의 타이어 자국이 그 당시 우리나라에 몇 대 없었던 외제 차바퀴의 패턴을 드러내고 있었기 때문이었다. 당시 한적했던 그 시골길을 따라서 갈 수 있는 유일한 곳이었던 워커힐이 첫 번째 수색 대상이 되었다. 주차해놓은 차들 중에 바퀴에 진흙이 잔뜩 묻어 있는 차는 금세 형사들의 눈에 띄었다.

농사꾼 아버지는 그 자리에서 숨지고 소년은 살아 있었다고 했다. 아버지는 소년의 이야기를 더듬더듬 했다. 의식이 말짱하고 다친 곳도 없어 보이던 눈이 맑은 소년은 자기는 아픈 곳이 없는데 아버지가 어떻게 되었는지 모르겠다고 걱정했다. 너희 아버지는 무사하시지만 잠들어 계시기 때문에 나중에 볼 수 있다고 말해주었다며 아버지는 말을 잇지 못했다. 뇌의 출혈을 잡지 못했던 소년은 그날 오후에 숨졌다. 그날 아버지는 소년을 붙잡고 눈이 붓도록 울었다.

"그 눈빛이 나를 따라다녀."

아버지는 침통하게 말했다.

"발견되었을 때는 벌써 몇 시간이 지나서…… 사고가 나고 즉시 병원에 데리고 갔더라면 아들은 살릴 수도 있었을 텐데……."

그 당시에도 무언가 이상한 생각이 들기는 했었다. 그러나 무슨 일이 일어나서 어떻게 무마가 되었는지에 대해 확실한 것은 알 수 없었다. 아버지도 이야기하지 않았고 영주도 묻지 않았다. 실제로 일어났던 일의 진상을 들으면서 영주는 목소리가 떨려 나왔다.

"그렇다면 아버지, 엄밀하게 말해서 그 사람은 살인자 아니에요?"

"그 사람이 처벌받는다고 죽은 사람이 살아 돌아오는 것은 아니라고 생각했다."

"그런 사람은 처벌을 받아야 해요. 여자하고 놀러 가는 길이었다면서요. 정신 나가게 술에 취해 있었다면서요. 살아보려고 밤중에 길을 나선 아버지하고 아이를 차로 치고 그대로 호텔로 갔다면서요."

"주위가 몹시 어두웠고, 그 사람들도 차가 다니는 차도로 그냥 지나가고 있었기 때문에."

영주는 본 적도 없는 사람에 대해 분노가 치밀어 오르는 것을 지그시 눌렀다. 그럴 이유가 없다고 생각해서였다.

"아버지, 이제 와서 제가 몰라도 좋은 이런 이야기를 하시는 이유가 뭐예요?"

아버지는 금세 대답하지 않았다.

"나는 죽기 전에 그 이야기를 너한테는 하고 싶었어. 아무것도 모르는 순박한 사람들을 돈으로 회유해서 뺑소니가 아닌 단순 교통사고로 처리해버린 그 일이 그렇게 마음에 무거웠다."

한참 말문을 닫았던 아버지가 천천히 입을 열었다.

영주는 한동안 침묵을 지켰다. 어쨌든 수술을 앞둔 아버지를 생각하면 흥분해서는 안 될 일이라고 생각했다. 영주는 조용한 어조로 입을 열었다.

"아버지, 이제 다 지나간 일이에요. 그런 상황에서 달리 어떻게 하셨겠어요."

"내가 마음에 걸리는 건 이번 일만 도와주면 사간동 집은 지켜주겠다는 언질을 받았었거든. 내가 집에 대한 애착이 커서…… 마음의 죄를 너무 많이 지었구나. 옳은 일이 아니었는데 비겁하게…… 그렇게 살고 싶어 하던 아이의 눈빛이 문득문득 떠오르면서도."

그러나 집에 대한 약속은 지켜지지 않았다. 아버지가 그 집 이야기를 하고 싶지 않아 하는 이유를 집에 대한 마음 아픈 기억 때문이리라고 생각했던 영주였다. 그런 일들이 배후에 있었다는 것은 금시초문이었다.

"아버지, 큰 수술을 앞두셨잖아요. 그런저런 일들은 그만 잊으세요. 그 정도의 타협이나 죄를 짓지 않고 살아가는 사람들은 드물 거예요."

한동안 병실에 침묵이 흘렀다.

"저야말로 용서를 빌어야 할 부분이 많아요. 고집불통인 데다가 대학에 들어가서는 멋대로 학교를 그만둬버리고."

"그런 일들은 아무것도 아니야. 나는 내가 이루지 못한 꿈을 너한테서 이루고 싶었다. 네가 그렇게 어려운 책들을 읽는 걸 보고 내가 얼마나 대견해했는데."

영주는 아버지를 달래듯 웃음기 머금은 어조로 말했다.

"아버지, 우리가 지금 몇십 년에 걸쳐서 할 이야기를 하룻밤에 다 몰아서 하고 있는 거 아세요?"

아버지는 웃지 않았다.

"어쩐지 수술 받으면 깨어나지 못할 것만 같아서 그래. 하고 싶던 이야기를 해서 이제 마음이 편하다."

"겨우 그런 이야기를 하지 못해 그렇게 괴로워하셨어요? 저는 어디 감춰둔 유산이 있다거나 사간동 집을 다시 살 돈이 인왕산 바위 밑에 있다거나, 그런 이야기를 하실 줄 알았는데……."

"농담으로 넘길 이야기가 아니라는 걸 너도 잘 알고 있지 않니?"

아버지의 어조는 침통했다.

"아버지, 수술해서 다 나으시면 우리 같이 그 사간동 집에 가요. 그 집 뜰이나 대청마루에 한나절 앉아서 놀면서 엉킨 감정을 다 풀고 나오도록 해요."

"그 집이 지금 요릿집이 되어 있다는 게 사실이냐?"

"그렇다면야 더 좋지요. 돈을 뿌리면서 그 집에 가서 한번 큰상을 받고 살풀이를 하자구요."

"그래, 그러자꾸나."

아버지는 마음이 좀 편안해진 모양이었다. 이제 너한테 이야기를 하고 나니까 마음이 가벼워져서 편하게 잠이 올 것 같다는 이야기를 두세 번 되풀이하다가 아버지는 잠이 들었다.

병상 곁의 보조 의자에 누워 영주는 잠들지 못했다. 사고를 냈던 당사자도 아버지처럼 마음속에 회한을 지니고 속죄하는 마음으로 살아가고 있을까. 아니면 다 잊어버리고 기억조차 하지 못하면서 살아가고 있을까. 하기야 인류의 대부분이 조용히 질망의 삶을 살아가고 있다는 헨리 소로의 말이 사실은 사람들에게 가장 맞는 이야기인지도 몰랐다.

　다른 사람 같으면 작은 부분일 수도 있는 일을 그토록 크게 기억하는 아버지. 고달픈 70여 년의 삶이 아버지에게 준 것은 대체 무엇이었을까. 가슴속에 칼날처럼 회한을 새겨놓는 것들이 의외로 상상도 못했던 일일 수 있다는 사실이 새삼 놀라웠다.

　다음 날 뇌수술을 받은 아버지는 다시 깨어나지 못했다.

14. 다리 저편에서

　　아버지가 세상을 떠난 후 영주는 불현듯 산속에 있는 고모 영인을 찾아가보고 싶은 생각이 들었다. 영인은 연락도 없이 절문 안으로 들어서는 영주를 별로 놀라는 기색도 없이 흔연히 맞아들였다. 두 사람은 그날 많은 이야기들을 나누었다.

　　영인은 자신이 살면서 겪었던 고통에 대해 오히려 담담하게 여러 가지 이야기들을 들려주었다.

　　"나는 네가 상담하는 게 참 보람 있는 일이라고 생각한단다. 지금은 극복이 되었지만 자라면서 내가 받은 무관심과 학대가 일생의 방향을 불행한 쪽으로 몰고 갔던 거야. 나는 사실 꿈도 많고 마음이 여린 아이였는데 다들 몰아세우는 바람에 이를 악물고 살다 보니까 점점 더 강퍅하고 못되게 되었던 거지. 업이 너무 많았던 거야. 생각해봐라. 어머니를 어려서 잃고, 언니 잃고, 오빠 잃고, 동생까지 내 앞에서 총 맞아 죽게 떠나보내고……"

"정말이지, 고모. 어떻게 그런 일들을 다 견디어내셨어요? 생각만 해도 나라면 도저히 견디어내지 못했을 것 같은 느낌이 들어요."

"그뿐이냐. 남편까지 술병으로 세상을 떠나고 딸마저 결혼해서 외국으로 떠나버렸으니 어떻게 더 속세에서 살 기운을 지닐 수 있었겠니. 이즈음에 와서 생각해보면 산다는 게 한바탕 꿈인 것만 같아. 누구든 이승을 떠나고 나면 다들 어디 그 자취나 찾을 수 있겠니? 작은고모 혜인이도 사실 파란만장하게 살아온 가엾은 인생이지. 산다는 게 무언지 다 덧없고 허망하다는 생각이 들어. 이제야 내 삶에서 제일 큰 평화가 내 옆에 와 있는 걸 느껴. 산 사람은 반드시 멸하게 되어 있고, 만난 사람은 반드시 이별하게 되어 있다는 소리가 이즈음에는 이렇게 가슴에 와 닿는구나. 이제 업을 짓지 않고 살고 있으니 마음이 편안하다. 어리던 네가 의젓이 자라나 한 사람의 성인으로 자기 몫을 하고 있으니, 그 대견하기야 이루 다 말할 수가 없지. 내 꿈은 사실 너처럼 사는 것이었단다. 무난하게 가정을 꾸려가면서 공부도 하고 말이야. 허지만 이제 다른 건 더 바랄 것이 없어. 내 마음에는 원망도 한탄도 없단다."

절을 떠나는 영주의 손을 잡고 함께 걸으며 큰고모는 말을 이었다.

"괴로워하는 사람들을 많이 도와주어라. 아마 그게 네가 지나갈 길일 거야. 사람마다 다 자기 길이 있단다. 이제 그 길들이 보이는 것 같아. 네가 일을 줄이고 쉬겠다는 소리 예사로 하는 거 내가 알고 있지. 그렇지만 네가 많은 사람들을 도와야 해. 부처님이나 예수님 마음이나 어떤 의미에서는 뭐 다른 게 있겠니. 얼마 전 돌아가신 너희 할머니도 그렇게 교회에 열심이셨지 않니. 살아 계실 때는 그렇게도 광신자인 것처럼만 보여 마땅치 않더니 이제 생각해보니 그 양반이 어느 의미로는 마음이 제일 바른 사람이 아니었던가 하는 생각도 들어. 나는 그 사람이 사랑이 없다고 싫어했지만 혜인에게 대한 걸 보면 지극정성이었지. 너 상인이 녀석 요새 보았니? 그 목사 같은 모습이 꼭 제 할머니 아니더냐? 마음이 따뜻한 건 좀 다르지만 말이야. 일전엔 여기 들러서 그렇게 간곡하게 기도를 하고 가더라."

영인은 웃음 섞어 말했다.

"그 할머니가 후계자 하나는 참 확실하게 남겨두고 갔지 뭐냐."

"고모는 불교가 유일한 깨달음이라는 생각이 들어요?"

"그렇지는 않아. 깨달음으로 가는 길은 하나가 아니라는 생각이 들어. 이제 와서야 언덕길에 올라서서 뒤를 돌아다보듯이 살아온 인생이 보인다. 그 죄 많고 번뇌 많은 인생이 말이야."

그녀의 어조는 담담해서 특별한 회한을 새기는 것 같지는 않았다.

"봐라. 내가 너를 생각할 때면 참 많은 생각이 떠오른단다. 우리 집에서 네가 제일 이성적이 아닌가 하는 생각도 들고 말이야."

영인은 말을 이었다.

"아마 너네 어머니도 한때는 나 때문에 무던히 속을 썩이기도 했을 거다. 처음에 사람들이 모든 일이 님의 탓인 줄 알다가 그다음에는 자기 탓인 줄 안다는 거야. 그러다가 그다음에는 누구의 탓도 아니라는 것을 깨닫게 된다는 거지. 그 말이 이제 뼈에 저리게 다가오는구나. 젊어서는 나를 이 모양으로 만든 게 부모나 환경이라고 생각하고 분노로 온몸이 다 타도록 화가 났었다. 그다음에 네 고모부 마음 못 붙이는 거 보면서 이게 상당히 내 탓이로구나 하는 생각을 했지. 뭣 때문에 불쑥 혼자 남하해버려서 그 마음 약한 사람을 부모 형제 버리고 이곳에 살게 했겠냐. 고향에서 살았으면 체제가 무엇이든지 간에 수굿이 정직하게 살아갔을 사람인데…… 내가 참 나도 모르게 못된 일을 많이 한 것 같아. 그런데 이제 머리 깎고 도를 닦는 입장이 되니까 그게 누구의 탓도 아니라 그저 어떤 길을 꿰어진 인형같이 따라 돌기만 한 게 아닌가 하는 생각이 들기도 해."

영주는 가만히 고개를 숙이고 걸으면서 영인의 말을 귀담아들었다.

"나는 네가 불교나 기독교나 어떤 종교에 귀의하라거나 하는 말을 하고 싶은 건 아니야. 그렇지만 네가 좀 더 나이가 들면 내 말이 생각날 때가 있을 거야. 의미를 찾느니 정의를 따르느니 하는 일들도 어떤 때 생각해보면 깜짝 놀라게 욕심으로 뭉쳐 있는 걸 깨닫게 될 때가 있거든."

"……."

"이제 너희 어머니나 나나 혜인이 고모나 다 떨어지는 낙엽처럼 사라져갈 게다. 자기가 이루지 못한 꿈이 리아에게서 싹트기를 혜인이 고모가 기다렸던 것 같지 않니? 남다른 아름다움과 예술적인 소질을 지녔었지만 하고 싶은 일을 하지 못하는 삶을 살아왔던 혜인의 꿈이 리아에게서 개화하고 있는 것 같아. 지금은 리아가 영화와 연극 분야에서 두각을 나타내며 활동하고 있잖아. 그런 의미에서 우리들의 삶은 당대에서 그냥 끝나는 것은 아닌 것 같아."

"정말 타고나는 끼라는 것이 따로 있는 것 같아요."

"그런 것 같아. 이제 너희 남매들이 인생의 길을 헤치며 지나가겠구나. 그다음에 너희 아이들이며 오빠의 아이들이 들을 뒤덮는 나뭇잎들처럼 자라나는 거지. 참 인생의 섭리란 놀라운 거야."

영주가 갑자기 고모 영인에게 엉뚱한 질문을 던졌다.

"고모, 그전에 '로마의 휴일'을 보고 '오드리 헵번' 스타일 따른다고 혼자 머리 자르다가 잘못 잘라서 거의 몽땅 잘라버렸던 것 기억나세요?"

고모는 크게 웃었다.

"너 그 일을 아직도 기억하고 있니? 글쎄, 그게 아마도 나중에 머리 깎으려는 전조였는지도 모르지."

고모는 눈을 가늘게 뜨며 회상하는 눈빛이 되었다.

"내 인생에서 가장 행복했던 시절이 오드리 헵번의 그 영화를 보고 여주인공이 경험하는 그런 행복한 하루를 그리워하며 가슴이 저렸던 때야. 삶의 행복이 의외로 그렇게 작은 순간에 있더라. 누리진 못해도 그 자유와 사랑을 바라보기만 하는 어떤 순간에도 말이야."

영주는 고모의 말이 찌르르하도록 가슴에 와 닿았다. 그토록 자유롭고 즐겁고 아름답던 어느 하루. 어느 하루의 휴일, 그것이 인생의 모든 의미를 다 나타내고 있는 것인지도 몰랐다. 절문에서 한참 내려와 돌다리 앞에서 고모 영인은 멈추어 섰다.

"잘 가거라. 여기까지만 배웅하마."

영주는 속세와 인연을 끊는 상징이라는 돌다리를 건너며 다시 한 번 뒤를 돌아다보았다. 승복을 입은 고모는 다리 저편에서 이쪽을 바라보며 미동도 하지 않고 서 있었다. 다리 밑을 흐르는 시냇물 소리가 도르락거리며 새삼 영주의 귓전을 스쳤다.

병실에서 어머니는 자리에 누운 채 의외의 이야기를 꺼냈다.

"너 그때 작은고모하고 같이 스님이 된 큰고모 보러 가던 기억 나지? 그때 네가 골똘히 생각에 사로잡혀 있기에 사실은 내가 좀 걱정을 했단다."

무슨 걱정이냐는 영주의 시선을 받고 어머니는 실쭉 웃었다.

"저게 언젠가 저렇게 출가하겠다고 덤비는 게 아닌지 해서 말이야. 내가 지난번에야 실토를 했지만 만주에서부터 네가 하도 기이하게 태어난 데다가 내내 생각이 다른 데 가 있는 것처럼 말이 없어서 말이야."

어머니는 정색을 했다.

"네가 세상일에는 관심도 없고 모양도 내지 않는 데다가 느닷없이 신학교에 가겠다고 한 적도 있고 해서 걱정이 많았지. 이제 좀 좋으냐. 공부도 할 만큼 했지, 네가 좋아하는 사람하고 결혼했지, 아들딸도 남 못지않게 잘 키우고 말이다. 네 고모들 삶에 델 게 아니지."

어머니의 입가로 만족한 웃음이 번졌다.

"어머니, 그렇지만 누가 더 행복한 건지는 아무도 모르는 일이에요."

"아이구, 또 저 소리. 너 가끔씩 나보다도 더 메떨어진 노인네 같은 소리 하는 거 알구나 있냐?"

영주는 더 대꾸하지 않고 그저 웃었다. 어머니는 새벽녘에야 겨우 눈을 붙였다. 아침에 간병인 아주머니가 와서 잠든 어머니를 맡기고 병원의 계단을 내려가면서 영주는 몇 해 전 출가해서 스님이 된 고모를 방문하고 다시 산을 내려가는 기분이었다. 무언가 깨달음이 어디엔가 있을 것 같은데 잡지 못했던 그런 느낌 때문이었다.

'저 산은 내게 내려가라 하네…… 내 지친 등을 떠미네…….'

문득 노래의 끊어지는 소절들이 계단을 내려가는 영주의 뇌리를 스치고 지나갔다.

"선생님, 여기 앉아서 이 목걸이 끝을 들고 계셔보세요."

영주는 후배들과 저녁 먹는 자리에서 한 사람이 자기가 걸었던 금목걸이를 건네주자 받아 들면서 농담 섞어 대꾸했다.

"왜 들고 있기 무거워서 그래?"

"아녜요. 이렇게 끄트머리를 잡으시고, 예, 그렇게요. 그리고 가만히 마음을 가라앉혀보세요."

영주가 목걸이 끝을 잡고 줄을 늘어트린 채 가만히 있자 그 목걸이 끝의 로켓이 혼자서 움직이며 미미하게 작은 원을 그리다 점차로 더 큰 원을 그리며 움직이기 시작했다.

"어머나, 선생님은 태양인이시구나."

후배는 손뼥까지 치며 신기한 듯이 말했다. 한동안 주역이며 한국의 샤머니즘에 심취해서 지도 교수에게 이성의 범주를 벗어나는 곳에 너무 깊이 들어가지 말라고 주의까지 들은 적이 있었던 심리학과 후배였다. 옆에 있던 다른 대학원생들이 거들었다.

"교수님이 은근히 손을 움직이셨을 거예요. 다시 해보세요."

영주가 다시 줄을 고쳐 들고 가만히 있자 작은 추 역할을 하는 로켓이 다시 천천히 움직이기 시작하더니 원을 그리며 오른쪽으로 움직이기 시작했다.

"내가 해본 사람들 중에 태양인은 처음 보았어요."

후배는 신기한 모양이었다.

"우연히 그런 거지 뭐야. 그런데 그런 게 무슨 그렇게 큰 의미가 있어?"

영주가 그저 대수롭지 않게 넘기려고 하자 후배는 말을 이었다.

"그렇지 않다니까요. 선생님, 이번에는 누구 다른 사람의 생각을 해보세요. 이 목걸이를 그대로 드신 채로요."

"그래, 그럼 내가 자기 생각을 해볼게."

그러자 신기한 일이 벌어졌다. 손을 움직이지 않고 그대로 들고 있는데도 목걸이 추가 원을 그리는 선이 멈추더니 미미하게 직선을 그리며 앞뒤로 흔들리기 시작했다.

"어머나, 이거 봐요. 제가 소양인이거든요. 그래서 이렇게 앞뒤로 흔들리는 거예요."

"정말? 내가 그저 자기 생각만 했는데 그럴 수가 있단 말이야? 신기하네."

"재미있지요? 이제마 선생이 우리나라에서 사상의학을 처음으로 주장해서 중국 의학과 다른 부분을 개척해낸 건데 정말 신빙성이 있어요. 무슨 미신 같은 거 아니에요. 사람들의 기가 눈에 보이지는 않지만 이렇게 강하다는 거지요. 그래 거기 맞추어 한약도 써야 한다는 거예요. 태양인은 기질적으로 밝고 순수하고 잔병이 없다고 이제마 선생은 말했지만 이즈음엔 그렇지 않다는 연구들도 나오고 있긴 해요. 나 같은 소양인은요, 양성이고 사교적이라고 하지요. 너무 지나치지는 않고요."

영주는 재미있다기보다도 조금 당혹스러웠다. 마음속에서 다른 사람의 이름을 생각하는 것만으로 그 기운이 이렇게 금방 전해질 수 있는 거라면 사람들을 설명해내는 그 많은 이론들은 다 어떻게 이해될 수 있는 것일까. 생각에 잠긴 영주의 귓전에 후배의 목소리가 파고 들어왔다.

"그런데 선생님, 이상하네요. 대개 처음엔 이게 잘 안 되는데 선생님은 정말 잘되시는데요. 선생님이 다른 사람들의 마음을 끌어들이는 기가 아주 강하신가 봐요."

모두들 자기도 해보자고 하면서 된다는 둥 안 된다는 둥 모두 웃고 신기해하며 그날 회식은 끝났다.

처음 미국에서 심리학 공부를 시작할 때 영주의 마음에 강하게 와 닿았던 것은 '융'의 이야기였다. 인간은 자신의 모든 역량을 성취하고 실현하는 쪽으로 가려는 경향이 있다는 가정을 내세우며, 우리가 행복하든 불행하든 자신의 삶 전체를 잃지 않는다면 우리 영혼이 온전해질 수는 없다고 주장하는 그는 오랫동안 영주에게 깊은 영향을 주었다.

그러나 전쟁터처럼 삶과 죽음의 갈림길에서 표류하게 되면 인간은 감히 자기실현이라는 꿈같은 목표는 가져볼 수도 없을 것이다. 그런 의미에서 생존이라는 최우선 과제에 휘둘리면서 반세기를 넘어 살아온 영주 부모 세대는 자신의 삶 전체를 살아온 것일까. 아버지 표림과 어머니 연이가 겪어온 일제강점기의 잔재와 해방, 한국전쟁, 그리고 정쟁의 소용돌이 속에서 두 사람은 행복한 삶을 살아왔다고 말할 수 있을까. 그렇다면 지금 불행과 굶주림에서는 어느 정도 벗어나 그런대로 살아가고 있는 사람들은 과연 행복을 찾은 것일까.

막내 고모인 혜인은 리아의 뒷바라지를 하면서 살고 있는 삶이 행복하다고 이야기했다.

"어떤 때는 그 아이가 나를 대신해서 행복을 되돌려 준 것 같은 느낌도 들어. 많은 일들을 겪었지만 이제는 그 아이가 자기의 꿈을 활짝 펼치고 행복하게 살 수 있도록 뒷바라지하는 게 삶의 의미로 느껴지거든."

"이제 살아온 삶이 행복했다는 느낌이 들어요?"

"이제야 사람들이 다 자기 길을 어렵사리 지나가고 있다는 생각이 들어. 그 어려움 속에서도 어느 순간 우리가 느끼는 작은 행복의 느낌. 그런 게 이제야 보이는 것 같아."

혜인은 자기가 전에 입어보지 못하고 버려졌던 스페인 무용복을 리아가 대신 입고 춤추며 살아가는 것처럼 느껴진다고 말했다. 리아가 연극에 출연해서 여주인공의 역을 하며 영혼의 구원을 얻게 되는 장면을 보면, 혜인은 자기의 상처가 녹아서 다 치유되는 느낌이 들었다는 이야기를 했다.

사춘기에 이르렀을 때 영주는 어른들이 못마땅할 때가 많았고 자신이 어른이 되면 자기 마음을 쉽게 다스리고 마음이 일으킨 행동의 결과에 대해 제대로 책임을 질 수 있을 거라고 생각하기도 했다. 이제 나이 들어 보니 막상 성인이 되어도 그런 일이 쉽게 이루어지지는 않는다는 것을 새삼 느끼지 않을 수 없었다.

상담소에서 만나게 되는 사람들을 보면서 세상 사람들이 추구하는 재산, 권력, 학벌 이런 모든 것들을 신기루처럼 찾아다니다가 좌절하는 사람들도 있지만, 세속적인 것들을 상당히 소유하고 있으면서도 불행과 절망감에 시달리는 사람들도 많은 것을 볼 때면 인간의 삶이 정말 수수께끼처럼 느껴지기만 했다.

병실에서 영주는 전과 달리 깊은 관심을 가지고 어머니의 이야기들을 들었다. 어려서부터 지나치면서 토막토막 들은 이야기들, 상상해서 유추했던 이야기들 중 흩어져 있던 부분들이 어머니의 이야기를 들으면서 그 연결 고리들을 하나씩 이어나가는 것 같았다.

치매 기운 때문에 앞뒤 안 맞게 튀어나오거나 건너뛰는 부분들이 오히려 어머니의 숨어 있는 무의식을 더 생생하게 건드려 토로하게 하는지도 몰랐다. 그녀의 이야기를 들으면서 이제 세상을 떠난 모든 사람들이 이미 깊이 자기에게 스며들어 그 영향을 미치고 있다는 생각을 새삼 하지 않을 수 없었다.

다음 날 어머니 병실에 들른 영주가 어제 저녁 모임에서 목걸이를 들고 사람들이 체질을 알아내는 걸 배웠는데 아주 재미있더라고 이야기를 꺼내자 어머니가 갑자기 몸을 일으켜 세우며 소리를 질렀다.

"다음에 그런 거 하자구 그러면 아예 손도 대지 말아라. 원 공부했다는 게, 그게 무슨 헛소리냐?"

영주는 어머니의 반응에 조금 놀랐다.

"장난으로 해본 건데 뭘 그러세요?"

어머니는 의외로 강경했다.

"장난이구 뭐구 그런 일 하자고 그러면 하지 말아. 그런 거 하면 주위에 잡귀가 꼬여든단 말이야."

영주가 피식 웃자 어머니는 화를 내며 말했다.

"웃을 일이 아니야. 내가 이 얘기는 다시 안 하려구 했지만 너희 집안에 할머니에게 신이 내리려고 했던 적이 있다고 하지 않았니? 그 기운이 어쨌건 없어지지 않고 대를 이어 내려간단 이야기도 있다구……"

"그거야 큰고모가 스님이 되셨으니 되었네요, 뭐."

영주가 대수롭지 않게 받아넘기자 어머니도 조금 누그러졌다.

"하기야 니가 상담이니 뭐니 하구 남의 마음을 알아봅네 뭐네 하는 것두 다 그게 그거지 무어냐."

"상담이라는 건 그런 미신 같은 애매한 이야기가 아니에요."

"아이구, 글쎄 그런 건 다 학자니 뭐니 하는 답답한 사람들이 하는 소리란다. 그깟 공부가 따라가지 못할 깊은 부분이 우리 마음속에 있다니까 그러네. 너 그전에 아버지 사업 안된다구 집안에서 한

번 굿했을 때 그 무당이 주워섬기던 말 생각 안 나니? 이 집안에
한 맺혀 죽은 귀신, 애 낳다 죽은 귀신, 약 먹구 죽은 귀신, 총 맞구
죽은 귀신들이 구천을 떠돌면서 헤매고 있는 중이라구 하던 소리?
그 사람들이 어떻게 그런 걸 구구절절이 다 알고 주워섬기겠니."

그 굿을 하던 장면은 영주에게도 기억이 생생했다. 당시 영주는
대학생이었다. 아버지 표림의 사업이 기울자 어머니가 대대적으로
아버지 몰래 굿할 준비를 하는 것을 영주가 말렸지만 어머니의 결
정을 바꾸기 어려웠다.

"글쎄, 싫으면 넌 참섭 안 하면 될 거 아니냐? 누가 너더러 굿하
라는 거냐?"

"그런 거 싫단 말예요. 그따위 미신……."

영주가 부루퉁한 표정으로 말하자 어머니는 혀를 찼다.

"그래, 넌 니가 젊어서 지금은 이 세상에서 뭐든지 다 알고 있다
고 생각하는지 모르지만 사람들이라는 게 물에 빠지면 지푸라기라
도 잡게 되어 있단다. 어려움을 안 겪은 사람들이나 남의 급한 일
에 이러쿵저러쿵 하는 거란다. 아버지도 사실은 은근히 아시면서도
모르는 척하시는 건데, 왜 니가 나서서 그래?"

영주는 아버지가 은근히 아시면서도 모르는 척한다는 말에 더
이상 뭐라고 하지 않았다. 아버지는 그날 새벽 집을 나서 늦도록
돌아오지 않았었다. 전 같으면 절대로 그런 일을 허용하지 않았겠
지만 워낙 사업이 낭떠러지 아래로 구르듯 기울고 수입한 자동차
수백 대가 세관에 갇혀 빌려 쓴 사채가 구름처럼 불어나자 모르는
척 어머니가 굿하는 것을 암암리에 허용했던 모양이었다.

학교 수업이 끝난 후 이제 굿판이 그럭저럭 다 끝났으려니 하고 집에 들어서던 영주는 무당이 명주필을 찢으며 한창 사설을 하는 장면과 맞부딪쳤다.

충격적인 장면이었다.

색색의 빛깔이 온 대청을 뒤덮은 앞마당에 차려진 차일과 명주 폭을 찢으며 사설을 읊어나가던 무당의 넋이 나간 듯한 표정이 다른 세상의 어둡고 알 수 없는 부분을 영주의 앞에서 펼쳐 보여주고 있었다. 그리고 그 무당이 풀어내던 그 깊이를 알 수 없는 비애와 어두움에 찬 인간사의 사설들…… 참혹한 죽음과 피맺힌 한과 인간관계 갈등의 그물들…….

무당들이 무주고혼들의 넋을 달래 사업을 일어나게 한다는 의식들은 별 효험이 있었던 것 같지는 않았다. 그 굿을 한 후 사업에 호전이 오지는 못했다. 어머니는 그 후 다시 그런 무속에 관련된 일에 손을 대지 않았다.

"그 굿은 별 소용이 없었지만 내가 어릴 때 한 예방은 효험이 좋은가 보다. 빨리 내가 죽어야 하는데 너무 오래 살아서 여러 사람 성가시게만 하니 말이야. 내가 어렸을 때 명이 짧을 거라고 어떤 스님이 그러서서 우리 어머니하고 둘이 그렇게 예방을 하러 다녔던 게 화근인가 보다. 밥을 연잎에 싸서 시냇물마다 따라가며 버리기도 하고 산 봉우리 봉우리마다 치성을 드리기도 하고 그랬으니……."

어머니가 한탄처럼 말을 뱉었다.

"오래 사시면 좋지, 화근은 뭐가 화근이에요?"

"그래도 너무 오래 살지 않았니? 나도 이제 그만 이 삶을 그만두고 싶을 때가 많아. 나이 드니 살아 있다고 해도 이 세상이 이미 내 세상이 아니야."

어머니는 골똘히 무슨 생각에 사로잡히더니 한참 후 입을 떼었다.

"그런데 이제 생각해보면 말이야, 죽으면 어디로 가게 되는 건지 몹시 겁이 나기도 하는구나."

"할머니가 돌아가시기 전에 그렇게 교회 나가자고 하실 때 따라 나가시지 그랬어요?"

"글쎄, 이즈음에 와서는 그런 생각도 들 때가 있어."

"이 병원 원목실에 부탁하면 되는데, 어머니, 목사님 한번 오시라고 그럴까요?"

영주의 말에 어머니는 두 손을 다 내저었다.

"싫다. 여태 교회 안 다니다가 죽기 전에 천당 가려구 믿는단 말이냐? 원 그런 밸 빠진 사람이 되기는 싫다. 말도 안 되는 소리……."

영주가 실쭉 웃자 어머니도 따라 웃었다.

"왜 우스우냐? 노인네가 아직도 고집 부리는 게?"

"어머니 고집이야 유명하지 뭘 그래요."

"그래도 난 살아온 걸 죽 생각해보면 그렇게 남에게 못 할 일을 하고 살아온 것 같지는 않아. 참 여러 사람들 돕기도 많이 도왔지. 손님도 엄청나게 치르고. 그러니 무슨 소용이냐. 다 부질없는 일이더라. 내 이야기를 다 쓰려면 정말 소설 열 권을 씨도 모자라시."

"……."

"내 그렇지 않아도 니가 오면 물어보려구 그랬었는데 내가 팔 부러지는 바람에 아주 밖에 못 나가고 여기서 죽게 되는 건 아닐까? 내가 뭐 다른 큰 병이 있어서 못 나가게 하는 거 아니냐? 너, 뭐 병원에서 들은 소리 나한테 숨기는 건 없냐?"

영주가 쓸데없는 소리 하지 마시라고 펄쩍 뛰니까 어머니는 혼잣말처럼 중얼중얼 말했다.

"아니야, 내가 가긴 가려나 봐. 꿈에 너네 아버지도 보이구 우리 어머니도 보여. 옛날에 돌아가신 시어머니도 보이고 지난해 돌아가신 너네 계모 할머니두 보이구…… 내가 다홍치마를 입은 새색시가 되어 마당을 분주하게 왔다 갔다 하고 있는 꿈도 꾸고…… 내 눈에도 그 자태가 아주 곱더라. 이제 다 그런 게 무슨 소용이냐. 죽을 날 받아놓고 앉은걸……."

"그래, 그 분들이 나타나서 뭐라고 하세요?"

어머니는 깊은 한숨을 내쉬었다.

"뭐라고 그런 것도 같고 아무 말도 없었던 것 같기도 하고 그래. 어찌 생각해보면 살아온 한평생이 짧기만 한 것도 같고 길기도 하고…… 누가 그러더라. 나이 드니까 하루는 너무 긴데 한평생은 너무 짧은 것 같다고."

어머니는 영주에게 고개를 돌렸다.

"참 사람이라는 게 말이다. 별게 아니더라. 너 알지, 지난해 돌아가신 계모 할머니 말이야. 내가 그 할머니한테 별다른 마음이 전혀 없었는데 작년에 이 근처에 와서 한동안 혼자 방 얻어 지내실 때 자주 찾아갔단다. 나는 예수를 믿어도 그렇게 철저하게 믿는 사람은 처음 보았다. 걸을 때든지 어디 갈 때든지 언제든지 예수님이 나타나서 온몸과 마음을 부축해준다는 거야. 왜 너도 기억나지? 돌아가시기 전에 장독대에 올라갔다가 낙상하신 거…… 어쩐지 그날은 예수님이 붙잡아주시지를 않더란다. 그래서 떨어졌다는 거야. 이제 정말 천국에 가셨을까? 그렇게 굳건한 믿음을 가지고 있었으니 어떤 의미에서 이 세상이 천국으로 느껴졌을지도 모르지."

이제 원산댁도 한 줌 재가 되어서 산속의 바람 사이로 흩어졌다. 장독대에서 낙상한 끝에 회복이 되지 못해 세상을 뜬 그녀는 본부인과 합장이 된 할아버지 곁에 묻히고 싶지 않다고 했다. 원산댁은 자신이 죽으면 화장해달라고 했다. 자유롭게 천국으로 날아가고 싶다는 것이 그 이유였다.

어머니도 여주 아버지 옆에 있는 가묘를 내 집, 내 진짜 집 하고 부르며 언제든지 그 집에 편안히 갈 거라고 태연한 척했지만 여러 번 형언하기 어려운 죽음의 두려움을 표시하고는 했다.

어느 모임에서 만난 일이 있는 대학 선배가 영주에게 나이 들어가는 비애를 이야기한 적이 있었다.

"내가 어느 날 곰곰이 생각을 해보니까 일가친척 간에 내가 죽는 순위가 영순위더라구 글쎄. 장수하는 집안이 아닌 데다가 번족한 집안도 아니니까 말이야. 내가 일가친척 중에서 제일 나이 많은 사람인 거 있지. 등골이 다 오싹하더라니까. 생각해봐. 그렇다면 내게 닥칠 일이라는 게 내 죽음 아니면 나보다 나이 적은 사람들의 죽음 아니야. 내가 먼저 가는 게 낫지, 아랫사람들 죽는 꼴을 보는 거 죄지 뭐야. 그저 요즘 바라는 건 아랫사람 죽는 거 보기 전에 병들어 아프지 않고 밤새 자는 듯이 곱게 죽었으면 제일 좋겠어."

이제 그 선배의 말을 떠올리며 영주는 어머니의 심정이 이해가 가는 것 같기도 했다. 사방에서 물소리가 찰브락거리는 어두운 뗏목 위에서 언제 울지 모르는 아기를 안고 죽음의 강을 건너던 젊은 여자와 그 품에 안겨 있던 갓난아기가 이제 죽음을 앞에 둔 한 노인네와 중년이 다 지나간 나이로 마주 앉게 된 것이었다.

"너 말이야, 네가 살아온 기억을 잘 더듬어봐라. 지금 한꺼번에 생각하려니까 다 생각이 나지 않는 거야. 니가 어려서 말은 없었지만 아주 총기가 있었단다. 어릴 적 기억두 잘 더듬어보구 기록도 해두구 그래. 그럼 아마 네 마음공부인가 뭔가에도 굉장히 도움이 될 거다."

알겠다고 하며 영주가 목걸이를 꺼내 장난스러운 어조로 그렇기는 한데 어머니가 무슨 체질인지 한번 복채 받지 않고 알아봐드릴까 하고 말했다가 경을 칠 뻔했다.

"그딴 거 갖고 그러지 말라니까 그러네. 넌 그런 거 없이도 사람 마음을 알아보는 공부를 했다는 게 뭐 애들처럼 그게 신기해서 야단이냐. 이 세상에 얼마나 모를 일이 많다구…… 그저 나도 옛날에 지금처럼 시절이 좋아서 공부를 할 수만 있었다면 딴 세상에 살다 가는 건데."

영주는 잠자코 어머니의 이루어지지 않은 꿈에 대해 이어지는 이야기들을 들었다.

15. 물결 소리

어머니는 그 후 며칠 사이에 점점 더 쇠잔해지며 기력을 잃어 누가 보아도 이제는 생사의 갈림길에 서 있는 것처럼 보였다. 몸무게는 점점 더 줄어 미라처럼 작아진 몸피를 하고 형형하던 눈빛도 조금씩 맥이 풀리며 꺼져갔다. 식사도 제대로 못해 링거 병을 팔에 꽂고 생각은 완전히 다른 세계로 떠나가고 있는 것 같은 어머니의 육신을 마주 앉아 바라보는 것은 괴로운 일이었다.

간병인은 오히려 기운이 등등해서 속을 썩이실 때보다는 한결 돌보기가 편하다면서 어머니를 마구 다루는 것 같아 영주의 마음을 언짢게 했다.

병원에서 나와 차를 운전하다가 길이 밀려 다리에 서 있게 되자 영주는 저녁햇살에 반짝거리는 강물을 오랫동안 바라보았다. 문득 헤세의 소설 「싯다르타」에 나오는 바수데비의 이야기가 떠올랐다.

"바수데바는 인생에 의문을 품은 싯다르타의 손을 잡고 강변으로 데리고 갔다. 싯다르타는 강물 속을 들여다보았다. 흐르는 물 속에서 많은 영상이 비쳐 왔다. 아들 때문에 슬퍼하는 그의 아버지의 모습이 외롭게 비쳐 왔다. 자기 자신의 모습, 아들의 모습, 카마라, 고빈다의 모습도 나타났다가 흘러갔다. 그 밖의 여러 모습들이 서로 뒤섞여 흐르며 모두가 강물이 되었다. 모두 강이 되어 강의 목적을 향해 흘러가고 있었다. 애타고 갈망하고 괴로워하면서 강물은 소리를 내며 흐르고 있었다. 기쁨과 슬픔의 소리, 선과 악의 소리, 웃음과 탄식의 소리, 수백의 소리, 수천의 소리가 합류되어 있었다."

싯다르타는 이 강의 수천 가지 노랫소리를 주의 깊게 들었다. 그리고 번뇌도 웃음도 이미 구별되어 들리지 않을 때, 그 강물 소리를 전체로 하나로 들었을 때, 운명과의 투쟁을 그치고 번민을 그쳤다.

이즈음 어머니와 이야기를 나누며 더욱 가까이 와 있는 것같이 느껴지는 수많은 사람들의 모습도 강물에 섞여 흘러가는 것만 같았다. 강화도에서 태어나 전국을 휘돈 후 다시 그곳에 돌아가 묻힌 할아버지, 여인의 한을 안고 세상을 떠난 할머니 개성댁, 기독교에 귀의해 독특한 의식을 치르듯 한세상을 살고 간 계모 할머니 원산댁, 이루지 못한 사랑을 품고 목숨을 끊은 삼촌 기림, 다른 사랑을 품에 간직한 채 아이를 낳고 죽은 고모 정인, 이데올로기의 대립 사이에서 허망하게 총살당한 막내 삼촌 석림…… 뇌종양 수술을 받고 깨어나지 못하고 떠난 아버지, 그리고 이제 어머니가 흘러

가는 강물처럼 영주의 곁을 떠나려 하고 있었다.

병동에서 장의사에서, 화장터에서 일하면서 더 많은 죽음을 보았다고 해서 죽음을 알게 되는 것도 아니었다. 아무리 많은 책을 읽어도 그 책들이 무슨 대답을 제대로 꼭 집어서 해주는 것도 아니었다.

어머니의 병세를 걱정하는 영주에게 농담 잘하는 동료 교수가 사람들이 죽은 다음에 굉장히 좋은 데로 가게 되는 건 정말 틀림이 없는 것 같다고 말했다. 왜 그렇게 생각하느냐고 묻자 그는 대답했다.

"그렇지 않고서야 이렇게 한 사람도 안 돌아올 수가 있나요?"

두 사람은 죽음의 그림자를 떨쳐내려는 듯 함께 웃었다. 정말 소멸한 육체를 두고 긴 여행을 떠난 영혼은 어디선가 안식을 찾아 다시 돌아오지 않는 것일까?

이제 성인이 다 된 영주의 세 아이들 앞에도 얼마나 많은 만남과 이별들이 준비되어 있을지 아무도 모르는 일이었다. 아이들의 앞에 어떤 생이 기다리고 있을 것인가. 영주는 가만히 눈을 감고 마음속으로 그들에게 지나치게 가슴 아픈 일들은 닥치지 않기를 기원했다.

부모가 세상을 떠나고도 아이들은 살아서 중년의 고비를 넘으면서 자기들의 아이들을 사랑하고 기를 것이었다. 나무가 잎과 꽃과 열매를 다 맺고 떨어트린 다음 그 아래 서 있던 어린 나무가 다시 그 과정을 밟아가듯이 우리들의 삶도 그런 것이 아닐까. 인생의 길을 따라가 어느 날 영혼이 강변에 이르렀을 때, 이별과 슬픔이 다른 만남과 기쁨과 합쳐져 그 모든 소리가 함께 녹아서 흐르는 것을 경험하기를 바란다고 영주는 아이들에게 전해주고 싶었다.

물리학을 전공하고 있는 친구는 사람들이 전화를 기다릴 때, 아기가 깰까 봐 불안할 때, 누가 찾아오는 초인종 소리를 기다릴 때 물을 틀고 있으면 전화를 간절히 기다리는 이에겐 전화벨 소리가, 아기가 깰까 봐 걱정인 사람에게는 아기 울음소리가, 초인종 소리를 기다리는 사람에겐 그 소리가 들리는 것만 같다는 이야기를 들려주었다.

"정말 그런 경우가 있어. 그런데 어째서 그렇게 되는 거야?"

영주가 큰 흥미를 보이며 묻자 물의 파장에는 모든 파장이 다 흡수되어 있어서 간절히 듣고 싶어 하는 소리가 그 물소리 사이에서 울려 나오게 되어 있다고 친구는 설명했다. 이제 자기 앞을 흐르는 강물 속에서 어떤 소리를 들어내는가 하는 것은 영주의 다음 세대인 아이들에게도 인생의 숙제가 될 것이었다.

삶을 사랑하고 살면서 청년이 되고, 중년을 지나 노인이 되어 죽음 앞에 섰을 때 열심히 살아내었던 인생은 세상과 평화 속에서 이별하고 더 큰 바다로 나아갈 수 있을지 모른다.

꽃을 바라보거나 국을 끓일 때, 봄의 습기를 머금은 미풍이 얼굴을 스칠 때처럼 언어로 표현할 수 없는 행복이 의외로 아주 작은 순간에 있다는 것을 어쩌면 아이가 나이 들어 깨닫게 될지도 모른다.

인생이라는 강물의 흐름을 아주 잘 따라간다면……

자신의 진로와 맞는 직장을 잡아 자기 길을 순탄하게 걸어가고 있는 큰아들은 대견하고 믿음직스러웠다. 딸애도 막내도 세상 평판에 휘둘리지 않고 자기가 원하는 공부를 하고 있어서 마음이 놓였다.

딸 혜진은 미술 작품 과제 제출 때문에 밤샘 작업을 학교에서 해야 할 것 같다고 전화를 해왔다.

"그렇게 몸을 혹사해서 괜찮겠니?"

영주의 걱정스러운 어조에 혜진은 명랑하게 웃었다.

"걱정 마세요. 우리에겐 불사조와도 같은 젊음이 있다, 이거지요. 그 대신 작품 다 완성되면 농담이라도 연탄 같다는 소리만 안 하시면 돼요."

"연탄 같으면 같은 거지 뭐. 하여튼 잠 못 잘 때는 더 옷 든든히 입고 먹을 것 잘 챙겨 먹어야 된다."

"알았어요. 근데 엄마 말투가 먹어라, 입어라 하면서 점점 더 할머니 닮아가는 거 알고는 계세요?"

놀림 섞인 혜진의 말투를 들으며 영주는 혼자 씁쓰름하게 웃었다. 남편이 잠든 후에도 이 생각 저 생각에 잠들지 못하던 영주는 새벽녘에야 설핏 잠이 들었다.

영주는 어딘가 한없이 걷고 있었다. 걷다가 멀리 마을이 보여 그리로 접어들자 저쪽에 큰 기와집이 보였다. 기와집 문안을 들어서자 넓은 대청마루에 앉아 있던 남자가 일어서며 툇돌을 내려섰다. 아버지 표림이었다. 흰 두루마기를 입고 인물이 더 좋아 보이는 아버지는 만면에 웃음을 띠고 뜰로 내려오고 있었다. 아버지는 영주를 보지 못한 모양이었다.

그의 시선은 마당에서 빨래를 너느라고 뒷모습만 보이는 자태가 고운 여인네에게 머물러 있었다.

"아버지!"

영주가 아버지를 부르자 빨래를 널던 여인네가 뒤를 돌아다보았다. 피어나는 꽃처럼 홍조를 띤 젊은 여인은 어머니 연이였다. 영주가 어머니가 어떻게 여기 있을까 의아해하면서 다가서자 어느 손에 들고 있었던지 어머니가 항아리를 떨어트렸다. 쨍그랑…… 항아리가 떨어져 깨지는 소리가 여운을 울리며 남았다. 그 소리는 한 번에 그치지를 않고 메아리를 울리듯 계속 반복되었다.

쨍그랑…… 쨍그랑…… 쨍그랑.

점점 정신이 드는 속에서 영주는 전화벨이 울리고 있는 소리를 들었다. 그 소리가 항아리 깨지는 소리로 들렸던 모양이었다. 불길한 느낌에 사로잡히며 영주는 거실로 나와 황급히 수화기를 들었다. 다급한 느낌을 주는 둘째 오빠의 목소리가 울려 나왔다.

"얼른 좀 와 봐라. 어머니 조금 전 중환자실로 옮기셨다."

영주는 정신이 번쩍 들었다.

"왜, 어머니가……?"

"글쎄, 밤새 혈압이 자꾸 떨어져 의식이 혼미하셔."

오빠의 목소리가 가라앉았다.

"왜 그래?"

잠이 덜 깬 채 따라 나온 남편에게 그저 고개만 저어 보인 다음 곧 가겠다고 말하고 전화를 끊었다. 남편이 근심스러운 목소리로 물었다.

"어머니 상태가 안 좋으시대?"

"……그런가 봐요."

아버지가 어머니를 데리고 가시려는 건가. 꿈에서 본 마을 풍경과 아버지의 두루마기 자락이 바로 옆에서 보고 있는 것처럼 생생했다. 기와집 앞에 서 있던 감나무 잎이 반짝거리며 윤을 내는 모습도 선연했다. 앳되고 고운 젊은 어머니 연이.

본 적도 없는 젊은 어머니의 모습을 보고 어떻게 그렇게 금세 어머니인 줄 알았을까. 아버지는 돌아가실 때의 모습인데 어머니는 그토록 젊은 것이 꿈속에서는 전혀 이상하지도 않고 당연한 듯이 여겨지기만 했었다.

영주는 남편과 함께 서둘러 차비를 차리고 집을 나섰다. 일곱 시가 안 된 시간인데도 차들이 제법 거리에 많이 나와 있었다.

"어쩐지 이번에는 좀 어려우실 것 같은데……."

운전을 하던 남편은 조심스럽게 말했다.

영주는 차창 밖을 내다보며 새삼스럽게 임종이라도 하러 가는 것처럼 마음이 조급해져서 남편보고 좀 빨리 가자고 채근을 했다.

병원에 입원해 있는 달포 동안 영주를 보기만 하면 끊임없이 어린 시절의 이야기며 가족들의 이야기를 되풀이 들려주던 어머니의 쇠잔한 모습이 떠오르자 자기도 모르게 가슴속이 타들어 오는 것 같았다. 이상하게 눈물도 나지 않았다.

손을 벌벌 떨며 통장에 잔액이 남지 않았다고 내밀던 모습, 울며 영주를 낳아서 버리고 가려고 했었다고 고백하던 눈물로 얼룩진 노인의 얼굴.

이제 이별하는 것일까.

병원 문을 들어서자 왈칵 소독약 냄새와 설명할 수 없는 다른 냄새가 함께 끼쳐 왔다. 연옥 입구에 선 사람들처럼 느리게 움직이는 환자와 가족들 주위에 고여 있는 삶과 죽음 사이의 독특한 냄새였다.

중환자실 앞 긴 의자에 둘째 오빠 내외가 창백한 얼굴을 하고 앉아 있다가 들어서는 영주 부부를 보고 일어섰다. 어머니에게 남다른 애착의 대상이었던 둘째 오빠였다. 큰오빠와의 사이에서 말년에 어머니가 보여주었던 애증 섞인 갈등 때문에 몹시 힘들었던 흔적이 둘째 오빠 부부의 지친 얼굴에서 그대로 드러났다.

"들어가서 뵙고 나올래?"

둘째 오빠 영석의 두 눈은 울었는지 몹시 부어 있었다.

"큰오빠는?"

"연락했는데 곧 올 거야. 다들 지금 오고 있어."

중환자실에 들어가려고 입구에서 푸른 가운을 갈아입는데 손이 덜덜 떨려서 끈이 잘 매어지지를 않았다. 남편이 보다 못해 영주 가운의 끈을 매어주었다.

눈을 감고 누운 어머니는 영주가 부르자 얼핏 눈을 떴다. 뭐라고 입을 움직이며 의사 표시를 하려고 했지만 말을 입 밖에 내지는 못했다. 영주는 어머니의 손을 잡았다. 거의 회백색을 띤 손은 시든 마른 나뭇잎 같았다. '죽음에 임한 나그네'라는 시가 불현듯 영주의 마음에 떠올랐다.

나에게도 그대는 오는구나.

그대는 나를 잊지 않았었구나.

이제 이 고통도 끝이 나고

이 사슬도 끊어진다.

"어머니, 영주예요. 하실 말씀 있으세요?"

영주가 큰 소리로 말했다.

어머니는 무슨 소리인가 할 것 같더니 다시 눈을 감았다. 기력이 다 진한 표정이었다. 간호사가 다가와 기력이 극도로 약해서서 안정을 취해야 하니까 흥분을 시키지 않는 것이 좋겠다고 말했다. 중환자실 밖으로 나오자 그사이에 큰오빠와 혜인이 고모, 동생 진주가 도착해 있었다.

"셋째하고 넷째는 좀 있으면 도착할 것 같다고 연락이 왔어."

서울에서 좀 떨어진 곳에 사는 셋째 오빠와 남동생은 병원에 오고 있는 중이라고 큰오빠가 말했다. 진주는 창백한 안색으로 중환자실을 나서는 언니를 보고 울음 섞인 소리로 물었다.

"혹시……."

영주는 고개를 저었다. 진주가 영주에게 기대며 울음을 터트렸다. 영주는 오히려 무덤덤하게 서서 눈물도 나오지 않았다. 어머니에게 살갑게 대하지 못하고 노상 일과 공부에 쫓긴다는 핑계로 자주 만나지도 못하고 살아온 것이 가슴 쓰린 후회가 되었다. 이렇게 이별하게 되고 만다는 것을 마치도 모르는 듯 살아온 것만 같았다. 조금 후 달려온 형제들이 다 차례차례로 잠깐씩 어머니를 보고 나와 서로 묵묵히 앉아 있을 때였다. 중환자실에서 나온 담당 의사가 다가와 차트를 들춰 보며 말을 건넸다.

"뭐 오늘 내일 새 어떻게 되시지는 않을 것 같습니다. 그렇지만 워낙 체력이 떨어져 있으셔서 마음의 대비는 해두셔야 할 것 같은데요."

모두들 무거운 분위기에 짓눌리는 속에서도 이런저런 일 처리 문제로 의논들을 주고받았다. 아버지가 누워 계신 여주의 산소 옆에 어머니가 잠들 자리가 미리 마련되어 있으니 큰 걱정은 안 해도 될 것 같다고 큰오빠가 말했다.

상인이 창백한 영주의 두 손을 잡고 간곡히 기도를 했다.

"누님, 하나님의 사랑은 모든 것을 극복하고 죽음까지도 극복하는 것 잘 아시지요?"

긴 기도 끝에 상인이 입을 떼자 영주는 새삼 가슴이 저려왔다.

혜인이 눈에 눈물이 글썽한 채 말했다.

"참 사랑이 많은 분이셨다. 영주야, 내게 어머니 같은 분이셨어. 내가 어려울 때마다 정말 많은 정을 주셨던 분이야."

곁에 서 있던 리아가 다가와 영주의 손을 꼭 잡았다. 검은 옷을 입고도 리아는 병원을 다 빛내도록 화사했다. 의료진들이 그녀에게 새삼 눈길을 주며 지나갔다.

"자, 이러다가도 괜찮아지실지 모르니까. 우리 기운 내서 또 움직여봐야지."

큰오빠가 애써 기운을 돋우며 자기가 여기를 지키고 있을 테니까 일단 자기 볼일이 있는 사람들은 보고 오라고 이야기했다.

"너도 혹시 궂은일 치르게 될지 모르니까 그때 대비해서 학교 강의며 그런 일들을 되도록 빠지지 말아야지. 혜진 아범하고 너는 학교로 가는 게 좋겠다."

그렇지 않아도 요즈음 강의를 한두 번 빠졌던 게 마음에 걸리기는 했다. 영주가 머뭇거리자 큰오빠가 얼른 가라고 영주와 남편을 밀어내었다. 오빠에게 긴급 연락처를 일러주며 영주의 가슴속은 바람이 들어차는 것만 같았다.

학교에서 강의를 마치고 연구실에 들어선 영주는 병원으로 전화를 걸었다. 간호사가 그런대로 어머니가 소강상태를 유지하고 있다고 대답했다. 조금 안도하며 수화기를 내려놓는데 곧이어 전화가 걸려 왔다.

영인이 고모의 전화였다.

"어떻게 된 거니? 상인이에게 연락이 왔었다는데 내가 여기 없었거든. 아주 위독하시냐?"

"글쎄, 좋은 상태는 아니신 것 같아요."

영주가 머뭇머뭇 말하자 수화기 저쪽이 잠시 잠잠해졌다.

"넌 이제 학교 끝나고 바로 병원으로 갈 거니?"

"집에 잠깐 들러 정리를 좀 하고 가려구요."

"그래라. 네가 마음고생이 여러 가지로 많겠구나. 네게는 너무 어려운 일들이지."

영인은 가만히 한숨을 내쉬었다. 자신의 고달픈 삶의 편린들이 지워버린 듯했던 과거의 기억들을 뚫고 되살아니는 기색이었다.

영주의 마음속으로 아까 자신이 했던 강의의 일부분이 다시 떠올랐다. 상황이 문제가 아니라 그것을 바라보는 당신의 왜곡된 관점이 더 불행을 불러온다는 사실을 주장하는 학자의 이야기를……. 그러나 육신과 피붙이를 지닌 인간이 과연 어디까지 그런 평정심을 지닐 수 있을 것인가.

"내가 내일 새벽에 서둘러 올라가마."

"그러세요. 집으로 와서 같이 가시겠어요? 병원으로 바로 오시겠어요?"

"시간이 어떻게 될지 모르니까 바로 병원으로 갈게. 무슨 큰일이 닥칠지 모르니까 너도 몸 잘 챙기고 잠도 좀 자두고."

고모도 건강에 조심하시라고 이야기하면서 전화를 끊은 영주는 일단 집으로 돌아왔다. 집안일을 내강 정돈하고 영주가 나갈 차비를 하고 있는데 혜진이 돌아왔다. 그는 영주의 말을 듣고 깜짝 놀라며 엄마하고 함께 병원에 가겠다고 했다.

작업 때문에 잠을 못 잤을 텐데 눈을 좀 붙이라고 해도 막무가내였다. 나중에 오빠와 남동생이 집에 오면 같이 병원으로 오라고 해도 고집을 부렸다.

"내가 가봐야지. 할머니도 뵙고, 또 엄마도 이제 보호자가 필요할지 몰라요. 이따 오빠랑 현이 오면 또 가면 되지 뭐."

딸애는 혀를 날름 내밀더니 자기는 이리저리 잠깐씩 눈을 붙이고 낮에도 도서관에서 공부하는 척하면서 실컷 잤다고 우겼다.

집을 나선 혜진이 영주의 팔을 부축하며 택시를 잡았다. 지쳐 있던 끝이라 엄마를 혼자 보내지 않으려는 딸애의 자상한 마음 씀이 고마웠다. 택시를 타고 멍한 시선으로 차창 밖을 내다보고 있던 영주의 기억 속으로 어머니 연이의 여러 모습들이 물살을 이루듯이 몰려 들어왔다.

직접 본 것처럼 선명한 고운 색깔 옷을 입은 새색시 연이. 자전거를 타고 지나가는 청년이었던 아버지 표림을 보며 가슴을 설레었을 연이. 큰아들에게 젖을 먹이며 갓난둥이 시누이 혜인을 쓸어안아 함께 젖을 먹여주던 모습이 아름다운 정경으로 상상 속에서 주마등처럼 떠오르며 스쳐 지나갔다.

6·25의 와중에 주문도 섬으로 상륙하며 가족들을 살리겠다는 일념 하나로 용감하게 앞으로 나서던 연이. 시누이 정인의 애끓는 사랑을 바라보며 가슴 저려하던 연이.

그리고…… 실제보다도 더 생생하게 눈앞에 펼쳐지는 장면. 물결 소리를 들으며 강을 건너고 있는 뗏목 위에서 남편과 아들들에게 둘러싸인 채 아기가 울까 봐 공포와 불안에 싸여 아기를 끌어안고 있던 젊은 어머니 연이. 기적처럼 남편 표림이 돌아와 이제 아기를 버리지 않아도 되겠구나 안도하면서 수도 없이 되뇌며 하느님께 감사했던 어머니. 어떤 종교인의 기도보다도 더 간절하게 진심이었을 어머니의 기원이 가슴속으로 스며 들어왔다.

"너는 하느님이 살려준 아이란다. 어떻게 해서든지 뱃속에 든 너를 살릴 방도를 가르쳐달라고 알지도 못하는 하느님을 그렇게도 찾았었구나. 그렇게 아버지를 때맞추어 돌려보내주시지 않았다면 우리 모두 다 살아남기 어려웠을 거야."

병원에서 쇠잔한 채 중얼거리던 모습. 가끔씩 아버지와 싸우고 난 날이면 친정에 달려가고 싶어도 홀홀 단신 아버지 하나 믿고 남하했으니 부모 형제 하나 없는 신세를 한탄하고는 했다는 어머니. 노인이 된 후에도 무슨 꿈을 꾸는지 잠꼬대로 가끔씩 엄마를 찾으며 흐느껴 울던 어머니. 그리고…….

손을 벌벌 떨며 애타게 남지도 않은 잔액을 확인해달라며 통장을 내밀던 노인의 얼굴. 내가 너를 죽이려고 했다며 통곡을 하다 잠들었던 얼룩진 노인의 얼굴. 통장과 어머니의 얼굴이 교차하며 영주의 눈에서 비로소 뜨거운 눈물이 흘러내렸다. 영주는 두 손을 들어 얼굴을 가리고 어깨를 떨며 울었다.

이제 어머니가 세상을 떠나면 가슴을 저며내듯 아프게 기억할 장면들이었다. 아이처럼 울며 얼굴을 감싸고 있는 영주의 손을 혜진의 손이 다가와 가만히 잡았다. 손 안으로 부드럽게 딸애가 쥐어주는 손수건이 밀려 들어왔다. 영주는 손수건을 잡아 쥐며 형언할 수 없는 삶의 어떤 순간에 이르는 것처럼 느꼈다.

인생의 어떤 순간에 전환점이 오는 그 한 찰나. 이제 세상을 떠나려는 어머니와 삶을 시작하는 젊은 아들들과 딸 사이에서 늙어가겠구나. 자식들에게 기대어 아이처럼 돌봄을 받을 준비를 조금씩은 해야 하겠구나.

영주는 만감이 교차하는 가운데 혜진의 손을 꼭 잡았다.

이제 영주는 아기일 때 자기가 타고 있었던 뗏목 곁으로 찰브락거리고 스쳐 지나가던 물결 소리를 태고의 바람 소리처럼 다시 듣는 듯했다.

연민과 자기 연민의 동시 수행,
그 애도의 서사

-우애령의 『깊은 강』

우찬제
(서강대 국문학과 교수, 문학평론가)

1. 애도

로마 산피에트로 대성당에 가면 저 유명한 미켈란젤로의 「피에타」
를 볼 수 있다. 이탈리아어로 '자비를 베푸소서'란 뜻을 지닌 「피에
타」는 십자가에 못 박혀 죽은 그리스도를 성모 마리아가 안고 있
는 모습을 대리석으로 빚어낸 조각이다. 여러 각도에서 감상할 수
있는 명작이지만, 무엇보다도 자식을 잃은 어미가 감당해야 하는
참척의 고통과 애도 과정, 그럼에도 불구하고 하느님에 의해 보호
를 받고 있다는 신념 같은 것들이 전경화된다. 후자의 신념에서 철
저하게 벗어나면 김기덕 감독의 영화 「피에타」처럼 가혹한 고통의
드라마가 될 수도 있다. 그리스도의 수난과 관련된 서사는 겟세마
니 동산의 기도에서 시작하여 유다의 키스와 체포, 고문과 조롱받

음, 빌라도의 혹독한 박해, 에케 호모, 골고다의 십자가 행렬, 십자가 책형, 십자가 강하, 운구, 애도, 매장을 거쳐 부활로 마무리된다. 그중 십자가에서 내린 다음 성모 마리아가 예수를 안고 애도하는 주제는 비잔틴 시대부터 르네상스 시대에 이르기까지 다양한 애도도(哀悼圖)로 표현되었다. 루브르 박물관에 소장되어 있는 디르크 바우츠(Dirck Bouts, 1415~1475)의 「애도」 역시 그런 작품이다. 15세기 네덜란드 풍으로 변주된 점이 특이하지만 그리스도를 애도하는 성모 마리아의 피에타 자세나 표정, 그리고 인물들의 옷 주름으로 비극적인 사건의 페이소스를 표현하려 한 것 등은, 애도 주제와 관련한 보편 문법에 값한다. 가운데 성모 마리아는 물론 왼쪽의 막달라 마리아나 오른쪽에 표현된 애제자 요한의 옷 주름이야말로 그들이 그리스도와 관련한 함께했던 복합적인 이야기와 사연과 격정의 물굽이 같은 것으로 보인다. 특히 가장 심각하게 애도 작업을 하고 있는 성모 마리아의 감청색 옷 주름을 보면 깊은 강물처럼, 그리스도 집안의 역사와 그리스도의 수난사가 일렁이는 듯하다.

우애령의 『깊은 강』을 읽으면서 「애도」에 형상화된 성모 마리아의 푸른 옷 주름을 떠올린 것은 결코 우연이 아니다. 그것은 바로 '애도'의 강물이었다. 자식 여섯 중 셋을 먼저 보내야 했던 강화 할아버지의 애도가 있고, 어머니를 여읜 표림의 애도, 아버지를 여읜 영주의 애도를 비롯해 수많은 애도의 물결들이 소용돌이치고 있는 형국이다. 소설은 상담 심리 전문가이자 작가인 영주가 어머니(연이)의 최후의 순간을 대면하는 것으로 처음과 끝이 구성되었다. '작가의 말'을 참조하자면, 이 소설의 끝에서 생의 마지막 소실점을 응시하던 어머니는, 이 소설이 집필된 시기에는 이미 타계한 상태이다. 아마도 어머니를 보내면서 딸은 웅숭깊은 애도 작업을 통해 개인사와 가족사를 씨줄 날줄로 엮어가며 자기의 심연으로 내려가 전면적으로 재성찰하려 한 게 아닐까 싶다. 어머니를 여읜다는 것은 출생 시의 분리 불안의 재귀적 체험이자 궁극적 체험일 수 있다. 자식을 잃은 부모가 겪는 참척의 고통과 견주어 말하기는 곤란하지만, 어머니를 여읜 자식은 종종 세상의 모든 것을 잃은 고통과 충격에 빠질 수 있다. 슬픔이 깊어져 절망의 강에서 방황할 수도 있고, 그런 슬픔의 시간들을 경과하면서 어머니의 죽음을 받아들인다. 그런데 애도의 과정에서 실패하면 불안감이나 죄책감이 늘어나고 우울감이 깊어져 병적인 상태에 빠지기도 한다. 애도의 과정은 다양하게 이루어질 수 있을 터인데, 작가 우애령은 이야기 치유 방식을 택한 것이 아닐까 짐작된다. 이야기를 통해 어머니에 대한 깊은 연민(compassion)의 정조를 바탕으로 어머니의 삶을 심층적으로 복기하면서 상징적인 부활을 응시한다. 그러면서 자기 연민(self-compassion)과 자기 격려의 품격 높은 지평을 모색한다. 그 과정에서 '나'와 어머니 사이의 가족관계를 더욱 확대하여 '조부모-부모-나'에 이르는 3대의 가족사를 파상적으로 풀어내고, 자연스럽게 20세기 한국 역사의 강물에 새겨진 운명들을 조망한다.

그러니까 서둘러 말하자면, 우애령의 『깊은 강』은 그야말로 '이야기의 깊은 강'이다. 그 깊은 강물에는 많은 것들이 더불어 흐른다. 가장 심층에는 격동의 시대에 처한 인간의 운명이 흐르고, 구한말에서 일제강점, 분단과 전쟁, 4·19혁명과 5·16쿠데타, 광주항쟁을 거치는 한국의 현대사가 굽이지어 출렁인다. 질병·전쟁·기근·죽음을 상징하는 백·적·흑·청황색의 묵시록적 네 기사를 비롯해 수다한 운명의 풍경들이 다채로운 스펙트럼을 형성한다. 그 위에 가족사가 흐른다. 북한에서 월남한 가족사의 부침이 일렁이는 가운데, 다양한 성정을 지닌 가족들의 영혼의 풍경들이 아로새겨진다. 그런 관계망 위에서 다른 가족들을 살리기 위해 어쩔 수 없이 신생아를 포기하려 했던 어머니의 고백과 그런 어머니를 연민으로 이해하고, 어쩌면 탄생과 죽음의 순간적 일치라는 비극적 운명에 처할 뻔했던 자신을 애도하는 자기 연민의 물굽이가 있다. 그런가 하면 과거 혹은 앞선 세대를 애도하면서 미래와 자식 세대를 위해서 간절하게 기도하는 염원의 물결도 포개진다. 나아가 그 모든 관계와 이야기들을 통해 '나는 누구인가'에 대해서 알고 싶어 하고 말하고 싶어 하는 진정한 소망의 물줄기도 참으로 어지간하다. 또 이야기를 통해 험악한 불통의 상황에서 화창한 소통의 지평을 모색해보자는 사회 심리적 제안의 물길도 『깊은 강』을 형성하는 중요한 주제적 요소이다.

2. 연밥 뒤 연꽃

『깊은 강』은 다른 소설들과는 확실히 다르다. 가족사 소설의 경우라도 각 세대별로 대표적인 인물을 초점화하여 선택과 집중의 서사 전략을 구사하기 마련인데, 우애령은 그렇게 하지 않았다. 3대내지 4대에 이르는 대가족의 거의 모든 구성원에게 비슷한 인물의 지위를 부여하고, 각각 살아 있는 초점 인물이 되도록 구안했다. 이

273

런 새로운 형식을 취한 것은 매우 이채로운 일이 아닐 수 없다. 아마도 어머니와 아버지를 비롯한 여러 집안 식구들로부터 들은 이야기를 소설로 형상화하는 과정, 그러니까 구술(口述) 서사를 기술(記述) 서사로 변환하는 과정에서 작가가 마련한 탄력적 역동성 전략이 작용했을 것이다. 또 특정 인물들이 걷는 '길'의 이야기가 아니라, 복수의 많은 인물들이 다양한 방식으로 개성적인 프리즘을 펼치면서 애썼던 자기실현의 노력들을 존중하고, 그 복합적인 관계망 내지 소용돌이 속에서 심층의 의미를 발견하려는 '강'의 이야기를 추구했기 때문에 그렇게 되었을 가능성도 있다. 그 결과 서술자의 지위는 상당히 약화되었지만, 그 대신 소설에 등장하는 많은 인물들이 살아 있는 영혼의 표정을 풍부하게 지닐 수 있게 되었다. 우선 이런 장면을 주목해보면 어떨까? 작가는 본문에서 헤세의 소설 「싯다르타」에 나오는 바수데바의 이야기를 떠올린다.

"바수데바는 인생에 의문을 품은 싯다르타의 손을 잡고 강변으로 데리고 갔다. 싯다르타는 강물 속을 들여다보았다. 흐르는 물속에서 많은 영상이 비쳐 왔다. 아들 때문에 슬퍼하는 그의 아버지의 모습이 외롭게 비쳐 왔다. 자기 자신의 모습, 아들의 모습, 카마라, 고빈다의 모습도 나타났다가 흘러갔다. 그 밖의 여러 모습들이 서로 뒤섞여 흐르며 모두가 강물이 되었다. 모두 강이 되어 강의 목적을 향해 흘러가고 있었다. 애타고 갈망하고 괴로워하면서 강물은 소리를 내며 흐르고 있었다. 기쁨과 슬픔의 소리, 선과 악의 소리, 웃음과 탄식의 소리, 수백의 소리, 수천의 소리가 합류되어 있었다."(256쪽)

싯다르타는 부딪히고 소용돌이치는 수많은 강의 노랫소리를 주의 깊게 듣다가 마침내 그 강물 소리 전체를 하나로 들을 수 있게 되었을 때, 번민을 떨치고 깨달음의 경지에 몰입하게 된다. 이 순간에 대한 작가의 집중적 응시가 소설 『깊은 강』의 발원지가 아닐까 싶다. 소설의 본문이지만 작가의 의도를 담은 '머리말'이라고 간주해도 좋을 다음 부분에 눈길이 머무는 것은 차라리 자연스럽다.

부모가 세상을 떠나고도 아이들은 살아서 중년의 고비를 넘으면서 자기들의 아이들을 사랑하고 기를 것이었다. 나무가 잎과 꽃과 열매를 다 맺고 떨어트린 다음 그 아래 서 있던 어린 나무가 다시 그 과정을 밟아가듯이 우리들의 삶도 그런 것이 아닐까. 인생의 길을 따라가 어느 날 영혼이 강변에 이르렀을 때, 이별과 슬픔이 다른 만남과 기쁨과 합쳐져 그 모든 소리가 함께 녹아서 흐르는 것을 경험하기를 바란다고 영주는 아이들에게 전해주고 싶었다.(257쪽)

작중 작가의 딸 혜진의 이야기도 이런 맥락에서 웅숭깊다. 추상적인 연밥 그림 작업을 하면서 그녀의 목표는 이런 것이었다. "연밥의 이미지뿐 아니라 그 뒤로 연꽃, 연꽃잎 그런 이미지가 함께 시처럼 떠올라야 한다고 했어요."(15쪽) 또 전생 예언에 심취한 동료의 이런 말도 한 다발로 포개진다. "내담자를 잘 바라보세요. 잘 보면 그 뒤로 그 사람의 어머니, 그 어머니의 어머니 모습이 떠오른다니까요."(15쪽) 이 맥락들을 겹쳐 놓으면서 서술자는 이런 질문을 한다. "팔십이 된 어머니, 오십이 넘은 영주, 이제 스무 살이 된 혜진이.

그러니까 딸아이 혜진을 보면 그 뒤로 영주와 어머니가 저절로 떠오를 수 있다는 이야기일까."(15쪽) 이런 맥락과 질문이 이 소설의 원천이다. 평생교육원으로부터 '자서전 쓰기' 과목 강의 요청을 받았을 때, 영주가 대뜸 "그럼, 이렇게 해보면 어떨까. 자기 혼자만의 이야기가 아니라 가족의 3대를 거슬러 올라가서 자기까지 내려오는 과정을 알아보는 걸로."(225쪽)라고 말했던 것도, 그리고 스스로 자신의 3대 이야기를 떠올려보는 것도 이와 관련된다. "이즈음 오랫동안 병상에 누운 어머니와 이야기를 나누면서 무의식이라든가 삶과 죽음의 거리에 대해서 생각해보는 시간이 많아졌다. 적어도 3대를 바라보아야 비로소 한 개인에 대한 이해가 완성된다는 학자의 관점을 생각해보며 영주는 부모와 조부모들의 얽히고설킨 이야기들을 곰곰이 되돌아보게 되었다."(225쪽) 이 때문에 『깊은 강』은 전혀 다른 소설로 굽이굽이 흐를 수 있었다.

3. 이야기와 마음공부

팔십이 된 어머니(연이)는 오십 대 딸(영주)에게 많은 이야기를 전해준다. 그중에 이런 이야기가 있다. "넌 공부를 많이 했으니까 내 이야기를 잘 듣고 그 이야기를 써두려무나. 기가 막힌 이야기들이지. 세상에는 공부만 가지고는 모를 일투성이란다."(40쪽) 학문적 탐구와 추론으로 가 닿을 수 없는 '인생 공부'를 어머니는 딸에게 이야기로 전수하려 한다. 또 말한다. "너 말이야, 네가 살아온 기억을 잘 더듬어봐라. 지금 한꺼번에 생각하려니까 다 생각이 나지 않는 거야. 니가 어려서 말은 없었지만 아주 총기가 있었단다. 어릴 적

276

기억두 잘 더듬어보구 기록도 해두구 그래. 그럼 아마 네 마음공부인가 뭔가에도 굉장히 도움이 될 거다."(254쪽) 이야기를 통해 '마음공부'를 수행할 수 있다는 이 노모의 전언은 과연 울림이 크다. 이 울림을 심원한 것으로 받아들인 결과가 바로 소설 『깊은 강』이다. 어머니의 교육 효과에 힘입어 영주는 이야기 짓기와 마음공부를 동시에 수행한 것이다. 영주가 어머니를 비롯한 가족들로부터 들은 이야기와 스스로 경험한 기억을 더듬어 기록한 가족사의 강물에서 자맥질하면서 우리는 대략 다음과 같은 가계도를 그려볼 수 있다.

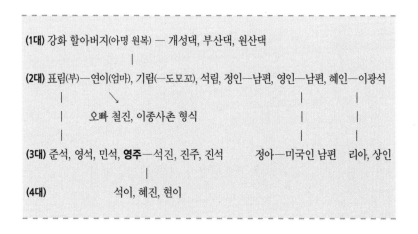

이런 가계의 강물을 한꺼번에 요약하는 것은 쉽지 않다. 선대의 건어물상을 전국적으로 확대하여 경제적으로 번성하고 한때 방탕한 생활을 하기도 했던 할아버지 이원복, 남편 때문에 마음고생을 많이 하다가 신병에 들려 일찍 죽은 할머니 개성댁, 기생 출신으로 부잣집 안방을 차지하려다가 혜인을 데리고 쫓겨나야 했던 부산댁, 출산을 못하기에 이 집에 들어와 혜인을 키우며 혜인과 기독교

에 집착했던 원산댁, 가업을 잇기를 바라는 아버지와 달리 자동차 업계를 새로 개척해가며 흥성과 몰락을 경험한 아버지 표림, 대가의 맏며느리로 육남매를 낳아 잘 길렀지만 딸 영주를 포기하려 했다는 자책감에 시달린 어머니 연이, 일본으로 유학 가 도모꼬를 만나 운명적 연애를 했지만 이루지 못해 자살한 낭만적 기질의 기림, 전쟁의 와중에 비극적으로 희생된 석림, 낭만적 연애를 꿈꾸었지만 그렇지 않은 결혼으로 가슴앓이를 하다가 전쟁 중 내무서장 이진과의 너무나도 가슴 아픈 감정의 교류를 경험한 정인, 인민재판으로 비명횡사한 정인의 시부모, 남편이 간암으로 일찍 사망하고 외동딸 정아가 미국인과 결혼해 출국한 데 이어 자기 사업마저 부도를 맞아 인생무상을 느끼고 불가에 귀의한 영인, 태어나자마자 어머니를 여의고 부산댁과 함께 버려지는 등 어려서부터 평범하지 않게 자랐으며, 자유분방한 예술가 기질을 지녔지만 이루지 못할 뿐만 아니라 원하던 최석현과의 결혼도 이루지 못하고 이광석과 결혼하지만 갈등으로 출가까지 단행했다가 자식을 낳으면서 마음을 잡게 되고 연극하는 딸 리아를 통해 대리만족을 느끼는 혜인, 가난한 집 맏아들로 일찍부터 공산주의에 심취했던 연이의 오빠 철진, 부잣집 외아들로 유순한 성격의 자유로운 영혼이었으나 분단과 전쟁의 와중에 참전과 포로수용소 체험 등으로 혹독한 고통을 겪어야 했을 뿐만 아니라 끝내 가족이 있는 북쪽을 선택하지 못하고 남한에 남아 새로 가정을 꾸리기도 했지만 매우 불우하게 삶을 마감했던 연이의 이종사촌 형식, 그리고 그 모든 인물들의 이야기를 듣고 기억하고 기록하는 영주와 그 형제자매들 및 자식들이 있다.

특별히 영주는 출생담으로 인해, 그리고 월남할 때 임진강을 건너는 순간의 이야기로 인해 어머니 연이와 더불어 각별한 주목을 요한다. 어머니 연이는 말한다. "내가 너한테 안 한 이야기가 있다. 만주에서 아버지는 돌아오지 않고 곰곰이 궁리한 끝에 아이들 셋을 살리기 위해서는 네가 죽어주어야만 하겠다고 생각했다."(22쪽) 전쟁의 와중에 남편의 전사 통보를 받은 터였다. 이에 먼저 난 아이 셋을 살리기 위해 신생아를 죽일 수밖에 없다고 생각했다는 어머니의 고백은 『깊은 강』의 수많은 물줄기 중에서도 가장 시린 대목에 속한다. 본능적 무의식적 모성애와 의식적 생존 전략 사이에서 참척보다 더한 고통을 겪었을 어머니 연이의 내면 풍경을 가늠해보는 일은 그리 어렵지 않다. "아기를 낳게 되면 장독대 위에 놓고 갈까. 무쇠솥 안에 넣고 갈까. 아기를 살리려다가는 세 아이가 다 죽겠구나. 그 생각만 있었단다. 장독대 위에 올라가서 독을 뒤집어보고 부엌에 가서 솥뚜껑도 열어보고 그랬다. 어쨌든 차마 내 손으로 직접 어떻게 할 수는 없어서……."(22쪽) 이런 고백을 하면서 어머니는 "온몸을 떨며 대성통곡"한다.

다행히 전사 통보는 행정 착오였고, 기적처럼 남편이 살아 돌아와 함께 만주를 떠나 귀국하는 바람에 어머니는 죄를 실행하지 않아도 되었다. 그러나 분단 상황은 매우 엄혹할 수밖에 없었다. 북한에서 월남할 때 야음을 틈타 임진강을 건너야 했는데 삼칠일 된 아이가 또 문제가 될 수 있었다. 그때 어머니는 또다시 죄의식을 지녔었다고 고백한다. "우리가 임진강을 건널 때 네가 크게 울기라도 하면 너를 강에 내던져야 우리가 살겠구나 하는 생각까지 했단다. 용

서해다오."(24쪽)

이런 어머니의 고백을 들으면서 영주는 자기도 대강 짐작했던 상황이었고, 또 심리학을 공부하면서 성장한 인성을 바탕으로 어머니에게 연민을 보이며 위로하지만, 그러면서도 "그 상황을 직접 전해 듣는 기분은 기이했다."(23쪽)고 토로한다. 자기가 태어나자마자 죽을 수도 있었던 운명이었다는 것, 운명의 화살이 조금만 삐끗했더라면 정녕 그럴 수 있었다는 것을 환기하는 것은 그 자체로 엄청난 상처와 비극일 수밖에 없기 때문이다. 그러나 영주는 진심으로 딸에게 용서를 구하는 어머니의 고백을 들으며, 그리고 어머니를 비롯한 가족사의 강물에 깊숙이 침잠하고 자맥질하면서 어머니에게 진심으로 연민의 정을 느낌과 동시에 자기 연민의 치유 효과도 거두게 된다. 치매에 걸린 어머니를 돌보면서 자기를 돌보고, 자기를 돌보면서 어머니를 돌본다. 즉 타인에 대한 연민과 자기 연민을 동시적으로 수행하는 것이다. 이는 어쩌면 출가한 영인이 정진하는 보살의 경지, 그러니까 자기를 이롭게 하는 것과 남을 이롭게 하는 것이 한 가지인 '自利利他同事'의 경지에 가깝다. 전면적인 자기실현을 향한 마음공부는 그런 방식으로 무르익는다. 아울러 격동의 역사 속에서 안타깝게 살다 간 운명들에 대해 더 속 깊은 생각을 하게 된다.

처음 미국에서 심리학 공부를 시작할 때 영주의 마음에 강하게 와 닿았던 것은 '융'의 이야기였다. 인간은 자신의 모든 역량을 성취하고 실현하는 쪽으로 가려는 경향이 있다는 가정을 내세우며, 우리가 행복하든 불행하든 자신의 삶 전체를 살지 않는다면 우리 영혼이 온전해질 수는 없다고 주장하는 그는 오랫동안 영주에게 깊은 영향을 주었다.

그러나 전쟁터처럼 삶과 죽음의 갈림길에서 표류하게 되면 인간은 감히 자기실현이라는 꿈같은 목표는 가져볼 수도 없을 것이다. 그런 의미에서 생존이라는 최우선 과제에 휘둘리면서 반세기를 넘어 살아온 영주 부모 세대는 자신의 삶 전체를 살아온 것일까. 아버지 표림과 어머니 연이가 겪어온 일제강점기의 잔재와 해방, 한국전쟁, 그리고 정쟁의 소용돌이 속에서 두 사람은 행복한 삶을 살아왔다고 말할 수 있을까. 그렇다면 지금 불행과 굶주림에서는 어느 정도 벗어나 그런대로 살아가고 있는 사람들은 과연 행복을 찾은 것일까.(245쪽)

이런 질문은 우애령이 월남 가족 출신 한국 작가이기에 가능한 질문이다. 가장 한국적이면서 또한 보편적인 질문으로 확산될 수 있는 중핵적인 물음이다. 물론 이 의문은 마치 '나는 누구인가?'와 같은 부류의 질문이어서 그 누구라도 쉽게 답하기 곤란하다. 더욱이 작가는 그 질문에 대한 답을 바로 찾아가는 방식을 취하는 존재가 아니다. 그보다는 질문을 던지고, 그 문제 상황을 객관적 상관물과 더불어 생생하게 보여주는 자이다. 우애령의 『깊은 강』의 미덕의 하나는 바로 이 지점에 있다. 이런 중핵적인 질문을 던져놓고 독자와 더불어 공동의 탐문을 제안했다는 것, 그리고 그 질문을 던지는 과정이 매우 진실하고, 또 심원하다는 것이 의미심장하나. 다른 사람들이 쉽사리 시도하기 어려운 스타일과 내용으로 20세기 한국인의 상처와 절망, 고통과 비극, 역사와 운명을 탐사하면서 인간 보편의 진실을 찾아나갔다는 점에서 『깊은 강』은 과연 '깊은 소설'이다. 요컨대 우애령의 『깊은 강』의 심층에는 타인에 대한 연민과 자기에 대한 연민을 동시에 수행하면서, 존재하거나 소멸한 모든 것들을 애도하는 이야기들로 얽히고설켜 있다. 나-어머니-가족사-민족사-인류사로 확산되었다가 다시 나로 회귀하는 반복 운동을 통해서 이야기 가치는 한껏 고양된다. 그리고 서사의 물굽이는 더욱 심원해진다. 1984년에 작가 김영현은 「깊은 강은 멀리 흐른다」는 제목의 소설을 발표한 바 있다. 우애령의 『깊은 강』은 멀리 흐를 수 있는 서사적 에너지가 여러모로 많은 '깊은 소설'이다. 독자들이 깊이 자맥질할수록 더 깊어질 수 있는 그런 소설이다.